U0078173

我不是怪物

I'm Not A Monster

英雄真諦

王晨宇——著

艾法蓓大陸地圖(獸人世界)
1000KM
北極海
和平海
極北山丘
和平鴿之墓
起源山脈
和平山脈
舊稱：起源大陸
現稱：獸人廢土大陸
O國
分裂山脈
東海
狹海
N國
Z國
進步大橋
S國
P國
R國
Q國
狹
海
T國
U國
征
戰
海
狹
Y國
Y國
W國
破碎內海
南方島國群
K國
V國
X國
平靜海
火山諸島群

獸人世界地圖

目次

真正的英雄

劉子琪與劉子翔，飛行與水母獸人姊弟檔殘殺慈善貴公子錢今生的新聞爆發後，媒體鋪天蓋地報導──跨國巨擘企業「紅瞳」所培養的勞工半獸人，竟與潛藏在黑暗的非法獸人並無二樣，各地激起恐慌獸人的聲浪。

人們受到媒體影響，懷疑隔壁戶的紅瞳企業勞工半獸人是否包庇殺人兇手，甚至開始有暴民破壞勞工半獸人的門戶。

六十多年前的獸人戰爭，當時不明原因突變的獸人，靠著身體素質的優勢，一度讓人類失去半壁江山。戰爭結束多年後，紅瞳企業提供人類自願者改造成獸人的機會，從事人類不願意再從事的工作，藉此促成整體社會經濟穩定。

但同樣的，非法獸人──或者說遁入犯罪暴行的獸人，一次次挑戰人類社會治安，而這次，紅瞳半獸人竟然也做出了不可饒恕的暴行。

此時，一位具有雙組翅膀的飛行獸人從山林躲藏處啟程前往都會區，她就是外傳的兇手之一，劉子琪。

✦

劉子琪降落在S國警察總局門口，在門口守衛的警察一開始還以為是飛行特警返回總局。雖然來者未著特警制服，但一樣米養百樣人，不穿制服的特警大有人在，其中一名警察上前打招呼。

警察打量了「女特警」，女獸人單眼紅光不說，還渾身散發出惡臭，身體灰灰、髒髒的，看起來不像是特警呀……

兩位警察交頭接耳，他們對於眼前女子似乎感到面熟，不一會兒後，他們認出來了。這難道是……⁉

「我是劉子琪，我來自首。」

這……這是劉子琪，虐殺錢今生姊弟檔的姊姊！

「請求支援……請求支援。劉……劉子琪……劉子琪在門口。」

無線電傳來一陣驚呼。

「妳是說那個……那個劉子琪⁉她……她有武器嗎？」

劉子琪高舉雙手。

「看起來沒有。」一位警員掏出手槍，他要求劉子琪不要妄動。

「劉子翔也在嗎？」無線電傳來疑問。

「我……我沒看到。」員警緊張地左顧右盼。

「是你沒看到還是『忘記了』？」他們指的是水母獸人劉子翔的能力。他能夠使受攻擊者麻痺、失去記憶的水母觸手。

「我……我沒看到。」

「要她留在那裡別動，不要大意，我們立刻派人出去。」

「我是來自首的。」劉子琪向前踏了一步。

「別……別動！」兩位警察汗流滿面。無線電不是才說要支援嗎？怎麼過了好幾分鐘都沒看見人影？

劉子琪見兩位警察用槍指著自己，不由得退後幾步。

一名員警失手開槍，劉子琪嚇得用翅膀包覆身軀。雖子彈打在翅膀後彈開，但翅膀仍留下傷口，血色緩緩地從傷處擴散。

劉子琪感到訝異，雖然有疼痛感……但竟然是能夠忍受的疼痛，就像手部被人用針刺破一樣，皮肉傷……似乎不成大礙。

「喂！怎麼亂開槍呢？」一位男性獸人特警幾乎騰空從總局內部「漂浮」出來，要很仔細才能夠看見一對相對短小的翅膀在他身後高速震動，他的鼻子，恍若小木偶皮諾丘。

噢！看錯了，那是他的嘴巴。

世上有受到紅瞳企業改造的單眼紅瞳半獸人，也就有專門用來防衛非法獸人的雙眼紅瞳特警。他們過去大多是犯罪青少年，自青春期被紅瞳招募便加入少年特警計畫，用來打擊非法獸人。

這位獸人特警的名字就是皮諾丘（Pinocchio）。

另外一位女性特警則在皮諾丘正後方緩步走出，她上肢呈現青綠色，雙手向皮諾丘伸展，似乎有一道淡綠色光芒包覆著皮諾丘。

她赤赭色的肌膚加上綠色頭髮，讓她看起來像是一棵樹。

「尤莉薇（Olivia），妳去替她治療。」皮諾丘使喚身後的女樹人。

「好麻煩噢！不能送她去紅瞳醫院就好了嗎？」樹人忍不住抱怨道：「我昨天才被你榨乾，MP用光了啦！」

「喂！不要講這麼大聲啦！」皮諾丘望向兩位看傻了的人類警察。

人類沒想到特警情侶竟公然在總局打情罵俏，而且還是在重大通緝犯面前。

雖然尤莉薇抱怨連連，但是她還是向劉子琪走了過去。

「來，翅膀打開，我看看。」

劉子琪見到兩人雙眼散發紅光，她知道這就是獸人特警，忍不住感到焦慮。獸人犯法會被特警制裁的……他們會不會對我不利呢？但是……但是我被錢今生強暴才害得弟弟痛下殺手……我們才是受害者呀！

雖然內心擔憂，但或許同為獸人，劉子琪還是將受傷的翅膀打開讓特警察看。她背後的巨幅翅膀，黑白相間的羽毛染上了一點紅。

「哇！這是遊隼的翅膀耶！難怪妳飛這麼快，不簡單。」尤莉薇忍不住撫摸劉子琪的翅膀。

子琪滿臉通紅，宛如一顆蘋果。等到子琪將注意力轉移回翅膀，才發現傷口已經完全止血，患部散發淡淡的金碧色光芒，綠中帶一點金，似乎還正在閃爍著。

「不過，妳還是得要去看醫生比較保險，我只能做緊急處置。」尤莉薇顯然更想與眼前的通緝犯聊關於翅膀的話題，她說：「妳這對翅膀，比我男人那一對厲害多了。」
「妳……妳男人？」劉子琪對特警的話家常感到意外。
「我後面那隻刀嘴蜂鳥呀。」
「喂！別講我壞話，當我沒聽到嗎？」皮諾丘走到劉子琪眼前說：「妳應該去分局自首，總局都是一些大官，妳來這裡讓他們快怕死了。總局封閉內部大門，一堆拿槍的臭人類守住各個出口，他們以為妳聲東擊西，妳弟弟會去攻擊局長他們。走，我帶妳去分局筆錄。」
皮諾丘掏出專門為非法獸人設計的「退化手銬」，手銬會在密合瞬間釋放藥物，讓獸人「退化」回人類。但皮諾丘將手銬打開時卻遲疑地說：「尤，我記得強制受傷的獸人退化，傷口會有後遺症齁。」
尤莉薇歪頭望了望皮諾丘道：「你對付非法獸人時就不會替他們著想，怎麼對她這麼好？」
「那是人類說她有參一腳，可是證據在在都顯示跟她沒關係呀！她搞不好還是被錢今生強押走的，錢家社區的監視器不是……」皮諾丘話還沒說完，尤莉薇趕緊打斷。
「別再說了。」尤莉薇見到後頭的人類警察面露驚恐才會要皮諾丘住嘴。警方最一開始取得錢家豪宅的社區監視器時，在社區觀看影像的員警轉述見到一大夥男性圍著劉子琪，帶她步入地下停車場駕車疾駛而去。過程中劉子琪低頭不發一語，但是當影像證據送到分局卻是一片黑畫面。
影像這麼巧就在劉子琪出現時出狀況，一夥警察都覺得怪，只是這件事情沒人敢再提起，因為若要究責，所有經手過的警察都會遭殃。警方只能假設影像恰巧故障，隨即變成局內禁忌的話題。

「所以現在怎麼辦？」尤莉薇問了問男朋友。

「我們接到的命令是制伏她並查探劉子翔的位置，然後押她去分局偵訊。」皮諾丘轉過身，問了問劉子琪：「妳弟咧？」

「他走了，我不知道他去哪裡。」劉子琪說的是事實，她今天一覺醒來，只看見弟弟劉子翔留下紙條。但她懷疑眼前兩位特警會不會相信。

「要是我，我也不會回來投案。」皮諾丘咧嘴笑地說：「那就當妳弟弟不在啦！」

劉子琪下巴快掉下來，她從沒想過特警竟會相信。

「所以咧？」尤莉薇再開口。

「考妳訴訟法，犯人如果受傷，要先讓她就醫還是直接拉去訊問？」

「沒有明寫，不過通常會因為人權就醫優先。」

「但要先去檢察單位做人別訊問，順便找人陪我們一起戒護她去醫院，我有合適的人選。」

「所以你的結論到底是什麼？」尤莉薇又再問了一次，這次她還翻了白眼。皮諾丘比看起來更守規矩，但話總是不一次說完。

「妳怎麼什麼事情都問我呀，妳不已經是高階特警了嗎？」皮諾丘露出真受不了的表情。

「你說要幹嘛人家就配合，人家都聽你的嘛！」尤莉薇歪頭，還吐了個舌頭。特警竟然又公然調情，在場其他三個人莫不看傻了眼。

「讓她沒法行動。」皮諾丘下了指示。

尤莉薇凌空揮了一掌。

劉子琪四肢瞬間癱軟，得讓一旁女特警攙扶才能勉強站立。

「我……我……」

「這樣就不用手銬了。」皮諾丘顯得滿意，他望向人類警察指揮道：「喂！叫裡面的人開一台九人座偵防車出來，我要先移送嫌犯戒護就醫。」

「懷疑呀！誰叫你開槍射她，劉子琪又沒有在絕殺令之列。再說你以為你是特警呀？」皮諾丘見警察未進一步行動，口氣也忍不住變差。雖然人類與特警並無階級之分，不過對於特警這種指使，人類大多不敢回嘴，開槍的警察唯唯諾諾地呼叫支援。

皮諾丘說的「絕殺令」，是指法院認定犯罪人的犯罪事實後核發給獸人特警，讓他們能夠將犯罪人就地正法的依據，本案件的絕殺令是針對主要嫌疑人劉子翔下達的。

「妳跟他們說，以防劉子翔埋伏，我會請分局支援、調派兩組人馬。」皮諾丘再度下指令。

「你要找誰啊？這幾天一陣大亂，學長姊們都快忙死了。」尤莉薇好奇地問。自從兇案曝光後各地大亂，除了人類暴民攻擊紅瞳半獸人外，也有知名獸人遭到攻擊，高官政要更是急忙指派高階特警保護安全。

「我知道有個學妹渾身盔甲，她應該可以讓鎧甲滴水不漏，不怕劉子翔。長官即便有意見，還有一個人類警官很適合拿來抵擋炮火。」

通常，會用來擋炮火的，若不是有高人庇護開無敵星星，紅得發亮；就是黑得發光，即便把他推到屎坑，你只會覺得臭味是來自於他原本的味道。

等待偵防車抵達的幾分鐘，尤莉薇先安撫了沒有行動能力的劉子琪，她說：「妳別緊張，我們會先帶妳去看醫生。」

「妳怎麼自己會來總局自首，應該要先找紅瞳公司才對呀！」皮諾丘也在一旁問著。

「我找過……Mick……他拒絕我……說……說……公司不適合……干涉……」劉子琪口中的Mick是紅瞳公司過去與她們兩姊弟的聯絡窗口，任何牽涉人類企業的獸人工作合作案，都會有專責人員負責。

「真是狠心，次元刀切割。」皮諾丘批評道。這時候偵防車已經轉出停車場，朝他們緩緩駛來。

「我……我還要驗……驗傷……其他傷……」

「妳除了剛才的槍傷外，還有哪裡受傷嗎？」尤莉薇疑惑地看著劉子琪，她沒看到其他傷勢。

「我……我被錢公子強暴……所以子翔他才會……才會……」

尤莉薇瞪大雙眼，她叫喚了男友。

「喂！你聽見了嗎？劉子琪說她被錢今生強暴。」

皮諾丘驚訝地要尤莉薇住嘴，剛才是他自己大嘴巴讓女友提醒，現在怎麼換女朋友粗心了？他轉頭望向一旁守候的人類警察，他們似乎都聽在耳裡。

他真信不過這些人類，這下子，事情複雜了。

皮諾丘嘆了口氣，早知道今天女朋友睡醒嚷著說不想上班，要他一塊請假，他應該同意的。

還好我本來就打算找李招財，那個待退的人類老傢伙天不怕地不怕，加上他那個滿嘴垃圾話的獸人搭檔，真是找對人啦！

✦

人類從警，不外乎三個理由。

一是從小就富有正義感，以打擊犯罪為志業，這是其中最崇高的原因。

二則是，身處警察與消防家族，從小看著家中警消長輩長大，耳濡目染，加上發展可期，不少警消家族因此世代傳承這份職業。

最後則是家境清寒，需要一份穩定的公家飯碗，這正是普羅百姓最多從事警消的原因，李招財就是如此。

李招財的父親因為酒駕車禍喪命。你以為他老爸是受害者嗎？非也，他老爸是自撞。當天老朋友慶生，鮮少喝酒的李爸爸破例開喝，幾杯黃湯下肚，好不快樂，自己真是錯過太多啦！

飯局結束後，朋友嚷著酒後找個代駕比較安全。

不過，生性節儉的李爸爸聽說代駕要花不少錢，想了一想——欸不對，這才是自己很少在外面喝酒的原因。他裝模作樣假裝撥了電話，騙朋友已經約好代駕，但代駕卻在路上耽擱。

他等朋友都離開才溜去黑漆漆的停車場牽車。

還好這次沒去太遠的地方聚會，過個隧道就到家了，應該還好。

當天晚上，李爸爸的座車在幽暗的隧道中打轉了好幾圈，車子沒多大損壞，但是，他糊塗到沒繫安全帶。

當場死亡。

李家人原本以為遇到肇事逃逸的不良分子，希望能夠調閱監視器釐清肇事原因。不過警方一聞車內滿滿的酒氣，太明顯不過，還有什麼監視器需要調閱的？

李家人畢竟是死者家屬，要的只是想清楚知道父親死因，不過員警態度惡劣，認為就一酒駕死者，還好是自撞，沒牽連別人進來，死一死也好。

身為死者家屬，他們被員警冷嘲熱諷，只好摸摸鼻子，你說是這樣就是這樣吧！據說就連血液酒精反應也沒做，承辦員警便草草完事結案。

李爸爸摳門的個性果然還是害了他。

李招財的父親生前是化學車駕駛，時常加班晚歸，母親則在超市工作。父親過世後，母親被經濟壓力逼得只好兼兩份差，待李家兩兄弟安頓好，她八、九點還得出門去夜市小吃攤賺外快當洗碗婦。

那年，李招財已經上了高中，他成績一向不錯，弟弟李朝陽則是國中生。招財錯過警察專科學校的報考年齡，他告訴自己，這幾年一定要用功讀書，考警察大學，這弟弟嘛……

「喂！你看當時我們去認屍的時候，承辦警員高高在上，加上聞到父親車內酒氣，眼帶不屑的神情。雖然酒駕老爸有錯在先，不過，干我們家屬什麼事情？一點同理心都沒有，想著就不舒服！那傢伙只是一線二星，我查過了，只是一般警員，我要去考警察大學當警官，改天分發後要給這種基層警員一點教訓。弟弟你覺得如何？」

弟弟朝陽不像招財這麼會讀書，他知曉警察大學的偏差值很高，加上……他實在害怕見血。父親車禍當天，他一見到父親的屍體倒臥在血泊中，肢體呈現可怕姿態的模樣，差點沒昏倒去見老爸。

朝陽雖然迫於無奈口頭同意哥哥的建議，但他覺得自己功課平平，了不起就讀較容易考取的警察專科學校，但見哥哥語氣堅定，也只能假裝同意。

朝陽心想，誰要去當警察，我要也是當消防員。

李招財跟弟弟同一年考上警察學校，他考上警察大學，弟弟則是考進警察專科學校。他得知弟弟選了消防安全科，差點沒氣到中風。

「我這幾年一邊讀高中，下課後去打工貼補家用，半夜認真讀書，結果你竟然沒聽我的？做消防員可是很危險的呀！你沒看見老爸過世時，老媽哭到肝腸寸斷的樣子嗎？你若有什麼萬一，老媽怎麼辦？」

「喂！李招財，你又不是我老爸！老爸死了，你沒有資格命令我。還有，這是我的人生，不是你的。」

李招財聽完，只差沒將弟弟拉去撞牆，但他見母親總算將父親驟逝的注意力，轉移到兩個兒子榜上有名的喜悅，街坊鄰居也向母親道賀：「唷！兩個兒子都要當公務員囉，阿霞要有好日子囉！」

哼！我改天再跟你算帳。

或許父親早逝，李招財自覺長兄如父，得一肩扛下家庭。他這種過分管事的個性沒給他帶來多少好處，同學朋友都覺得他嘮叨像個老媽子，加上對當時父親車禍員警的埋怨——他對警政系統充滿偏見。即便就讀大學時，李招財對那些警界大老教授甚至在實務現場的學長姊也都一樣，他總是喜歡質疑、給建議，他有時候也會覺得自己是不是太過頭了，說不定會惹人討厭。

或許是父親過度節儉（招財眼中那叫做摳門）的關係，他刻意與父親有別。他也知道同儕不喜歡他，所以特別喜歡請客，三不五時就么喝請大家喝飲料吃炸雞。這麼做，使得所有朋友同事對他的討厭轉成地下化。

反正明著拿你好處，暗的，我怎麼捅你，你也不知道。

李招財在警大就讀的是交通安全組，他心心念念要給當時的員警難看，不過他卻被分發到刑事警察組，但沒幾個禮拜，他又被調派到基層派出所。

他就在基層派出所辛苦了幾年，處理諸如偷拿回收物或者家戶竊盜的小案件。或許是因為早年與警察的交手經驗，他對民眾特別富有同理心。別的警察或許會吃案，甚至在受理案件過程中敷衍了事，但他全力查案，對民眾關心問候。他把民眾的事情當自己的事情來辦，甚至下勤也還會利用休假的時間查案。

當地鄰里長對於李警官十分嘉許，里長多次當著所長的面讚揚轄區內的這個李招財，不過，看在其他同事眼裡卻刺眼無比。自己安分守己做好該做的事情，是這傢伙太認真，哪能說我們偷懶？

副所長這種心情尤其強烈，他覺得留李招財在身邊只是養虎為患，難保會威脅自己升遷。

幾年後，紅瞳企業崛起，第一批勞工獸人誕生後不久，非法獸人旋即從幕後走入舞台，後來凡是非法獸人的犯罪案件，副所長都要李招財去調查。

李招財還記得執法生涯中的現場第一槍就是對非法獸人開的，非法獸人當場死亡。同事安慰他，這種傢伙不能算是個人，別想太多。

他也只好同意同事的說法，果真讓自己好過一些。

但是，這幾年非法獸人犯罪事件頻頻出現，加上開始有小型反獸人抗議組織反對，紅瞳公司也開始與政府合作獸人特警計畫。李招財記得自己第一眼見到獸人特警的執勤情況，他幾乎嚇壞了。

那是一位海星特警，特警凌空一躍，全身獸化成海星，身子中央卻突然變成粉紅色包覆敵手，接著將非法獸人吐到一旁。轉眼間非法獸人已經被酸液侵蝕，犯人躺在地上不斷哀號。但那畢竟是個全身長滿尖刺的非法獸人，海星特警也全身是血地倒在地上，執法者的慘叫聲甚至不亞於犯罪人。

李招財當時是休假狀態，第一時間只好趕緊打電話叫救護車，並向隊上請求支援，但救護車抵達，轄區同仁卻還沒到場，李招財只好陪同兩名獸人上救護車。

救護車上，海星特警因為疼痛難耐，退化回人類狀態。男孩模樣的特警哭著喊著好痛，問李招財自己會不會死……他很害怕，李招財也只能握著他的手，安慰他，不會的，不會的。

特警看起來不過是個男孩，我看八成是第一次外派出勤，要年紀這麼小的男孩當英雄，會不會太勉強了？

他知道紅瞳公司用非行青少年來實驗，實驗成功就讓這些男孩、女孩們分發去總局服務，但是，這樣合適嗎？加上竟然用這種包覆攻擊形態的特警來追捕全身尖刺的嫌疑人，無論是紅瞳公司抑或是自己上頭長官，恐怕都不怎麼聰明哪……

李招財回到家後，左思右想總覺得不對，便著手寫了一篇上萬字的建言書給當時的警察總局長。為求謹慎，他還利用休假走訪各個分局，親眼見過新進獸人特警的執業情形。

警察們雖然不會明著歧視或排拒新特警，但是他們並不與新特警討論案件，而是單純交付任務。新特警因為年紀較輕，不敢表達意見跟想法，往往一上勤就被丟到現場。他們漫無目的地巡視、巡邏，無怪乎在遭遇非法獸人時，需要以寡敵多。

李招財認為特警雖然身體素質優於一般警察，但是，在他們執業初期最好還是要有人類夥伴，否則遇到海星特警這種情形，豈不坐視執法者與嫌疑人雙雙失血過多死亡嗎？

再加上，目前毫無分工，僅讓年輕的獸人特警獨自辦案、追查，不一定能適性派案，或許警方高層希冀透過特警系統性打擊非法獸人，但是基層主管卻只是隨意交辦任務，反正就是做做樣子遵守政令安排。這群年輕人不但沒能力為自己發聲，也毫無組織作戰的概念，最好要有人類警察一旁協助，居中協調與整合想法，讓這群新特警適應警局生態與任務。

這封建言書受到了警界注目，還引發紅瞳公司的揚聲讚賞。李招財也是這時候才知道特警執勤的傷亡率高達五成，其中超過一半的特警在執法六個月內就會死亡，而當時才通過法案讓特警成為執法人員不到五個月。換言之，實際的傷亡數據應該會更高。

經過冗長的行政程序，隔年通過新制度，特警依照工作性質、年資以及執法能力，區分為低、中及高階特警。因為才剛推行特警制度，所有分發後的特警均為初階特警，在升上中階特警前，均需指派人類夥伴。

李招財在副所長的推薦下，成為第一批與獸人特警搭檔的人類警察。

李招財對於這種安排並不意外，自己寫下建言書，沒道理己所不欲，還施予他人，他欣然接受。沒想到的是，往後數年間，這種安排大大減少獸人特警的執法傷亡率，將傷亡率降到了不到三成，但是，他仍持續見到一個又一個特警，在執行任務時傷亡。

尤其當時非法獸人似乎也逐漸組織犯罪化，其中有非法獸人集結而成的，也有受到人類暴力組織以利益招募的，其中又以後者更加危險，民眾頻頻在街道上目睹非法獸人與特警大動干戈。

對於其他警察來說，這也是一份極為危險的工作，與特警搭檔的人類警察同樣處在高度風險的工作環境。

獸人特警的傷亡率下降，但人類搭檔的傷亡率卻增加，雖然總傷亡率比以往顯著降低，但是人類警察的折損，讓招財的警察同事怨聲載道。

所以，李招財也會在總局、分局與人類警察開會時，感受到他們散發出來的敵意。

「你就是那個特警愛好者嗎？」

「你這麼愛跟他們那些怪物搭檔，怎麼不讓你乾脆帶領一整組怪物小隊。」

「李招財，要不是你，他怎麼會死？」

「哼，怪物小隊長。」

「哇！李招財，你又活下來了呢，怎麼這麼剛好死的都不是你？」

「你要為那些弟兄的死負責。」

「李招財，我早就聽你同學說，你這個人最愛管事了……管到我們這裡來，真了不起！」

李招財默默承受，他沒有回話，也沒有反抗。

我早說我最討厭警察了，他在心裡暗自罵道。

弟弟李朝陽知道警界近期的風波，他也有不少同學畢業分發到警局單位，但因為他們年資尚淺，姑且不會分派到與獸人搭檔。

朝陽到消防單位服務後，招財曾經語重心長地說：「這工作很危險，你服完規定年限就退休吧，工作再找就有。」

如今哥哥分派到危險的任務，朝陽也依樣畫葫蘆地勸告哥哥。

「你這小子，用我講過的話來酸我是吧？」李招財忍無可忍，他瞪著弟弟。我是招誰惹誰，現在連這小毛頭也要教訓我。

但朝陽卻是嘆了口氣，拍了拍哥哥的肩膀說：「我是真的擔心你，你真以為我跟那些人一樣呀！」

哼，這小子長大了。

「我知道要你這個人敷衍是不可能的，不過，賣命的事情交給特警去幹，自己別老是衝第一。」

弟弟雖然這麼告誡，不過李招財沒放在心上，他知道弟弟沒有惡意。這些話不是出自於歧視，只是擔心自己的生命安全。

李招財與特警搭檔前幾年，他的特警夥伴有九個死於與非法獸人的戰鬥，一個重傷送回紅瞳公司治療，後來聽說在家屬同意下，實行安樂死。

李招財對於這點一直很難過，還有什麼事情比夥伴戰死更讓人傷痛呢？他不斷向紅瞳公司建議，他認為這些特警都太年輕。特警被紅瞳招募後，十七歲開始施打獸人基因，學習基礎司法知識，接著進行體能訓練，成功獸化後就被分發，通常都不長於十九歲。

這群青少年應該要再多磨練幾年，先別說訓練了，至少讓他們讀完大學，享受正常的人類大學生活，再讓他們面對這些生死交關的場面。

但是，政府卻不願意等候，他們認為非法獸人的問題日益嚴重，沒辦法等待特警太久。李招財又開始寫建言書，針對獸人特警的高等教育與訓練年限，他認為應該要延長。

警察總局長不同意，那他就寫給議員，議員不同意，那他就寫給總理，總理不同意，那他就寫給總統。

公務單位最忌諱越級層報，李招財搞得所有長官跟同事都不爽，他的單位天天被關注，甚至一度將他調離現職希望他住嘴，但是，沒幾個月就又把他調度回來，畢竟有意願加入特警計畫的人類警察真的不多。

「他們一定很希望我因公殉職，一勞永逸把我搞掉。」李招財得知調度回特警任務後，這麼猜測。

或許是李招財把特警當成真正的夥伴，他幾乎躲過所有劫難，發生緊急狀況時，特警總把招財的安全擺在前頭，甚至替他抵擋攻擊。

他又折損了好幾位特警夥伴，這些特警……最年長的也不過才二十歲……太年輕了……真的太年輕了。

雖然特警傷亡的數據再度下降了一成，人類搭檔的傷亡率也持平未再提升，但批評仍在持續，不減反增。

李招財承受莫大的壓力，就連母親也開始勸告他別再替獸人說話。李招財與李朝陽兩人雙雙結了婚，朝陽生了一雙兒女，但招財長期處在巨大的工作壓力下，與妻子總是未能順利生育。

妻子老是念他，幹嘛沒事搞事。身為護理師的妻子也有不少同事嫁給警察，招財照三餐寫信給長官，妻子也是如飯後甜點地三餐奉上抱怨。

久而久之，他下勤就喜歡去釣魚，李招財釣魚不只是為了讓魚上鉤，反覆嘗試錯誤，拋甩魚竿，而是在等待上鉤的歷程中，享受難得的平靜。至於打牌嘛……小賭怡情，而且搞不好他也能因此致富，總是要為未來幾年被逼著退休做準備嘛！

幾個月後，妻子除了受不了同事的冷嘲熱諷，也無法忍受招財在婚姻中的缺席，便提了離婚。招財點頭同意，彷彿等待此刻許久。

那時，他才剛得知受傷的特警夥伴，經過幾個月的治療，紅瞳醫院仍宣告治療失敗，夥伴不治身亡。

他真想放棄關於獸人特警的抗爭事業。

此時紅瞳公司來了通電話，告訴李招財最近紅瞳也成功研發新形態的獸人基因。當時他正在值勤，心想：現在當我是獸人專家了嗎？

「消防獸人，我們希望這種新形態的獸人能夠減少消防員傷亡率。您的長官推薦您，我們知道令弟是消防隊員，長官擔心其他消防隊員會跟警察一樣排斥獸人，不如引薦令弟跟我們碰個面，或許令弟會比其他人類友善。」

可惡！我那個副分局長又在想辦法給我加業務了……等等，招財醒了醒腦說：「你說……減少消防員傷亡。」

對方給予正面答覆。

「我下勤後，帶你們去見我弟弟。」

李招財與紅瞳公司約在弟弟住家附近的停車場，幾個曾有一面之緣的紅瞳公司業務，與一名三十歲左右的陌生男子向他打招呼。

紅瞳公司向招財介紹，這名男子叫做毛浩然，長期擔任義消，白天則是朝九晚五的百無聊賴上班族。他主動向紅瞳公司表達希望能夠成為消防獸人，是個對於消防有抱負的年輕人。

嗯，第一種人，招財心想。

紅瞳公司想藉此機會讓毛浩然安插進消防隊，雖然不見得能取得消防員的公務員資格，不過也能夠從紅瞳手上領到豐碩的工資，紅瞳也能據此向政府請款，算是一個實驗性合作計畫。

招財向幾個人介紹弟弟背景，他雖然不知道弟弟對獸人是否有偏見，但是他也知道弟弟比自己想像中成熟，要是有獸人保護弟弟，弟弟發生意外的機率一定會大大降低。

朝陽那幾年剛生孩子，為了節省開銷，他租了一個老社區的房子。社區大多都是連棟式的平房，據說過幾年有都更計畫，租金特別低廉。不過，招財這夥人才接近朝陽家，卻發現社區被消防車團團圍住。

招財的母親帶著侄子、姪女在社區外，驚恐地望著他，招財不由得鬆一口氣，還好大家沒事。

母親告訴他，她才剛接侄子、姪女下課，回來時社區開始竄出火苗。聽左鄰右舍七嘴八舌，才曉得隔壁鄰居燒菜燒到一半趕著出門倒垃圾，卻忘記帶鑰匙。鄰居垃圾倒完後跟幾個老鄰居聊了起來，房子冒火才想到自己根本還沒煮完飯。

「真離譜！不過人沒事就好，弟弟跟弟妹知道嗎？」招財問。

「你弟媳婦今天加班，還沒回家。朝陽今天出勤，不在家。」

招財心想不對，自己一早接到紅瞳公司電話，立刻轉達給朝陽，朝陽說午後下勤會先回家睡個午覺等我們。

他該不會……!?

「弟弟人在裡面。」招財看到燒到半焦黑的房子，目前火勢已經滅去大半，但老房子受不了延燒開始倒榻。消防隊員都在外頭灌注水線，無法確認有人受困的情況下，消防隊員也不一定願意涉險進入。

要是他，他也不願意自己的弟弟進入火場救人，招財急得掉下了眼淚。他找了現場的消防小隊長，小隊長難為地看著他道：「學長，對不起，你媽媽說裡面沒有人了……能夠確定裡面有人受困嗎？」

幾個消防隊員聽聞，自願進入火場搶救，不過，長官沒鬆口，就沒人動作。

初識的陌生男子卻在此時挺身而出，他說：「讓我來吧。」

你……？李招財這時才想到自己並沒有真正記住對方名字。

小隊長見男子似乎意欲進入火場，趕緊勸阻，他要幾名弟兄將入口圍住，別讓人進去涉險。

男子注入獸人激化藥物，不一會兒時間，他變成一個巨型甲蟲，只剩下頭部依稀維持人形。他手部變得烏黑，兩條腿成了四條又細又長的細肢，背上則是墨黑色的甲殼。

男子逕自前往消防車補充水分，他將水管朝自己身上淋，甲殼開始吸收水分，身軀也越來越腫脹，幾乎有原本三倍大。消防隊員也來不及阻止怪物的行動，將入口圍住的他們，默默地讓了身子。

「交給我吧。」即便變成其貌不揚的怪物，陌生男子卻是以人類的聲音開口，他轉身準備進入火場。

「加油。」

「祝你好運。」

「你一定要把人救出來！」

「希望你也要平安！」

招財聽見幾位人類消防隊員的祝福。

甲殼獸利用頭上觸角，朝前噴出了大量清水，他便衝進火場。

招財與其他人屏息以待，不出十秒鐘，甲殼獸抱出了奄奄一息的朝陽。

後來才得知，火災發生時，朝陽正在熟睡，但客廳傳來陣陣濃煙，並開始冒出火苗。他只好躲在房間，用濕毛巾掩住口鼻，封鎖門縫來減少濃煙。

幸好火勢不大，消防車一下就把火撲滅。火勢稍稍熄滅後，朝陽本來想自行脫困，但這畢竟是年久待重建的老宅，朝陽在逃脫過程中被坍塌的門梁壓住雙腿，逐漸失去意識。甲殼獸人的出現，適時拯救了他。

朝陽只有輕微嗆傷，但傷腦筋的是他的雙腿。坍塌的門梁太重，且溫度炙熱，雖然朝陽能夠保住雙腿，無須截肢，但兩條腿透過復健進步到用拐杖行走已經是極限了。

他這一生都需要仰賴輪椅移行。但是，這樣就夠了，朝陽看了看自己的兩個孩子，覺得能夠活下來比什麼都還重要。

「弟你放心，我一定養你們全家一輩子。」招財在醫院照顧朝陽時，他這麼告訴弟弟。

他是認真的……朝陽見到招財的眼神，忽然覺得：這個哥哥比老爸還像是爸爸呀……

對於陌生獸人毛浩然的鼎力協助，李招財感念在心，才剛成功獸化就願意進入火場拯救自己的親人，實在虧欠他太多了。

「請你告訴我，我能夠用什麼回報你。」

毛浩然想了一下，他說：「我不知道這樣會不會太過分，我知道你為年輕獸人特警撰寫的萬言陳情書……我覺得那是很偉大的事情呢！如果說……希望你能夠繼續努力，不要放棄，不知道會不會太自私。」

李招財想了一下，朝陽並不是因為工傷變成殘廢……拿到的撫恤金很少……李家需要我這一份薪水，才正想要放棄陳情呢……但他又看了看眼前這名單眼紅瞳的半獸人。

他救了弟弟的命，也不是要我回報他，是要我繼續做那件……我在從警過程中少數真正想做的事情。

算了，反正我十賭九贏，被踢出警界我就去當賭神！

「好。我答應你，我會繼續幹到我被轟出去為止。」

「我也是因為當義消的過程中，看見很多消防員為了救火付出生命……我才會……」

李招財這才懂了。這個要求，一點都不過分，也一點都不自私。

不過，後來的幾個月，即便李招財重拾抗爭熱情，同意他訴求的人並沒有增加。或許因為李招財的風評、名聲太臭，學長姊看不慣他，同期避之唯恐不及，比他資淺的學弟妹更不敢搭腔。

但是，李招財沒有放棄，他仍然維持定期寫信陳情的習慣。

每次他都會以新的特警傷亡事件當作題材，甚至請長假自費出國前往其他國家考察，有些國家並未針對非法獸人設立特警，當然犯罪事件越來越嚴重；有些國家則是延長特警受訓的時辰，讓傷亡率顯著下降；自己所在的S國，正是首個讓人類警察搭檔特警的國家。他交叉比對，利用近年的數據進行詳細的統計分析，據此請求所有長官，如果能夠結合所有國家的優點，S國或許能夠持續再下降特警與人類搭檔整體傷亡率。

數據一出現，也開始讓少部分警察動搖，但仍僅為少數，遠遠不足以撼動體系。

招財的直屬長官仍然因為招財樹大招風備感壓力，他甚至批評招財：「你是不是休假太多，還有閒工夫寫論文呀？」

副分局長遊走法律邊緣強迫招財加班，並控制在法定的加班最大上限。庶務繁重，又獲得不了充足休息，招財幾乎累得一上床就呼呼大睡，有時候值勤還得趁著空檔打瞌睡一番。

招財幾個月以來仍然持續關心弟弟朝陽，不過自己的休假太少，每次去拜訪弟弟、弟媳婦跟侄子、姪女，他們都說母親推著弟弟去辦事或復健。

也好、也好，朝陽沒有被打倒，他要好好復健，才能夠好得快。

一直到招財終於在值勤時昏倒，他從病床上醒來，招財才驚覺自己再也負擔不了。

當時的招財不過三十出頭歲，醫生警告他再這樣下去，過沒幾個月，腦溢血都是預料中事。

比較讓他意外的是，特警夥伴在病床邊照顧他，還有幾名只有幾面之緣，分屬於不同分局的獸人特警。

他的搭檔知道招財不想讓家人擔心，於是選擇自己呼朋引伴，前來照顧這個捍衛獸人特警權利的人類。

「你不會怪我沒告訴你的家人吧？」當時招財的夥伴有點緊張地問他。

「你要是告訴他們，我沒開槍把你打死才奇怪，你不知道我這把槍專打獸人嗎？」幾位特警哈哈大笑，他們一直以為招財是個嚴肅的學究，沒想到是豪邁直爽的老粗。

不過，招財終究在出院後跟家人坦承病情，只是說也奇怪，他們不再勸他提前退休，反而只是要他好好休息，三天兩頭去招財家替他熬煮雞湯、補補身子。

幾個月後，一位議員召開了場警消會議，警察與消防雖然原本就是一個大家庭，只是在業務專精化以後分別自立門戶，兩個組織鮮少召開此種大型聯合會議。

李招財聽說前幾個月換了新的消防局長，是個願意突破窠臼、年輕有為的長官……唉，真好！難怪紅瞳公司會開始跟消防局談合作。難道又有什麼奇怪的計畫了嗎？完蛋了，副分局長鐵定又要搞我了。

本次會議由消防總局召開，理應由消防局長先致詞。年輕長官致詞時，台下一陣鼓噪，一大夥坐在會場後方的義務消防員率先拿起手邊標語，很快的，消防員開始響應。

哇！真沒禮貌，肯定遭長官一陣飆，李招財心想。這些長官呀，心眼都很小的！

不料，消防局長卻讓後頭的鬧劇持續。

「我們的弟兄，除了消防外，還有警察同仁！我們希望所有警消弟兄都能夠平安。」

「消防獸人保護我們，盼望獸人特警也能保護弟兄！」

「支持人類與特警搭配，人類保障特警、特警保護人類！」

「獸人特警也應該像人類一樣，接受完整的訓練！」

「消防打火需要訓練，警察救人更要鍛鍊！」

警察弟兄沒有讓消防弟兄孤單，以十幾位資淺警察為首，他們也拿起標語。

「我們願意跟獸人搭檔，前提是他們也要跟我們一樣享受完整的教育！」

「別讓特警男孩、女孩們孤單死去！」

在場的獸人特警都對這些舉動感到意外，這些人類默默籌畫的聲援，讓他們也忍不住哭紅雙眼。

一個人在會場最後方大喊：「李招財！你不是一個人孤軍奮戰！」

李招財回頭一望。

朝陽坐在輪椅上，弟弟一家人跟以前消防隊上的弟兄將朝陽從會場後方推了出來。

「伯伯！加油！」孩子們用稚嫩的聲音喊道。

「大哥，我們挺你！」就連弟媳婦也一塊兒，她照顧殘廢的弟弟……招財一直覺得很對不起這個弟媳婦。

老媽遙望著李招財，她今年已經六十歲了，對兒子的無條件支持，不再需要言語。

「學長，我們消防總局在消防獸人隊員的幫助下，已經減少了很多傷亡事故……你們……也該變革了。」消防局長這麼對警察局長說。

警察局長年紀很大，幾乎已經是待退年紀了，不願意改變現況的他，正是阻擋一切的禍首。如今被小學弟當眾羞辱，他更是低頭地無法自容，可是，議員在場，他也不好意思多說什麼。

當天的會議，正是警消兩大公安部門，進行獸人支援計畫的心得分享與討論，警政高層準備了幾位保守派的警官做為維持現狀的困獸之鬥。消防高層則積極提倡獸人要適性分組、與人類搭檔，並認為要讓獸人享有更充足的職前訓練。

他們引用李招財在好幾份陳情書中所陳的語句：「每一個人，都應該享受美好的青春，你們給了我們五年制的警察專科學校還有四年制的警察大學，這是專科、大學生涯，也是我們執業前最後的黃金歲月。難道這些獸人孩子不應該享有嗎？他們要當衝鋒陷陣，隨時都可能會為善良百姓犧牲的獸人特警，難道我們不應該等待他們，讓他們享受更多更美好的人生嗎？」

原來，招財的辛苦，朝陽都看在心裡。復健之餘，朝陽說服母親，用輪椅推他走訪每一個消防分隊，拜託他看見的每一位弟兄，懇請他們說服自己在警專或者警大所結識，後續分發到警界的朋友同學們。

我的哥哥，我的家人，他正在為這件事情奮鬥，我不幫他，還有誰會幫他？

「獸人救了我的命，我希望獸人也可以拯救更多警察弟兄的命。應該要跟我哥說的一樣，給他們更充足的訓練，甚至讓他們享受多一點人生，轉化成獸人後幾年再來當特警。他們都只是孩子，難道不應該給他們多點時間，讓他們能夠更成熟的進入這個危險的行業嗎？」

傷退弟兄的四處奔走，傳到了新任消防局長耳裡，第一個消防獸人毛浩然也積極地向紅瞳公司，以及他見到的每一位消防同袍、長官遊說。

這些力量，以李招財為同心圓，擴散出去。

對於這件事情，政府宣布撤換警察總局長，直到新任局長上任超過一年，招財也還是不知道到底有多少效益。雖然已經比以往減少許多，但他仍然繼續承受部分同袍的酸言酸語。不過，這回多了不少人替他答腔，其中有無法置身事外的獸人特警，還有與獸人特警搭檔的人類警察。

讓招財感到意外的是，越來越多資淺警察，也不畏懼學長姊的言論，挺身而出。

年輕警察很喜歡招財那個「讓他們享受更多更美好的人生」的論調，他們深深知道，隨著日益嚴重的非法獸人犯罪問題，如果獸人特警無法成長，只會讓自己往後的執法生涯危機四伏。

召開警消會議的議員，就是大名鼎鼎的「怪物議員」喬議員，議員會議後私下告訴招財，他所做的事情應該到此為止，喬議員會繼續監督這件事情。

「別再陳情了，剩下的，交給我。」喬議員堅定地拍了拍李招財的肩膀。

既然議員都這麼說了……那我就姑且聽之吧。

招財因為身體狀況被轉入稍稍輕鬆的交通安全組，他在處理交通事故時，總算能夠電電那些對民眾態度不好的基層員警。一年後，他也漸漸淡忘這件事情。

這天，他收到了一紙公文，李招財再度被轉調到刑事警察組。總該來了。

不過，以往調職都是拿著人事命令去新單位報到，這回卻要他回總局參加典禮？新任局長是個喜歡搞派頭的長官嗎？

當他踏進總局準備參加典禮時，一群二十出頭歲的青年似乎在大廳聚集，其中一名青年叫住了李招財。

這是個沒看過的特警呀……是誰啊這？我怎麼不記得見過這人。

「嗨！招財學長。我是新分發的特警，我叫做海卓（Hydra）。」

「噢噢噢，海卓老弟……哎！你長得很成熟哦……來總局辦事啊？第一次來？」

海卓從口袋掏出了一張人事調動命令，上頭寫著海卓即將加入刑事警察組。

招財看了這紙公文。嗯，果然是特警計畫的孩子，不過，招財趕著參加典禮，他將文件歸還海卓，擔心這孩子不知道路，還好心地問：「知道禮堂在哪嗎？」

「我要感謝你，我今年二十二歲，才剛從大學畢業。」特警這段話吸引了招財注意。大學畢業？

「你的主張，紅瞳公司一直放在心裡。因為你的倡議，我的分發時間一延再延，我們是第一批讀完大學的獸人特警。」

「恭……恭喜！」招財對海卓突如其來的表白，先是訝異，隨即轉而替眼前的年輕人高興。

「紅瞳的人說，這一切都要歸功於你。他們本來已經抵擋不住政府壓力……但是從我開始，所有特警，都被允許能將大學或專科學業完成。特警制度將規劃成——十七歲前被招募，在特警學校研讀警察知識，十八歲後，平日在大學讀書，假日則繼續各種訓練。你抗爭的時候，我已經大學二年級，警察總局一直向我們調人，但因為你，我才能夠免於被調動……雖然很辛苦，我幾乎沒有休假，但是我覺得很充實。我真的很謝謝你……真的很謝謝你為我們特警付出。」

海卓九十度鞠躬，在場旁觀的眾多新特警見海卓與李招財搭上話，也一一上前，他們鞠躬道謝，也有少數人類警察拍手鼓掌叫好。

李招財不知怎地，也落下了男兒淚。

「你知道嗎？我們所有特警生都知道你……大家都想跟你搭檔，最後我們只好打架決定……我贏了……我會保護你，不會讓任何人有機會動你一根寒毛。」

哎，這群小屁孩們並沒有因為年紀長一點就成熟一點嘛……李招財笑了出來。

他望著眼前代表發言的青年，李招財耳裡幾乎聽不見掌聲——那始終不是他要的，他要的只是像眼前這個大男孩、他們這些新特警，能夠勇敢、做足準備，毫無遺憾的加入警界。

我這幾年來的付出……都沒有白費。

傻孩子，我可是你學長。說要保護我……哼……到時候不知道是誰保護誰呢？我只希望你能夠在執法生涯一切平安，跟我那些即便討厭，但仍然是弟兄的警察同事一樣，李招財默默許下願望。

海卓跟李招財，兩人相差超過十歲，但是他們跨越了「種族」與年齡的藩籬，多年來，他們一直是好朋友。

因為海卓卓越的能力，他三年後升上中階特警，五年後升上高階特警獨立辦案。據說，他甚至想要當一輩子的初階特警，守在李招財身旁，但他的能力太優秀，無論是警方或者紅瞳公司，都不願意讓他留在初段階級。

所以，海卓在升階前，一直鼓吹要招財快點退休。

「有完沒完阿？你學長還是我學長，不然我們李家一家老小給你養啊！」

海卓也只好交代後來的後輩小生，務必要保護這個老傢伙。

高層甚至傳出有意願讓海卓擔任特警長，掌管所有特警任務出勤的統籌，但是他拒絕了。

李招財說：「哎，鐵定不是爽差，出事肯定了要當箭靶。」

「那還用你說，你這老頭永遠把我當成小孩，真受不了。」

海卓執法十幾年中，他跟招財繼續為特警權益發聲，隨著兩人在舞台上的活躍，人類警察也逐漸不再排斥特警，陸續也有少數警察接受獸人實驗。

雖然少部分與招財同期的老警察，仍然把招財視為眼中釘，他們至今也都成為把持警界的老長官，但招財不怎麼在意。我會老、你也會老，總有一天，你們都會跟我一起被抬進棺材。

終身聘雇制的特警，也開始像人類一樣享有退休年限，甚至因為招財緊密的家庭關係，他們也推動獸人特警的收養制度，讓每一位特警生也能夠享受家庭的溫暖，此外海卓也是第一批返回特警學院教授，傳承經驗的退休特警。

隨著時間過去，一代又一代的特警輩出，他們對李招財的印象，只剩下特警學院歷史學科中的一個人名。

但是，他們的學長姊不斷轉述李招財的事蹟，要他們千萬別忘了有這麼一個人，曾經堅持為特警權益奮戰到底。

不，是一整個家族都為他們奮戰。

獸人特警，隨著執法生涯的延續，他們奇幻且富有想像力的姿態，逐漸被世人稱呼為特警英雄。

英雄意味的是為素昧平生的陌生人犧牲奉獻，奮力一搏，但是在所有特警眼中，尤其是當代、也就是最早期的特警眼中，夠格被稱得上英雄的人只有一位。

那個人並不是他們特警之中的任何一個人。

李招財，他才是真正的英雄。

獸人寶典

◆第一位消防獸人——毛浩然：其獸人原型是沐霧甲蟲，該種昆蟲可以蒐集露水並儲存在自身身體，運用在消防獸人身上，能吸收大量水分，透過頭上的觸角噴射或霧狀噴出，身體基本上防火、耐高溫。

◆獸人的植物屬性：所謂「獸」人並不專指於動物。第一部間曲中的薇恩斯（Vines），以及本回的尤莉薇，都是能力偏向植物屬性的獸人。

◆海卓（Hydra）：S國退休特警，海卓的名字就是眾所周知的那個 Hydra，「hail Hydra!（九頭蛇萬歲）」。Hail Hydra 的 Hydra 指的是希臘神話中的多頭蛇怪，不過這裡只取部分意思，不是指長蛇座（Hydra），更不是水螅（Hydra），而是以原拉丁文 Hydrus 的水蛇座，水蛇座同樣也是 Hydra。

海卓「曾經」是知名的特警英雄，他退休後隱姓埋名，以新名示人，但不能保證其他人不會再提到他的舊名。

「喂！你這是要去哪裡？」皮諾丘為了擠進副駕駛座，不得不變回人類形態。他質疑一旁的司機，司機明明說要先去李招財所在分局進行犯人的人別訊問。

「呃……長官叫我改載你們去彀中分局，他們已經約了檢察官……」這名司機也是名警官。

「我不是說要戒護劉子琪去醫院嗎？」皮諾丘不滿。

司機沒有回話，此時正在停等紅燈，押解重要的犯人，偵防車卻沒有鳴笛。

「下車！」皮諾丘嘴巴突然變得又長又細，他在司機耳邊大吼。

「皮特警，有話好好說，我也是接到……」司機滿臉哀怨地望著皮諾丘，但特警板著臉，十分惱火。

「下車！我最討厭一句話重複兩次。」皮諾丘拉了手剎車，還將偵防車打到停車檔。他生氣道：「老子不姓皮，你才姓皮，你全家都姓皮！你現在就給我下車，不要逼我叫我女人迷昏你。」

「呃……這……」

「準備好了。」尤莉薇的手掌散發黃光，催眠之手在駕駛旁晃呀晃，不過皮諾丘卻揮開女朋友的手。

先別吵，我嚇嚇他而已。

「劉子琪是非法獸人，她的事情歸我管。我沒接到什麼指令，有什麼事情李招財扛。」

「關李招財學長什麼事……」

「還回嘴？你現在就給我下車，不要讓我說第三次！」

司機被趕下車，下車前，他揚言要報告上級。

「你去啊，我服役年限快到了，看你們能夠拿我怎麼辦？」皮諾丘坐上駕駛座，他將嘴巴伸出窗外對司機叫囂。

「寶貝，即便車子不是行進狀態，也不可以將嘴巴伸出窗外哦。」尤莉薇叮嚀道。

後照鏡中，司機正拿起電話。

偵防車內的無線電不斷傳來命令，皮諾丘認得這個聲音，這是總局刑事偵查組的小隊長，他說：「皮諾丘，你不要額外生事，我命令你現在回到轂中分局。」

「我要先帶劉子琪戒護就醫。」皮諾丘回話。

「我們允許你先帶她去轂中分局，讓檢察官訊問完以後再去看醫生。」

「我做事還要你允許，叫特警長來跟我說話。」

「這件事情是我們人類管的，輪不到你們……」

「你們人類，我們獸人，現在就又分得這麼清楚了？我跟你沒什麼好說的。」皮諾丘說完後將無線電往窗外砸。

「噢，我第一次看你這樣。」尤莉薇似乎對男朋友的反應感到驚訝。

「他們人類一聽到劉子琪被強暴要驗傷，一夥人都變得怪怪的，這其中一定有鬼。」皮諾丘說完後開啟偵防車的蜂鳴器。

「妳現在打電話給李招財，要他們現在立刻去……等我們，如果局裡的人問，什麼都別說。」

「不去他分局了？」

「現在去，就是去自投羅網。」

皮諾丘接連闖了好幾個紅燈，他以為局裡會派人追他，但是並沒有。人沒到，電話卻響個沒完。他本來也想把手機往窗外砸，但想了一想，這是老子花錢買的，別浪費。

不一會兒時間，偵防車抵達約定地點，見到李招財、約翰，以及米婭與人類學妹黃凝兩組搭檔。

皮諾丘喊著要他們快點上車，兩組初階特警組合的手機正輪番響起，他先是問：「你們幹嘛不把手機關靜音？」

四個人先是沉默，由米婭打破僵局，她說：「約翰叫我們不要關靜音，不過招財學長沒理他。」

「你有病啊？」皮諾丘忍不住非難小學弟。

「我覺得米婭跟黃凝的手機鈴聲滿好聽的。」約翰笑著說。他還計算了局裡的來電次數，差五次就滿一百通電話囉！

「所以你的手機自己關靜音？」米婭訝異。

「對啊，我的預設鈴聲太難聽了，還是靜音好。」約翰補了句：「嘻嘻。」

米婭捶了約翰上臂，這一聲震天響。

李招財把這夥年輕人趕上車，叫他們別再廢話，也要皮諾丘換到後座，他命令道：「我來開車。」

「欸，學長，好歹我也是老司機了。」

「你有在六點下班，趕著去國中小接侄子姪女去安親班或補習班過嗎？你有媽媽心肌梗塞，緊急送她去找醫院急救過嗎？」李招財質問，皮諾丘都搖頭。

「那你就不夠格稱自己是老司機。」李招財補充：「副駕駛座別坐人。」

幹嘛？李招財習慣自個兒開車嗎？皮諾丘擠上後座悄聲問約翰。約翰則表示李招財都會凹他開車，還吐了個舌頭。

李招財吆喝後座趕快形式上做嫌疑人的人別訊問，幾名警察——包含特警，這才開始認真辦事。雖然不一定符合程序，不過，特警幹事不拘小節，李招財又是寫報告高手，為求保險全程錄影，但程序跑完後，他們都問了同一個問題。

「妳真的被錢今生那傢伙強暴？」

劉子琪仍被尤莉薇控制行動能力，她只能勉強回話：「對……」

「喂！有沒有點同理心啊？人家一個女孩子家，你們這樣問話。」

李招財忍不住飆了後頭這群年輕人。

「案發到現在已經一個多禮拜了……ＤＮＡ跡證留存的可能性很低，不一定驗得出來哪。」米婭呢喃道。

「我這一個多禮拜……都沒有洗澡……」

「噢……那還有機會。」米婭的學姊黃凝回應，她以前曾經待過鑑識科。

偵防車開了一小段距離，卻停下車子，一名戴著漁夫帽、墨鏡的男子泰然自若地打開副駕駛座車門。

所有人都被李招財突如其來的安排震懾，這名男子是誰？皮諾丘憤怒地拍了李招財的座椅後方，他大罵：「你這個老傢伙……該不會跟他們也是同一掛的吧？」

「要我掛了都不會跟他們同流合汙，你給我住嘴。」李招財回話時沒有回頭。他接著說：「別吵，等下我得專心開車。」

「我不是叫你別攪和進來嗎？」男子無視特警抗議，逕自跟招財對話。

「你以為我想呀？有特警請求支援，你也知道我不會拒絕。」

「這種獸人的事情，不應該牽連你這個人類。」男子正想轉頭，但他的手機卻傳來通知，他說：「接到消息了，再來會有不少人來阻撓你們。」

李招財鼻子哼了一聲。

「意料中事。重點是誰，是我們老長官還是老相好？」

「是我們的老相好，不過我現在有朋友在裡面了。」

「你朋友可真多。」

「人情留一線，日後好相見嘛。」

「喂！等下，這個男的到底是誰？」皮諾丘見李招財跟男子聊得起勁兒，忍不住插嘴。

「現在學弟問題還真多。」男子不加理會。

「你才知道現在學弟多難帶。」

皮諾丘仍繼續拍打李招財，這時候李招財又闖了一個紅綠燈，閃避橫向車輛時差點撞到分隔島。李招財轉頭瞪了皮諾丘，他吼道：「你再拍一次，我就讓你滾下車，用飛的過去紅瞳醫院。」

皮諾丘鮮少被人類警察以這種口氣回話，他摸摸鼻子望向自己女朋友。不過，尤莉薇卻是趁他不注意偷笑。

過了幾個暢通的路口，不少車輛在前方路口停等紅燈，李招財便等前車讓道。四面八方突然來了不少車子，他們除了拚命按喇叭外，還往偵防車擠。

其中幾台車搖下車窗，露出兇神惡煞的臉孔，他們說：「喂！臭警察，停車！」

「把裡面那個怪物交給我們！」有人大喊。

「車上有很多怪物，你找哪一個？」約翰忍不住開窗打嘴砲。

「幹嘛跟他們講話啦！」米婭用手肘頂了約翰。

一群白癡，你這麼喊，不就更加證實了我們認定警方有內鬼嗎？約翰暗忖。他向皮諾丘提議：「學長，你不是會飛嗎？把偵防車扛起來，拉我們去醫院。」

「你當我劉子琪啊？我又沒這種能耐。」

「他的翅膀又短又小啦！」尤莉薇補充。

妳別在其他人面前洩我的底啦！

眼見包圍偵防車的車輛越來越多，甚至不少車子從對向車道繞過來包圍，十字路口頓時擁塞。無政府狀態啦！連前方車輛想讓道都沒空隙了。

約翰心裡不慌張，反正前幾天才教訓過那麼多人類，車裡特警還不夠多嗎？他心裡盤算有多少獸人能力可以用，如果劉子翔的能力還在就好了，再多人都是小意思。

「真沒辦法。」陌生男子摘下墨鏡交給李招財，李招財卻嘲笑道：「都過了快二十年，還是這麼喜歡演盲人哦。」

陌生男子打開車窗，將自己的右手靠在窗外車門邊。

偵防車突然向上升起五公尺高，左搖右晃地穿過車陣。

磅！

磅！

磅！

磅！

底下車輛，所有人無不搖下車窗看傻了眼。

約翰向窗外看去，商業大樓的玻璃牆面映出了偵防車現況。

偵防車下緣被半透明的黏液包覆，黏液彷彿凝固，底下長出了兩條又細又長的巨腿。

兩條巨腿就這麼托著偵防車向前挺進。

我們變成《星際大戰》裡面的 AT-PT 了嗎？約翰竊笑。

右側一陣強風襲來，男子的漁夫帽被吹落到偵防車中央扶手，他露出整個臉龐。那是一個年約四十歲的男子，髮型被漁夫帽壓得亂翹，不修邊幅，還留了個率性的美式落腮鬍。

「你是……？」皮諾丘立刻認出他——這個傢伙根本就是個傳奇特警。他幾年前退休後行蹤成謎，這幾年若公開露面，大多都是回到母校參與新特警面試，偶爾在非法獸人學與特警歷史課程兼課，或跟學弟妹們練習對戰。

他怎麼會在這裡⁉

「海卓學長！」

「現在我叫阿鰻。」男子回應。

車內所有人都覺得這個名字再土氣不過，但沒人敢搭腔，除了一個人。

「這名字有夠俗。」約翰說：「喂……呃……阿鰻。」

「我早就說過啦。」李招財再補一刀。

「幹嘛。」海卓……或者阿鰻，他老大不爽地回應約翰。他跟約翰有私交，畢竟約翰是他欽點給李招財的夥伴，只是約翰不知道罷了。

或許是因為有點交情，他才敢這樣跟我講話。

海卓不知道約翰只是沒大沒小。

「兩條腿走路好暈，能不能搞個輪子或者變成四條腿。」

「喲！就跟你說現在學弟很難帶吧。」李招財大笑。

「那有什麼問題。」海鰻……算了還是先叫他海卓好了。海卓再生出兩條腿，偵防車改以四條腿奔馳。

雖然仍有車輛在後頭追逐，不過，追兵已經明顯減少。暴徒以為能夠把偵防車困在路口，現在反倒被自己人困住了。

「我們把他們甩開了。」米婭回報追兵動向：「這些人真大膽，竟然敢來追偵防車。」

「可見他們背後的勢力有多龐大。」黃凝回應。

「你們倆姊弟真是惹上不該惹的人了。」尤莉薇告訴劉子琪。

劉子琪只能勉強回應：「我……我……我知道……但是……我還是要……要幫……我弟弟……否則……他。」

「又是弟弟嗎？沒辦法……唉。」李招財轉頭望向劉子琪，正準備說話。

「哎！學長，看路。」皮諾丘提醒道。

「看什麼路？我又沒在開車，在那裡叫什麼叫。」李招財繼續原本話題，他問：「妳弟弟到底為什麼殺錢今生？」

「知道後，麻煩會不會變成在我們身上？」黃凝畢竟是局外人，她有點擔心地問。劉子琪本想開口，但見到黃凝的反應也不知道該不該說。

「說吧。」約翰開口：「反正也沒什麼好怕的。」

米婭真替約翰驕傲，她就是喜歡他這種無所畏懼的個性。

其餘人等耐心聆聽劉子琪緩慢的自白，她極為費力地從劉子翔鬼迷心竅，偷拿錢今生的手錶開始說起，才剛講到錢今生強暴她時，海卓又開口了。

眼前是紅瞳醫院總院，一大堆汽車橫亙在路面阻礙交通，一夥人已經在路邊等候他們好來個甕中捉鱉。聚集的惡人們，少說也有個上百。

「我們沒有甩開他們，他們老早就猜到我們要去哪裡。」

只有紅瞳醫院，才能夠庇護劉子琪。

「難不成要下車跟他們大幹一場嗎？」皮諾丘顯得為難，他清楚知道，只要惡徒攻擊的對象不是特警本身，他們沒有權利反擊，即便反擊也不可能不造成傷亡。

「不用，我們去其他醫院。」海卓說。

「其他醫院……敢收嗎？」李招財懷疑，他也正因紅瞳醫院被包圍，顯得十分傷腦筋。

「我知道有家醫院敢。」

「你說的該不會是……？」李招財似乎知道海卓在說什麼，他說：「那個院長敢這樣跟錢家那批流氓對幹嗎？」

「就我所知，院長沒有不敢做的事情。」海卓打趣道，他似乎與口中的「院長」私交甚篤。

✦

人類若在壯年時轉化成獸人，頂多只能再活50年，這已經是眾所皆知的事情，轉化成獸人時的年紀越長，餘命越短。

但事實上，根本沒有獸人存活超過50年，按照各國政府「宣稱」的歷史，從黑暗時期第一個獸人出現，直到最後一個獸人從大地消失，期間僅有20餘年。所以，紅瞳公司宣稱獸人最長餘命50年，一直都是科學界未解之謎。

曾經有不少人類質疑，尤其是WCH組織（We Care Human，反獸人民間組織）。他們擔心獸人的壽命，不若紅瞳宣稱僅僅50年。WCH認為獸人的壽命若遠高於此，豈不變成科幻小說裡的精靈族，人類只會繼續在競爭中敗北，他們也曾經以此當作主題砲轟了一輪。

雖然從來沒有人坦承，但是，那些位高權重的人，是怎麼透過獸人科技輕易活到一百多歲呢？不過，紅瞳宣稱早已針對獸人勞工的餘命做過詳細研究，他們只部分揭露研究數據，也坦承他們在獸人實驗早期，因為操作失當，讓不少受試者過度獸化致死，紅瞳公司（當時是紅點公司）也付出了鉅額補償金。

當獸化強度與時間延續越長，越有可能使原生人體的獸人身體失控，進而轉變成畸形，甚至暴斃死亡。這也是勞工半獸人連續獸化七日，就需要返回紅瞳治療的原因之一。

所謂的50年餘命，是以每日獸化工作12個小時，連續30至35年工作的時間來推算的，但是，當過度加班或者獸化強度提高，餘命就得稍打折扣。

轉化年齡較高的特殊案例——快姊，因為原生人體已經開始衰老，想當然身體承受不了獸化的高強度消耗，餘命大幅減少。

獸人特警，最起初將受試對象設定為青少年犯罪者，也是這個原因。

非行青少年大多來自破碎家庭，與原生家庭的連結較弱，加上社會普遍認為他們是未來潛在的高度犯罪者，便被當成消耗品看待。

這批特警拿來打擊非法獸人，燃燒生命，死不足惜，反正高度消耗，不出30年就會自然死亡，這也是最起初人類警察高層所打的算盤。獸人特警與非法獸人，兩者只有一線之隔，一個被組織犯罪者當成消耗品，另一個則是官方的免洗筷。

紅瞳公司起初刻意隱瞞，一直到李招財開始抗爭，加上海卓這一批新特警爭氣地奮發向上，才讓紅瞳鬆口，關於特警壽命的真實情形。

這也是新特警特別感念李招財的原因，李招財的倡議除了避免特警在值勤時英年早逝，也能延長特警餘命。

海卓幾乎一混和獸人基因隔天便獸化，空前，也是絕後。

他來自一個隔代教養家庭，父母親分開得早——應該說是未婚生子，不久後雙方再婚，也因為工作因素搬離原生城市。所以，他是外祖父母帶大的。

父母都對於海卓這個孩子鮮少聞問，海卓對兩者而言都是拖油瓶，兩人唯一願意做的就是寄錢回老家。

老媽，說是老媽還真怪，海卓三十歲前一直都沒見過她本人，雖然外祖父母不時拿手機要他跟老媽視訊，但是她都要求別開鏡頭，因為「現在的」丈夫會看見。

老媽一直提供金援直到海卓上國中，老爸呢……好像跟新的妻子結婚後就假裝沒他這個兒子。

海卓還記得外祖父曾經打電話給「無緣的女婿」要錢，結果老爸說：「喂，趙先生，您女兒生他的時候，我可是還沒跟她登記哦！我在法律上根本不是他生父。」便掛上電話。

那年他五歲，應該是不怎麼會有印象的年紀，但是那一段話，他記得清清楚楚。只怪外祖父有點重聽，每次都喜歡開擴音，嘖。

外祖父母高齡產女，也唯獨這麼一個女兒，海卓上國小幾年後，兩老已屆退休年齡，僅能仰賴老媽每月接濟維生。他們曾經去申請低收戶，或者什麼社會福利補助，不過政府人員卻說女兒在國外的薪資高，無法通過，所以只核給一丁點補助。

外祖父母埋怨道，怎麼可能，我女兒說她在國外也過得很辛苦，一定是政府故意刁難！

隨著海卓年紀越來越大，其他同學開始學習各種才藝，升學壓力接踵而來，老媽另外一個家庭的孩子跟海卓年齡相去不遠，也有一樣得栽培孩子的需求，便開始「忘了」要給外祖母生活費。

「啊！媽，我忘了，真對不起，下個月補給妳。」

結果下個月還是只給一個月的生活費，到最後甚至長達半年都沒給錢。

海卓跟外祖父母便在縮衣節食的情形下生活，傢俱壞了只好去回收場撿人家不要的，其餘東西壞了也是膠布一黏就當完事。最後，沒衣服穿，海卓只好去舊衣回收箱守候。廠商來收件時，哀求能不能要一點舊衣服來穿，幸好部分回收業者見海卓衣著髒髒破破，又只是個孩子，願意給他一些方便。

外祖父母見不是長久之計，但是自個兒年紀大，又有個正值青春期的小孩得養，開始四處借錢。從有朋友借到沒朋友，從泡茶聊天到被關上大門，從噓寒問暖到去電無人回應，只好嘗試自食其力。

一對老夫妻你要他們能做啥？對，就是撿回收。

他們開始四處收集回收物品，幸好他們年紀大，本來就租一樓公寓，堆在圍籬內也沒礙到誰。海卓特別吩咐，別影響到別人生活，外祖父母也有把話聽進去。

海卓便在這種環境下長大，有些孩子會笑他窮，有些孩子則說他什麼都不會，一無是處，不像大家琴棋書畫詩酒花樣樣都精通。

喂，啊我就是窮啊，給你們說去。

好在海卓課業表現出類拔萃，他四處申請獎學金，求學這一方面，沒給外祖父母徒增負擔。

不過，外祖父卻闖禍了。

外祖父沒什麼法律觀念，附近鄰居即便主動貢獻回收物，賺取的金額也遠遠不夠他們生活。外祖父只好騎機車去遠一點的地方拓荒。海卓見外祖父年事高，還得搖搖晃晃地騎車，每到假日，他都會放下手邊功課跟外祖父一塊工作。

外祖父看見有人堆在空地的回收，便叫海卓去拿。海卓頭先拒絕。不行啦，搞不好那只是人家暫放的。外祖父說，你去拿，真的不行，再拿回來還人家就好。

海卓會將那些「有疑慮的回收物」堆放在院子特定角落，他甚至留了張紙條——你的回收是被誰取走，如果有疑慮，請來電告知。

但是，家裡缺口真的大，放沒幾天，外祖父便趁海卓不注意拿去變賣，過一陣子倒也沒什麼問題。乖孫你看，這不是沒事嗎？

外祖父食髓知味，一連要海卓跟他去拓荒數週，這變成他們祖孫的例行公事。直到某天警察登門拜訪，才發現部分住戶的物品堆在外頭僅是暫時擱著，安放沒一刻就被海卓外祖父載走，這才知道外祖父有時候一個人也會四處巡視。

其中一名失主平日就是訟棍，以訴訟賺取的和解金維生，雖然部分受害者在警察居中協調選擇原諒，但是那一戶失主堅持提告。

失主私下拜訪海卓家，揚言不拿點錢賠償，你們就等著吃牢飯。

外祖父母嚇壞了，當然想私了，但是他們去哪裡生出錢？

承辦警察倒很相挺，私底下在海卓一家面前批評失主，說要不是對方堅持，他們一看就知道是無心之過。警察安慰海卓一家，說這種小罪小刑沒什麼大不了，上法院也不會判刑，不過訟棍失主的攝影機，拍到的竊取者，都是海卓。

警察見海卓一家弱勢，本來還想自掏腰包幫忙出和解金，但海卓堅持拒絕，認為警察幫的忙已經夠多了，未經人同意拿走本來就是竊取，即便要面對刑罰也坦然面對。

外祖父內疚得不得了，海卓只慶幸不是外祖父被當成犯嫌。他這麼老了，司法程序沒走完，搞不好半條命都去了。

訴訟程序中，海卓才發現對方故意設下陷阱，刻意每週蓄意堆放雜物，讓海卓一連拿了好幾回，等到推測變賣無法歸還才報警，這麼頻繁的「犯罪樣態」，對海卓十分不利。

海卓十五歲那一年被移送到少年法院，雖然最後僅僅只判了保護管束，得頻繁去找少年觀護人報到，但總是個汙點。

此後，海卓再也沒法取得獎學金資格，就在他走投無路的時候，紅瞳公司透過法院找上他。

海卓本來並不願意接受特警計畫成為特警生，他擔心離家後兩個老的沒人照顧，不過當他一得知特警薪資後改變心意，立刻答應。

對他的外祖父母，海卓只交代他以後要去當警察了。

「當警察？乖孫不是才被法院告過？政府怎麼可能對我們這麼好？」

「你記不記得那個警察叔叔不錯，他們本來就說我不是故意犯罪，願意原諒我，加上我也很會讀書，你忘啦？」

外祖父母似懂非懂，也說不過這個孫子，便只好答應。

海卓進入特警學院就讀後，才曉得獸人特警傷亡率特高，能活超過三年大概是上輩子燒了好香。他推算了一下，別說我不努力，假設最起碼能再活三年好了……這筆錢也足夠外祖父母花到他們死了。好，至少我要撐三年。

或許因為他太想快點分發執業，畢竟分發後的薪水遠比特警生的零用錢還高，所以他才會創上史上最快獸化紀錄。

他植入獸人基因的幾個月狀況都很好，當時技術不穩定，轉化失敗的例子比比皆是，紅瞳公司宣布海卓最後一管藥劑已經打完，由於轉化過程中，紅瞳需要時時監測，他已經幾個月沒回家探望外祖父母，便向學院請了半天的假，隔天吃完午餐省一頓飯錢後就打算溜回家。

果不其然，海卓幾個月不在，家裡滿目瘡痍。雖然特警生的零用錢足夠外祖父母生活，家裡也不再堆滿回收物，不過外祖父母一樣節儉，說這些錢要留給阿孫以後生活。

「喂！我賺這些錢是要給你們花的啦！」

海卓想要帶外祖父母去更換損壞的傢俱，好比餐桌其中一根椅腳已經斷裂，與檯面分離，外祖父還用膠帶勉強黏了起來。太誇張了吧？熱湯喝到一半打翻不就燙傷了？他拉著老夫妻說要去賣場，結果門一關，哇靠！門片的轉軸也根本從牆面裂開，連關都關不起來。

他一心急，不知為何，手掌中間突然出現了一個口器，周圍則是數十根輻射狀向口器集中的利嘴。

「噗」的一聲，一坨黏液噴到轉軸，門便牢牢地黏了回去。

老天，我獸化了。

當天購物行程都只能取消，他立刻趕回特警學院，不然在賣場把人家什麼東西都給黏住，豈不全要買單帶回家了？

紅瞳人員不解，難道近期實驗有什麼新的變因，導致海卓能這麼迅速變異嗎？他們反覆調查，希望將此特例變成常例，卻查不出原因。據說後來幾年，他們有一陣子特別喜歡選用隔代教養的非行少年。

不過，他們倒是替海卓解答，他獸化的原型生物是盲鰻，一種海底生物。

「你們怎麼能夠肯定？」

「你看看你的手，那個樣子就像盲鰻的嘴。這種恐怖的樣子，絕對是它。」

現在的特警都是進入特警學院前先想好化名，反正升中階特警後，可以依據自己的獸人形態更名，也作為大眾與警察同仁的區辨，初期化名只是避免他人與自己原生家庭過度連結。當時的特警則是等到獸化後才取名字，海卓去圖書館翻遍書本，最後取了海卓（Hydra）這個名字。

既然盲鰻是海洋生物，那我就當水蛇吧！

他以為獸化成功後就得分發，海卓聽說其他特警學長都是如此，但特警學院的人告訴他，最近警界有一名人類警察替他們特警生四處建言，希望能夠爭取讓他們多訓練幾年後才分發。

海卓一開始還覺得那名警察多管閒事——我可是需要這份薪水的！他向學院埋怨，學院教師反問他：「你就這麼想死嗎？現在特警死亡率雖然降了，但還是很高的呀！」

經過學院教師解釋，他這才明白那名人類警察，更正確的來說，李招財的建言目的，不過他還是需要錢。

「你成功獸化以後，紅瞳公司就會額外給你營養津貼了。」

「多少？」海卓仍舊不滿，鐵定小家子氣。

學院教師說完後，他滿意地哼著歌離開了。

那個時代，雖然新特警因為人類夥伴不易找尋，分發速度較慢，不過，總不能讓待分發的特警生遊手好閒，多數人都是留在學院持續訓練。

教師通常都是一些司法相關教授，或少部分警察退役人員，但是課程無法滿足特警生，所以他們會替等待分發的特警生上一些外頭大學的相似課程。

海卓這傢伙拿獎學金慣了，他瞞著學院偷偷報名外面的大學考試，結果竟然順利考取一流大學，他興奮地向學院稟報，學院還為此跟紅瞳公司的人商量。但是對政府而言，這些孩子是消耗品，李招財的抗爭，目前正被警界壓住消息，否則媒體絕對不會放過。

政府也不想再被抓到什麼把柄，破天荒同意這些孩子去讀書，別搞什麼吸引注意的花招就好。想幹嘛就幹嘛，反正你們再活沒幾年！不過紅瞳公司擔心這群雙眼紅瞳的大學新生會引發爭議，這時候媒體已經開始報導雙眼紅瞳的特警，便刻意將有意升學的特警集中，雖然僅是少數，但還是有三十多人。

他們勸戒海卓，說學院會規畫更完整的「類大學課程」，要海卓別離開學院去普通大學上課。

才不要咧，我成天被關在這，一個禮拜就六日放假能回去看外祖父母，也不知道他們能再活幾年，我如果在外面上大學，至少平日能抽身回家跟他們吃頓飯，能陪一天是一天。

海卓也很是堅持，竟然就讓學院同意了。

「不過，得先警告你。你去外面上學，那些同學們可是會排擠你的。」

「我自有辦法。」

海卓戴著墨鏡去報到，他佯裝成視障特殊生入學。

他模仿盲人拿著白手杖走路的模樣，學得維妙維肖，所有同學都被唬得一愣一愣。甚至有熱心的同學自願輪值，每天都有人能夠牽著他跑班充當他的導盲人。

海卓坦承見到熱心小組中，一位女同學人美心也美，實在很想答應，不過別太麻煩人家好了，自己總覺得心虛。

為了讓演技更加逼真，他入學前還花時間學習盲人點字系統，每次上課摸校方特地幫他準備的點字書，都會暗自竊笑呢！

當然，他回家複習功課時，是用喬裝打扮後的模樣，去學校附近買的參考書就是了。

他就這麼裝模作樣兩個學期，直到大二上學期跟幾位同學修了一門課，一名同學說當天有校際盃棒球賽，想要翹課看球，修課的幾個人都大聲讚好。

一名同學才想到海卓看不到，總不能沒人陪海卓，忍痛放棄觀賽。海卓不想影響別人，堅持也要去棒球場。幾位同學忍不住偷笑，畢竟海卓又看不到，看什麼棒球？不過，就當讓海卓體驗棒球的魅力。

結果同學間沒怎麼看球，包含海卓，整群男男女女聊開。一顆飛往看台的強襲界外球往同學頭上砸去，海卓下意識跳起身子，一把將棒球接住。

墨鏡也掉了。

海卓露出兩顆烈火般的眼球。

露餡啦！

大家畢竟同窗一年多，海卓裝成盲人也沒帶給他們任何困擾，這群同學一開始雖然嚇壞，但很快就接受了。

海卓個性討喜，或許是受到外祖父母的影響，他謙遜有禮、性格質樸，做事又認真負責，大學生習慣推諉的團體作業，他老是自願上台報告，這讓他人緣頗佳。

「哇！我們竟然都沒有人發現！！」

「那你每次都還假裝看不到，上次忘記提醒你有個窟窿，你跌倒害我好自責耶！」

「你……你是特警⁉」

「你幹嘛每次走路都要沿著導盲磚啦，多繞好幾圈耶！」

「這種事情你怎麼不早說？」

哎，我怕你們沒辦法接受我。

「如果一開學你就露這雙眼球，我們可能真的會給你貼上標籤……不過，我們都同學這麼久了……好像……也無所謂了。」

正當他開始以真實模樣在學校活動，卻傳來警方終於調度新特警。下一個，就是海卓。

海卓心有不甘，現在，我好不容易要更融入大學生活了。

雖然知道薪水會大幅提高，但他更想要把學業完成。

他不知道這些文憑有什麼用，但他真心喜歡這種生活。白天勤奮學習，總算能跟同學們真心相待，晚上也能陪陪年邁的外祖父母。假日雖然還得回學院訓練，但自己選擇成為特警，畢竟那是脫貧的唯一方法，他並不後悔。日常安排雖然讓他幾乎沒辦法休息，但都是他從未體驗過的生活，被人認真看待，不再被看輕瞧不起，他從沒想過日子可以這麼過。

不過，就在他分發前一週，紅瞳又轉知取消了分發的安排。

「又發生什麼事情了？」

「那個人的抗爭成功了。」紅瞳公司說：「喬議員把這件事情擋下來，這兩年暫時不會調度新特警。」

李招財又為他爭取了兩年。

或許因為有限的未來，讓他更珍惜每一天。

海卓拚老命地訓練，更積極參與大學各項事務，除了體育競賽由於他的獸人優勢敬謝不敏外，他還參加了學生會會長選舉。雖然海卓最後落選，但也只差兩百多票，畢竟他的獸人紅瞳特質還是給對手不少攻擊機會。

學校當然也有看不慣他的人，不過都大學生了，不至於會有多惡劣的人身攻擊，贊聲的同學夠多，他也沒放在心上。

比較讓他介意的，大概只有部分不知內情的同學說他即將成為正式特警，再來肯定是吃香喝辣，八成也有不少油水可撈。但事實上，踏入警界，根本就是生死相搏，特警學院公告的數據都擺在眼前，目的是讓他們這些特警生勤加訓練，作為警惕。

海卓還聽過有幾個學院同學因為怕死逃學，紅瞳公司得透過植入晶片的GPS定位才把人抓回來，幸好紅瞳公司不計前嫌，否則特警生淪為非法獸人，可真要讓人看笑話。

海卓老家生活也已經改善，「老媽」也不再跟外祖父母聯絡，外祖父母有他就已經足夠。海卓有點擔心自己殉職後，兩個老人家的經濟安全，便前往銀行簽訂信託特約，讓自己未來分發的薪資也能夠讓老人家生活無虞。

這兩年，他更全盤性了解李招財抗爭的原貌，他對於那位人類警察真心感到佩服，或者說所有特警生都知道李招財。他們都訝異，有個人類竟然為了「異種族」奮戰。分發前夕，學院教師預告所有特警生，將來「那個人」也會恢復刑事警察身分，他也會成為這一批特警生分發後的人類搭檔。

「我要跟他搭檔。」海卓身為這一批等待分發的預備特警，他率先發言。

結果不只他這麼想，大家都想見見這個傳奇人物，甚至有人說，那傢伙一定是個了不起的人物，是英雄，也是他們特警之父。

紅瞳跟學院的員工與教師，對於孩子們你爭我奪的競爭感到訝異，不過，確實可以做這種

「特殊安排」，畢竟新任警察局長還因此籌備了這一批特警的分發典禮。

「我們來打一架吧，贏的人就跟他搭檔。」海卓摩拳擦掌地提議。

他為了這一刻已經準備很久，數不盡的日子裡，他不斷訓練自己的獸人能力，就是要回報李招財。

一群血氣方剛的大男孩與大女孩們也都不甘示弱地放話來打，當然，有些獸人形態較為特殊，或者輔助形態的特警生則是默默地退到一旁。

真不公平，他們埋怨道。

那是一場大混戰，海卓所使出的能力幾乎碾壓性擊倒所有人，而且過程中完全沒有人流血，當時所有在場的「大人們」莫不目瞪口呆。

他們只覺得這名年輕人根本是不可一世的天才，除了史無前例迅速成功獸化，還成為第一個考取人類大學的特警生，更不可思議的是，他的戰鬥力幾乎是難以想像。

他們沒見到的是，他幾年來為這一刻所做的準備。

未來，他也將撼動整個特警圈子。

海卓成為特警後，積極跟李招財籌畫了一次又一次的特警生涯改善計畫，其中讓他與高層正面槓上，也是他們最不願讓步的，正是海卓特警生涯末期的「特警生命之戰」。

警方所定下的終生聘雇制，讓一向遵守規定，被視為特警模範生的海卓忍受不了，海卓甚至打算罷工抗議。那時候李招財勸他別來硬的，這些當警察的，最不怕來硬的，還說要替他寫個什麼陳情書。

「招財老大，你是人類，有你的做法，但我是獸人。這是最後一次了，你就讓我試試。」

「我被人家臭了快二十年，你可別步上我後塵。」

就連朝陽一家也覺得海卓這麼做太激烈，畢竟他們也是走招財那條老路的，所以，最後海卓採取折衷之道。

當時幾個難纏的非法獸人讓警局傷透腦筋，他們並非暴力型獸人，而是有迷幻能力的詐欺犯——眼蝶獸人。他們朝被害者伸手，手掌會展開眼球般的翅膀，瞬間迷惑對方，進而施行詐術。就連警方也拿這群獸人沒輒，他們多次被當場迷惑，自動繳械，甚至在大街上寬衣解帶，可謂是丟光警察顏面。

海卓意興闌珊地追捕，再放到手的獵物逃走。

海卓在檢討會上雙手一攤，對著長官說：「我知道過度獸化會折損壽命，太努力我可是會太早死的，所以，我只好量力而為。」

那時候海卓已經功績卓著，再加上才剛婉拒特警長職務，可真是給警察局長難看，媒體更大肆嘲諷，警方被非法獸人澈底羞辱，毫無辦法。

不過，他面對造成人類巨大威脅的非法獸人則完全不會懈怠。在他軟性罷工不久，「獸人廢土盜伐事件」便出現在世界舞台。

海卓是第一批過去支援的獸人，據說剛傳出反叛事件，不待命令，他就已經率領機動性高的特警前去支援，但因為非法獸人眾多，他只能先搶救一批陷為人質的人類。事後海卓想再進入戰區，各國卻因為調動互相推卸責任，延宕了不少時日。

等到達成協議，警察局長才剛接到總統命令，海卓便集結一大票早已暗中協調的各國特警，他們由海卓領軍前去跟非法獸人大戰。

獸人廢土那一場戰役舉世注目，媒體現場多次轉播戰鬥，他穿梭在戰場指揮作戰，所有人都聽從他的領導，在在展現他過人的統帥能力，這使海卓變成世界知名的獸人特警。當然，他的特警服務年限聲明，同時聲名遠播。

那時候ＷＣＨ聲勢已經越來越大，他們批評海卓是貪婪，不為人類犧牲奉獻、自私自利的噁心獸人。

說我噁心，怎麼不講講我那個「老媽」？廢土之戰結束不久，海卓外祖母壽終正寢，海卓媽才總算從其他國家回來奔喪。

三十多年以來，海卓第一次親眼見到老媽，也就是那個時候，海卓媽才知道兒子現在是世界知名的獸人特警。

這都還好，但當海卓媽處理外祖母遺產時，她發現海卓銀行信託裡的錢——我的老天爺呀，比他們兩夫妻這輩子賺的錢還要多！

海卓媽本來說好只是回來辦後事幾天，後來整個賴在老家不走。

飽受成名之累，特警們受到非法獸人集團威脅不是一兩天的事情，通常家屬對於家裡的特警成員大多三緘其口。海卓也是好說歹說才讓外祖父母搬家，住進一個方便就醫的電梯大樓。他進出大多老樣子，墨鏡漁夫帽，顯眼但又自以為隱蔽的打扮。

海卓媽四處放話，兒子罔顧養育之恩，現在媽媽老了，要兒子照顧又有哪裡過分？這種八卦花邊新聞，不用WCH搧動，媒體記者已如蒼蠅般盤旋不已。

海卓老媽當然就被擄走了，非法獸人真以為海卓跟他媽多親，海卓接到私人恐嚇訊息，命令他得把一些被關押的非法獸人釋放。海卓本來理都不理，反正外祖父也習慣沒這個女兒，我就當作沒看見恐嚇。

噢，我真不想承認那是我媽。

李招財看不下去，試圖勸戒海卓。

「你該不會想跟我說，她是我媽，我非得要去救她？」

「你不用自己去救，往上呈報，你幕後搞情報就好，讓其他特警幫你搞定。你也逮捕過不少非法獸人，那些人會讓她難看，她要錢就給錢，就當作是讓她以後去看精神科的掛號費。我知道你很不甘心，但不要為了垃圾弄髒自己手。」

這次海卓又軟性罷工了，上頭因為是他至親遭擄，讓他主持專案小組。他拖延調查進度，據說海卓媽足足被非法獸人關押了兩個月之久，被特警團隊救出時，她精神都快崩潰了，海卓的特警同事也沒給她好臉色看。

「要不是任務在身，還有看在妳好歹把海卓生下來，否則……這案子我們根本碰都不想碰。」

這是一批老高階特警，在他們眼中，李招財是為他們權益戰鬥的英雄，海卓則是特警的英雄象徵。

海卓媽從此失去音訊，只知道海卓確實給了她不少錢，但遠比她想要的還要少得多，就連一年後外祖父過世時，海卓媽都不敢回來奔喪。

對於海卓的反終生聘雇制宣言，雖然輿論支持與不支持各半，但紅瞳公司卻沒有選擇支持，畢竟他們也沒想過海卓來這麼一手。海卓這麼做，無疑破壞了紅瞳跟政府多年前的協議。

事實上，海卓當時因為種種因素，已經與紅瞳漸行漸遠。

不過，更多年輕族群崇拜這群奇幻的特警，他們都未曾經歷過獸人戰爭後的黑暗時代與停滯時期，在一些民調上，他們都支持特警要有服役年限，尤其服役年限又直接影響到他們的「壽命」。

海卓率領的「不合作運動」，讓幾乎所有特警都對警方的命令陽奉陰違，警局高層最終迫於無奈只好妥協。

獸人特警的估計終身服務年限約為25至30年，若要讓他們退役後還能夠「繼續活著」，那麼服務13年，就定為特警的最低服務年限。若你是特警，服務滿13年，你有權選擇退休，又或者繼續服役。

假使選擇退休，不若人類有退休金保障，再者，退休特警若誤入歧途成為非法獸人也會加重量刑。此外，也有相對應的種種限制，未來從事各種職業都需經過紅瞳與當地政府的審查，雖然在合法範圍內都會同意，但得經過冗長的行政申請，總讓人卻步。不過，他們倒沒有剝奪特警的執法天命，目睹所有犯罪事件，退休特警仍有執法權，但必須將犯人移送當地警政機關，只要是有特警的國家，皆為適用。此外，除非受到當地執法機關的請託或執法單位見證，否則不可再行使絕殺令。

新法上路的第一年，恰好是海卓服務第14年，他立刻問了李招財那個老問題：「老頭，你是不是該考慮退休了？」

李招財早就不缺錢了，不過他說賭運越來越差，以前十賭九贏，現在他十賭九輸，還是繼續當警察好了。

海卓看得出來，李招財老是說為了錢才當警察，但是，他的正義感比誰都還要強烈，否則當時也不會跳出來替特警抗爭。再說，李招財那老傢伙忘了，多年前登門拜訪海卓家，怒罵、批評報案人的警察，甚至想自掏腰包幫忙墊付賠償和解金——那個間接讓海卓人生跌入地獄，但也暗地裡協助他扭轉乾坤的警察，就是李招財。

海卓跟特警學院談了條件，他會固定回來授課，尤其是跟孩子們對練，提供實戰經驗，前提是要讓他繼續在李招財身邊安插可靠的初階特警。這點，特警生十分興奮，傳奇獸人特警竟然要變成固定的教師，不再只是打工仔般偶爾兼課了。

「除了當老師以外，你退休以後要幹嘛？」

「隱姓埋名，出國旅行……聽說東南邊有一個島國，那裡的人，眼球都是紅褐色的，我去那裡應該會很愜意。」

「這麼無聊，你才幾歲就要開始享福？」

「我還想交一些朋友。」

「什麼朋友。」

「非法獸人。」海卓的答案讓李招財意外。

「我在執法的過程中，逐漸發現那些非法獸人之所以是壞人，單純只是因為我們跟他們站在不同邊。」海卓嘆了口氣道：「我們倆追擊了好歹也有上千個非法獸人……其中真的罪大惡極，喪心病狂的，又有多少？」

李招財明白海卓為何會有這樣的轉變，海卓老媽夾著尾巴逃離後，只剩下外祖父一個人生活，或許因為老伴走了，老人家宛如洩氣的皮球，時常無精打采。

幾個月後，外祖父被診斷出罹患肺腺癌，海卓還因此帶外祖父去一位癌症權威醫生的門診就醫。那是位知名的獸人醫師，不過醫師說外祖父年事這麼高了，實在不該再進行侵入性治療。

後來的日子裡，海卓請了長假陪伴外祖父人生最後一段路。

招財跟朝陽也時常過去探訪，見海卓照顧到日益憔悴，招財的弟媳婦也主動幫忙燉了不少補品給祖孫倆。

海卓外祖父斷氣前兩天，當時他勉強還能說話，老人家把海卓叫到身邊，接著望向招財道：「你……你也過來。謝謝你……推薦我……我乖孫當……當警察。」

招財雖然聽不懂，但也是要海卓外祖父不要客氣，他說：「這小老弟就像我親弟弟，大家就像一家人，外祖父您千萬別擔心。」

「你……你啊……乖孫。」

外祖父……我在這裡。

「你……你是警察……處理好多……好多案子……好辛苦……不過……不過……人生不要……不要充滿怨恨……不要去恨……那些人……不要去恨……不要去恨你媽媽……要放下……放下。很多事情……都是誤會……都是誤會……不要……乖孫……你……你……你要……」

外祖父那一串話雖然沒有邏輯，或許他想說的是——希望海卓這個孫子不要怨恨自己的女兒，但海卓卻一直反芻那一段話。

放下仇恨，弭平誤解，這不是在指人類跟獸人的關係嗎？

「保持聯絡。」海卓退休當天，他去李招財家登門拜訪，跟李家人吃了一頓，他離開招財家前，這麼叮嚀招財。

「少來煩我。」李招財哼了一聲，然後像是想起什麼似的說：「我侄子明年結婚，記得要回來讓我請客。聽說他們打算生小孩，你生不出小孩，他們以後孩子生了，要不要給你認乾兒子。」

海卓知道，李招財也捨不得他，這正是他希望海卓能常回來的藉口。

✦

海卓退休後的第一件事情，卻是去了一家醫院，榕園醫院。

榕園醫院不知為何，總願意收容那些被特警追捕致傷逃脫的非法獸人。雖然各間醫院已經陸續開設獸人專科門診，其中又以紅瞳醫院為最大宗，不過，這種已經被特警盯上的非法獸人，誰都不敢碰。

話雖如此，榕園不是非法獸人組織的地下黑幫醫院，而是一間正派的醫院，業務對象仍以人類病人為主，治療非法獸人是暗地裡做的事情。

招財跟海卓也調查過好幾年，醫院沒有不正當的金流，似乎單純只是善心爆棚。

不過榕園醫院近年不再收容非法獸人犯罪組織的傷者，僅收容誤入歧途的勞工獸人，或者從犯罪組織獨立出來的獨行非法獸人。

非法組織的獸人，一般醫院跟紅瞳卻照收無誤，畢竟有錢好辦事，榕園到底在搞什麼名堂？

一開始海卓跟部分特警，會在追查到非法獸人逃逸路線後，前去醫院追捕犯人。榕園院長大發雷霆，不允許特警再踏入榕園醫院任何一步，據此，院長跟政府打了不少次官司。

「你們有追捕犯人的權利，但我也有醫治傷者的天職。病人來到我這裡，我不論貧富貴賤，能夠救治的，我一律都救，更別說是獸人。」

榕園醫院並非獨厚非法獸人，事實上，她也是一間當地的知名善心醫院，除了醫院業務，協助弱勢家庭減免甚至毋須支付醫藥費，還設有眾多獎助學金，專門協助像海卓這種清寒苦讀的莘莘學子，海卓以前還曾經拿過榕園的獎學金呢！

榕園院長自己就是醫生，醫院最上層的兩層樓，除了是辦公室外，也是院長的祕密醫院。院長用自己的醫療團隊，就在那兩層樓救治非法獸人。

再說，非法獸人受傷走投無路，如果沒有榕園的救治只剩下死路一條。當一個人意識到無路可走，只會更加極端，所以，院長或許也算是在幫他們特警。更何況，非法獸人接受榕園救治後，通常都會選擇投案。雖然海卓與招財早期頻頻闖入榕園抄家，但到了最後，他們都會視若無睹，假裝不知道犯人躲進榕園，不再趕盡殺絕。

他們便以老大哥的身分，依此告誡其他特警——所有非法獸人進入榕園後一率碰不得，只是院長似乎對他們這些特警仍舊沒有好感，甚至到了厭惡的地步。

不過，那是以前，現在不同了。

✦

海卓一行人終於抵達榕園醫院。

榕園醫院是個偏離市中心的醫院，鄰近所有人車都是就醫病患，他們全對突然有一輛偵防車停在醫院門口感到意外。

醫院警衛一見是特警「駕駛」的偵防車，先是呼叫無線電請求支援，並試圖驅離道：「喂！我們院長最討厭你們特……」

海卓收回黏液能力，偵防車緩緩降下，恢復原始模樣。

一大堆警衛形成人牆，他們圍住醫院大門不讓任何人進入，這陣仗讓其他病人嚇壞了。

「特什麼特？這車是我開的，老子人類警官。」李招財向警衛喊道。

「我跟你們院長是朋友。」海卓也試圖跟警衛示好。

警衛露出一副「你誰啊？」的表情。

我的帽子咧……海卓摸著自己的頭，好像現在才發現帽子不見了。

約翰替他戴上帽子，李招財則遞給海卓墨鏡。海卓整裝好以後，警衛才恍然大悟地說：「是阿鰻啊！」

還真有人叫你阿鰻，約翰快笑死。

警衛站在車窗邊，看見偵防車裡一堆穿制服的，雖然阿鰻是熟面孔，不過……這一夥紅眼睛的傢子……他顯得有點遲疑。

「看見她了吧，非法獸人。」海卓指著劉子琪說：「她需要院長的醫療協助。」

領頭的警衛看得啞口無言……這……這是劉子琪……虐殺錢今生的那個姊弟檔，最近媒體鋪天蓋地都是兩姊弟的新聞。

「對……是我……我現在載『劉子琪』來您這。對！就是那個劉子琪。抱歉要給您添麻煩了，要治療……還有驗傷跟ＤＮＡ採樣。警衛都很稱職，稱職得有點過頭了，我等會兒會讓人類警察跟她進去。她非同小可，麻煩幫我淨空醫院，拜託了。」趁著空檔，海卓撥了電話給老朋友。他將電話遞給警衛，警衛接過電話一直道歉，旋即掛上電話。

「喂！快點推輪椅來，這裡有病人需要特殊檢查。」人類警衛們開始分工行事，一些警衛好聲好氣地催促領藥與準備離院的人類儘速離開，一些警衛則跟剛到院的人類病人說現在醫院得暫時封閉，晚點才會再開放。兩群警衛接著開始分發折扣卡，人類病人似乎理所當然也心滿意足地離開。

約翰偷看到，竟然是一張「一折」的折扣卡……哇！這院長也太會做人。

一些警衛則推了各種不同尺寸的輪椅、擔架床過來，似乎試圖要以最快的速度讓非法獸人進入醫院。尤莉薇讓劉子琪坐上輪椅，正想跟著進去醫院，但卻被警衛擋下來。

「特警與狗不得進入。」警衛指著醫院大門旁的標語，補充道：「導盲犬除外。」

一夥人全部下車，海卓叮嚀特警道：「特警不能進入醫院大樓，榕園正在跟政府打官司，還在纏訟階段，你們要守人家規定。」

「我們不跟劉子琪進去，誰保護她？而且她還要驗傷。」尤莉薇說道。

「有我在，我不會讓任何人進去的，院長的員工極度可靠，不可能讓任何人傷害她。」海卓這麼回應，他指定要黃凝跟李招財進去醫院。

劉子琪要驗性侵害的傷，且特警不能進入，讓黃凝進去可以理解，不過李招財這個男人？幾名特警不約而同提出疑惑。

這時候黃凝已經將劉子琪推進醫院，李招財也沒立刻動身，他說：「等下搞不好局裡就派人來了，我跟他們溝通不是正好。你這小毛頭哪時候爬到我頭上了，還命令我咧？」

「等下肯定有好戲，你留在這裡小心被牽連，這是我們獸人的事情。再說，我不相信那個人類。所有人類，還活著的，我只相信你。」海卓這麼說，而李招財立刻理解他的用意，不再爭辯。

「你又有消息了。」

「我朋友很多，還有，你不是一個人進去。」

一坨黏液從海卓的腳邊滑了出去，慢慢成形——一個白色人形，而海卓與人形之間仍有連結，一道細如薄線的白絲串連海卓與人形。

「我說過我最討厭這種東西跟在我旁邊。」李招財哀怨道。

「保護這個人類，李招財。」

人形點頭，似乎在跟李招財確認身分。

「對啦！老子就是李招財。」

確認完後，人形跟著李招財進了醫院，李招財朝「它」揮手驅趕。喂，不要離我這麼近！

這時候，媒體直升機已經到了榕園的正門口，正拍下這一幕。

很快，就會有更多人到這裡了。

暴風雨前的寧靜，一夥人半數都挨了海卓一頓罵。

「你這個小王八蛋，我退休前分明說過要你們保護李招財的安全。今天的事情把他扯進來做什麼？」

「我想說劉子琪是麻煩事……」

「麻煩就讓他來扛責任嗎？李招財出什麼事情，我唯你是問！尤莉薇，妳怎麼淪落到跟這傢伙交往？」

「我……」

「算了感情的事情是我多嘴，不該講妳。」

海卓轉頭看了約翰，他卻是平心靜氣地跟約翰說話：「你跟李招財搭檔怎麼樣？都還好吧？」

「都還好，他嘮叨了點，不過不太礙事。他挺夠意思的，上次要不是他，梅姨搞不好就出事了。」

「那當然，梅姨我也認識，她的事情總要交給信任的人去辦，就跟我把李招財這個人交給你一樣。」

「李招財？你怎麼老這麼在意他？」

海卓傻眼，約翰是他刻意安插進李招財身邊的。他在特警學院發現眼前這個孩子蘊藏無限潛力，加上特警歷史學科，關於李招財的早期特警史還是海卓親自授課，你都沒在聽嗎？

「有啊，不過發生那些事情時我才剛出生，加上又是人類的部分……我想說應該不重要，可能我有些內容剛好睡著了。」

怪不得，老喜歡在課堂上亂發問的小王八蛋竟然一聲不吭，原來根本沒聽課。

「海卓老師……你還記得我嗎？」米婭羞赧地向海卓問好，其他幾個人似乎都跟海卓熟識，只有她像個局外人。她見到約翰泰然自若地跟海卓這個傳奇人物談話，竟然有點羨慕。

「我知道，米婭……宇……忘記妳的舊名了……妳是宇……宇文治的女兒吧？」

天啊，他竟然記得我!?當時就是他告訴我爸爸沒有傷人的！

「妳分發以後都還好吧？」海卓轉頭望向醫院，他問道：「妳那個人類學姊可靠嗎？」

「我都很好，大家都很照顧我，謝謝老師關心……我學姊嘛……我不……」米婭話還沒講完，大客車竟然一車一車地到了。

除了海卓外，所有人都以為是剛才的惡徒，或者是局裡派人來抓犯人回去，結果都不是。大客車的車身烤漆寫了串英文字母，We Care Human。除了大客車外，還有不少媒體的SNG直播車，就落在車隊正後方。

「你們知道吧，我們只能防守，不讓他們任何人進去榕園裡面破壞。」海卓提醒所有特警。若是長官來，頂多捱一陣罵，要是惡人來，正好稱心如意可以大戰一場。但要是這群以抗爭、抹黑，甚至用媒體作為武器的人類，特警反而像是雙手遭到反綁，毫無招架之力。他們這時候需要有幻覺能力的特警，但是對普通民眾施以幻術，又是一步可能觸犯獸人法案的險棋。

「你跟我來。」海卓叫喚了約翰，接著他要尤莉薇釋放能力。

尤莉薇的獸人形態是茶樹，能治療淺層傷口，也能夠強化特定人的防禦力，更能夠像是對劉子琪那樣，使人失去行動能力或昏昏欲睡。

這麼多人……？距離又這麼遠？

「只是要讓他們轉移注意，妳要相信妳自己；皮諾丘，你是高階特警，你來處理群眾，代表特警發言，用言語阻止他們再往我們靠近。」海卓開始分工。

皮諾丘顯得十分緊張，他並不擅長跟人類互動。

「那我呢？」米婭這麼問。

「妳只要微笑就好，讓那些媒體拍一些漂亮的照片，妳比這兩個不長進的學長姊好多了。」

「嘖。」皮諾丘覺得海卓對這些小學弟妹太好啦！真不公平，早知道自己就別來申請高階特警了。

「阿鰻，你叫我來幹嘛？」約翰好奇地問。他顯然不曉得自己可以幫什麼忙。

「先釋放你的電磁破壞，我要你癱瘓醫院外的所有錄影產品，別讓他們留下影像。」

小意思，約翰咧嘴一笑。外頭人類一陣哀號，他們老遠就發現自己手機暫時沒法使用了，不少人類才剛拿起手機準備拍照。

然後，海卓深深吸了一口氣，他的雙手展開，手心中央的盲鰻口器再度打開，源源不絕地冒出黏液。黏液瞬間擴散並壓扁成形，變成一道無限向四面八方蔓延的薄膜，但是速度遠遠不及人類往榕園飛奔而來的速度。
太慢了。
還是太慢了。
另外一坨黏液將海卓與約翰舉了起來，他們一塊升到了三層樓高。
手持抗議標語和大聲公的WCH群眾與特警之間，隔了一道幾乎呈現半透明狀的薄牆。
幾個衝刺較快的人類撞到充滿彈性的牆面便彈開在地，摔個四腳朝天。後頭群眾趕緊放慢速度，深怕踩到戰友。
「喂！這是什麼東西！」
「讓我們進去！」
「你們這些特警要包庇獸人嗎？」
「快點，車上有鋁梯，快點回去拿。」
這群人竟然還準備鋁梯，他們本來就想要闖入醫院嗎？
海卓背後冒出四條盲鰻身軀，四個血盆大口的盲鰻口器也開始釋放黏液，結界從一樓高度持續向上蔓延。
海卓所創造的第一道結界，橫向擴張的速度夠快，但是醫院占地太廣，結界增長高度卻太慢。
轉眼間，數十人陸續拿了鋁梯過來，他們很快就會攀爬進結界。
「請各位民眾不要推擠，警方執法，請勿進入封鎖範圍。」皮諾丘也飛了起來，他用尖嘴釋放所有群眾都能夠聽見的音量。

「你們這些怪物特警，果然怪物就是會包庇怪物！」

「看！那個不是前幾年嚷著要提前退休的大魔頭，海蛇怪物嗎？」

「退休特警現在也變成非法獸人的保鑣了嗎？」

「把我們的退休金還來！」

「把劉子琪交出來，我要親手殺了她，替錢今生報仇！」激動的抗議民眾說完後，啪地一聲倒在地上，似乎過度換氣暈倒了。

這是尤莉薇搞的鬼，她沒辦法讓所有群眾冷靜，也沒法控制所有人的行動。她轉而讓少部分過激的民眾失去行動能力，意圖讓暴民轉移焦點。

「這裡有人受傷了！大家別再前進了。」

「先讓個位子，讓他能夠呼吸！」

啪——

啪——

啪——

一個又一個民眾昏倒。

「各位親愛的民眾，警方在執行戒護任務。劉子琪受審問前，我們仍要確保她的權利，先讓她治療身上的傷口！」

「放屁！錢今生的命誰來醫！」

「把那個賤貨交出來！」

「紅瞳公司一定會讓那傢伙無罪釋放，我們要自己審判！」

群眾顯然失去理智了。

「現在記者的位置是榕園醫院，幾名特警將通緝犯劉子琪帶到這裡。根據我們的消息，一個小時前，劉子琪主動到總局投案……不過特警卻違反命令，先帶犯人就醫。不知道為什麼，特警拒絕讓民眾與我們進入，我們懷疑這是否又是獸人間的互利合作，他們肯定要幫劉子琪逃脫。很抱歉，我們的攝影連線設備故障了，我們只好以聲音的方式報導……」

「現在，在我們眼前的是已經退役的傳奇特警，海蛇英雄，他不知為何也在場。我們都知道他退休後大多從事特警學院教職，也鮮少聽過他在任何國家逮捕非法獸人……如今卻在此，掩護大惡人劉子琪。」

「我們媒體將會搭乘直升機，直接從醫院頂樓進入醫院……」

「讓我們上去，讓我們上去。」

「我會率領所有正直、善良，且渴求真相的人民，進去醫院一探究竟。」開口的那個人正是WCH的發言人——溫良讓。

約翰一眼就認出他。那個臭鼬人，我連這麼高都會被臭到，他沒當特警太可惜啦！

此時黏液結界僅包覆到醫院的八層樓高，但這是棟高達十三樓的醫院。

「我不行了。」海卓注意力開始渙散。

可惡，我太久沒有創造這種大規模的結界，加上路上一直無止盡釋放能力，還得分神控制小保鑣，連想反駁自己那個不喜歡外界稱呼——莫名奇妙的英雄名都沒有力氣了。

我是盲鰻……阿鰻……不是什麼海蛇。

「剩下來的，得靠你了。」海卓無力地說。

「你不是要我少在其他人面前複製能力嗎？」約翰訝異地問，幾年前他跟傳奇特警練習對戰時，可是三兩下就被擊敗。

他毫無懸念地被海卓擊敗，當然除了對手是身經百戰的戰士外，約翰也太擔心能力穿幫。結果，海卓事後坦承老早就知道了，他甚至猜得出來約翰獸人能力的原形。

「沒有人看得見的。」海卓吐了口口水，口水像是有生命般地飛到兩人身體周邊，瞬間擴散成黑色的保護網。底下抑或是大樓內的人眼中，他們就像是個黑色浮球。

「複製我的能力。」

「這種要求，我這輩子沒聽過。」約翰補充：「放開我，別浪費精神。」

海卓放開了托住約翰的升降黏液，黏液回到他的腳邊。

約翰露出黑色翅膀，翅膀上緣上有一只又細又長的獸爪，翅膀便沿著獸爪下緣蔓延，那不是帶有羽毛的翅膀，更像是個黑色薄膜。以前他都會刻意讓翅膀顏色更趨近於背景色，總是快速地展開並收回，一會兒溜到對方身後進行攻擊，除非用特別高幀率的攝影機，否則無法拍出瞬間過程。

「我先跟你說，我覺得多長出幾個盲鰻頭的效率反而不好。」約翰這時候竟然選擇檢討老前輩。

海卓是實在沒有力氣了，等到他恢復精神，一定要李招財好好教育這個學弟。

約翰也深深吸了口氣，他掌握的能力沒有海卓好，海卓的形態能維持手掌模樣，從手掌中央長出口器，約翰則是直接讓自己兩條手臂變成盲鰻的頭顱。

哇！

皮諾丘躲避從天而降的鞋子。

約翰的腳也變成盲鰻。

轟——

結界突然快速竄高，此時直升機已經飛到了與醫院同高，千鈞一髮之際，結界密合。直升機發現異狀遂緊急向上拉升，才避免失控「撞牆」的窘境。

海卓鬆了一口氣，要是讓那台直升機墜毀，問題可就大了。

「他們墜毀不一定是壞事。」約翰打趣地說：「雖然煩，頂多寫報告嘛！」

鞏固好結界的兩人開始慢慢向下降去，約翰也將翅膀收了起來。

WCH抗議民眾看見特警澈底封鎖醫院，氣得破口大罵，也開始拿各種硬物想要破壞結界。不過，當然是徒勞無功。

「只要醫院檢查結束，我們承諾一切將符合作業程序將劉子琪送交受審。這個地方也被你們包圍了，結界之內，出入都有困難，人逃不掉的，大家不用擔心。」皮諾丘還是繼續向民眾喊話。

「哼，你看他鼻子這麼長，根本就是撒謊！」

「撒謊成性的怪物！」

「他們狗嘴裡吐不出象牙！」

「又在欺騙我們了？政府騙我們還不夠嗎？」
「政府沒有騙我們，只有這些怪物特警才是騙我們的人。」
「各位注意我這邊，咳咳……現在他們封鎖醫院，不讓我們進去，我們就在此守候。我們守候的不只是犯人、殺人犯婦劉子琪。我們守護的還是全人類的權利！」
「說得好！」
於是對峙轉變成持久戰，雙方僵持將近一個小時，人類仍然不斷謾罵，聚集的人類越來越多。包圍榕園醫院的人，從上百人，到現在或許有上千人。過程中，皮諾丘也不斷呼叫警方支援，刑事組小隊長一開始還諷刺皮諾丘。不是不要我們人類支援嗎？怎麼樣，現在還會求饒了哦？
皮諾丘只好低聲下氣地道歉。這點，皮諾丘倒是很識時務。
但是警方被醫院外圍的車龍堵住，一夥警察只好步行試圖穿越人群，但卻又被WCH的暴民擋在外頭。
一開始皮諾丘以為又被總局擺了一道，但米婭透過關係求證，總局確實沒有騙人，支援的人類員警進入人群前也是這麼跟米婭說的。
不過，當警方走進醫院範圍，手機也旋即失去訊號，無法與米婭通聯。
傷腦筋，這樣該怎麼出去呢？
劉子琪在其他人的陪同下步出榕園醫院大門，院長見外頭一堆人類跟媒體，立刻縮回視線外。
劉子琪看起來氣色很好，她完全變回人類形態，洗過澡，也換了一套衣服。她見到包圍醫院的人眾多，想轉身回去，不過被李招財擋了下來。

「妳跟他們說的不一樣，不要害怕。」

但是，她還是好怕、好怕。

米婭看見她表情裡的擔憂，趕緊上前陪著她。尤莉薇釋放了安定的能力，這才讓劉子琪稍微不那麼焦躁。

暴民見到劉子琪出現，開始更激烈的鼓譟。

「殺人犯婦！」

「要出來給我們審判了嗎？」

「妳弟弟那個殺人怪物呢⁉」

「把他交出來，讓我們替錢今生報仇！」

「噁心的飛行怪物！」

「我們不相信司法，讓我們來！」

「怪物！」

「我不是怪物……我沒有殺人……我弟弟她也是被……被……」劉子琪忍不住回話。

「妳沒有殺人？那錢今生怎麼了？他把自己的頭扭斷嗎？」

「妳弟弟怎麼了？說啊！妳說啊！」

「我們已經著手調查錢今生的被害案件，我們不……」皮諾丘試圖緩頰，不過，沒有人想聽他說話。

「把劉子琪當場殺掉！你們特警不是有這種權利？」

「殺了她！」

「把她殺了！」

劉子琪被這些暴民的唇槍舌戰嚇壞，雖然身邊有許多人陪伴，但她感覺好孤單。

我好孤單……也好害怕……可是，我要說出實話，否則……否則……

「錢今生強暴我，他還錄下跟其他女生的做愛內容……我弟弟氣不過，他氣不過錢今生強暴我……他才會殺了錢今生！」

一陣嘩然，其中包含所有特警，他們沒想到劉子琪會對群眾坦白。

但是，抗議人群沉默沒有幾秒鐘，雖然有些人竊竊私語，似乎也開始遲疑，但是，不願意相信的人更多。

「騙人！」

「你竟然抹黑錢今生，他是這麼好的慈善家。」

「蕩婦，絕對就是妳這個蕩婦主動勾引他的！」

「我看這個女的根本人盡可夫，妳弟還殺了妳多少姘頭？」

「騙人的啦！」

「就憑妳這個肥婆樣？妳以為大家品味都這麼差喔？」

溫良讓在一旁，他一句話也沒說。這幾年，他默默也養出這麼多伶牙俐齒的暴徒，果然沒有白餵食糧。他多希望這時候能用攝影機拍下來，如果能夠留成紀錄，不知道有多——

咚——

咚咚

咚咚咚咚咚咚咚咚咚咚咚咚咚咚咚咚咚咚咚咚！

結界外的所有人類，從遠到近，如同骨牌般地……一個又一個倒了下來。

咚咚

咚咚

咚咚咚咚咚咚咚咚咚咚咚咚咚咚咚咚咚咚咚咚咚咚咚咚咚！

當骨牌倒到結界邊，少說上千人驟然地昏倒。

其中只有一個人站立，他的身影浮現，背後至少有上萬隻若隱若現的超細觸手。

男子朝結界靠近。

劉子翔來了！

「姊！」

「你怎麼……你怎麼會來？」

兩姊弟在結界兩側相遇，他們隔著一道牆，卻摸不到彼此。

「妳……妳竟然還是選擇讓所有人知道了……我不是叫妳別說嗎？」

「只有這樣，他們才不會殺你。」

「你看這些人類……像是願意相信妳嗎？……算了……我是來幫妳離開這裡的。」

「我不會跟你走，我要接受法律的制裁。」

「我知道，我只是來讓妳能夠回到法院受審，這些……這些人類怪物不能擋住妳的路。」

「閉嘴。」海卓十分生氣地走到劉子琪身邊，他望著劉子翔。

「你知道你剛才做了什麼事情嗎？」

海卓氣到全身發抖，他指著不遠處，有一群身穿警察制服的人影也躺在人群中。他說：

「那些警察已經到場了，經過他們的允許跟同意，我能夠用結界的能力包覆你姊姊讓她離開，很快就能夠把你姊姊護送走了。你怎麼就不能多等幾分鐘呢？」

「你知道你這麼做，只會加深人類跟獸人的仇恨，讓他們大作文章嗎？」海卓氣得指著劉子翔的鼻子痛罵。

「你……你又是哪根蔥!?」

「這麼多年以來，我試圖維繫人類跟獸人……或者非法獸人的衝突……不讓衝突升級……就這麼被你毀了。」

海卓嘆了口氣，瞬間，結界消失。他轉身離去，拍了拍皮諾丘的肩膀。

「現在是你的事情了。」

皮諾丘瞬間理解海卓的用意，他立刻朝劉子翔飛了過去。

尤莉薇讓劉子琪再度無法行動，她喊著要黃凝回去醫院拉一台輪椅出來。

蜂鳥雖然是十分短小精悍的鳥類，但他們的飛行速度在鳥類之中可是佼佼者。

皮諾丘出現在劉子翔身邊。

劉子翔措手不及。太快了、怎麼這麼快？

電光火石之際，皮諾丘的長嘴從劉子翔的下顎劃過。

他在執行絕殺令。

但是，皮諾丘刻意避開咽喉，他只是想讓自己做得更像一點。

劉子翔用觸手攀住高物，驟然升高，他再度讓自己隱形，不過下顎的出血暴露了他的位置。

皮諾丘再度逼近，劉子翔只好再使出他麻痺的能力，但是對皮諾丘卻無效。

皮諾丘又是一拳，劉子翔被打倒在地。

怎……怎麼可能？

皮諾丘轉身向女朋友道謝，尤莉薇加強了他的防禦能力，她雙手散發出一道綠色光芒，射向皮諾丘。

皮諾丘再度爬升，他準備向下俯衝，加快下一次攻擊的力道。

我等下得將這傢伙往尤莉薇那裡砸，我……

皮諾丘恍如死屍般失去生氣，他從高空墜落地面。

啪！

劉子翔一直以來都刻意保留自己的麻痺強度，畢竟為了讓他姊出來，他只需要麻痺這麼一大群人類數分鐘，但是，這個特警逼得他不得不使出全力。

接下來要解決的是那個樹人。

咚！

米婭全身甲殼化，替尤莉薇擋住了劉子翔的攻擊，原本都會刻意露出的臉部，現在也出現全密合的頭盔。

她探出一對巨螯，朝血印揮擊而去，但卻揮空。

米婭突然感覺被自己的甲殼擠壓到無法呼吸，她被人甩離地面。

大家都忘了劉子翔最一開始的獸人能力，其實是綑綁擠壓。

同一時間，尤莉薇也倒地。

劉子翔留了一手，畢竟尤莉薇對他並沒有展現殺意。他對海卓剛才說的話，還是有些在意。

正當米婭被劉子翔舉起，將砸向地面時，約翰顧不得一切，他飛躍在半空中，手部變成蟹螯，將看不見的一群觸手剪斷。

磅！

米婭腳部的蟹爪替她減緩降落力道，但她還是一屁股向後栽去。

「我……我沒事！」米婭喊道。

觸手被剪斷後紛紛向下散落，砸向數分鐘前還大放厥詞的暴民身上，幾個人即便昏睡但依然哀號。

劉子翔向突然出現的特警再度釋放觸手，約翰也依樣畫葫蘆，一整群看不見的觸手便在空中相纏。

旁人眼中，兩個人像在默劇拔河，讓人摸不著頭緒。

約翰身體開始變得巨大，頭上也長了一根角，他同時變成老室友蠻牛，在拔河中逐漸占優勢。

劉子翔只好分神用觸手纏住一旁的梁柱與燈桿，瞬間回到勢均力敵的局面。

我分明……用觸手碰到這傢伙的呀，他怎麼還……還沒昏倒!?還有……他到底用什麼抵擋觸手……我……我看不見……他到底是用什麼……是念力嗎？

「喂！」約翰雖然使盡全力，但他卻仍然嘻皮笑臉。

「幹……幹嘛？」

約翰吐了口口水，那是坨黑色炸彈。

炸彈緩緩向劉子翔飛過去，並在劉子翔眼前炸開，黑色墨汁撒了劉子翔全身。黑色炸彈內部核心是海卓的黏性物質，只是，黏液現在變成黑灰色，還筆直朝非法獸人眼睛衝去。

劉子翔的眼睛沾滿黏液，幾乎無法看清楚眼前狀況，也鬆開了與約翰纏鬥的透明觸手，他瞬間被約翰砸向地面。

劉子翔的透明能力完全失效。

但他立刻又爬了起來，這時候的劉子翔只想逃——以觸手逃離現場，盪到癱倒的人群中。

「喂！別想跑。」約翰喊著，但海卓卻將他拉住。

劉子翔再度逃離現場，約翰只能見一塊黑，逐漸消失在視線中。

「你幹嘛拉住我。」約翰反身質疑海卓。

但也是這時候約翰才發現，海卓在醫院這頭豎立了一道黑色的高牆，他替約翰遮住了醫院內往外望的戰鬥，他仍然試圖替約翰保守複製能力的祕密。

海卓只是嘆了口氣，他說：「算了，你可以繼續複製他的能力，一直在他身後追他，但是，你能力用盡了怎麼辦？」

「我還能夠飛啊。」約翰頂嘴。

「那全世界都知道你約翰是用什麼能力了。你的複製能力不適合打持久戰，你該認清楚。」海卓似乎有點懊惱道：「我應該也阻止皮諾丘攻擊他的……現在想想，即便你們真的逮捕他，WCH的怪物也會猜測我們是否跟他達成什麼協議。要抓他……或者殺他，也要在他們那些人類……或者你們人類長官面前。自從劉子翔攻擊他們後，這一切全都毀了。」

「當特警真麻煩。」約翰嘆了口氣，不得不說，海卓阻止他是對的。

約翰這時候才看到米婭臉色仍舊鐵青，似乎喘不過氣，趕緊過去查看她的狀況。

原來劉子翔透明的觸手現在仍纏住她，牢牢地捆著，但她不想干擾約翰戰鬥，不敢出聲，而黃凝跟李招財在戰鬥開始後，就被海卓趕去黑色結界後躲藏了。

約翰只好在米婭面前再度讓自己的手掌變成蟹鉗，剪開糾纏不清的觸手。

「你……這是……這是什麼？」剛才的戰鬥，米婭一直看在眼裡，以往約翰總是三兩下解決對手，她也聽過約翰會幻術的傳聞，但她是第一次親眼見到……她更確定自己沒有幻覺。他剛才到底是用什麼能力跟劉子翔戰鬥？

「我的能力。」約翰說：「我是蝙蝠……跟……應該是擬態章魚，不過複製能力比章魚還誇張——我的真實能力是『複製』。抱歉一直沒有告訴妳實情，對妳，我應該更坦白的。」

「你還沒跟她說呀？我以為你們是情侶，你們以前在學院老混在一起。」

米婭嘗試走路，但走了一步就又乏力，差點跌倒。

「不是。」約翰改口：「還不是。」

約翰將米婭抱了起來。

米婭忽然覺得自己被劉子翔打敗也不是什麼糟糕的事情。

✦

人類陸續在十多分鐘後醒來，他們絲毫不知道發生什麼事情。

人類警察要不是茫然地醒來，就是坐在輪椅上，被李招財或醫院警衛推向兩公里外的警車，他們手機不約而同都有同樣的訊息。

「我們將偵防車開到你們的警車旁了，我們在等你們。皮諾丘陷入昏迷，需要救治，能不能先載皮諾丘去紅瞳醫院，然後，我們跟你們一塊將劉子琪送回分局。」

當天，劉子琪正式做了筆錄，檢察官也在數分鐘內到場訊問。

劉子琪在訊問時作證，她因為被錢今生強暴，劉子翔出於義憤殺了出言恐嚇的錢今生。

這些資訊，都被記錄在正式文件上。

但她同時也證明了弟弟劉子翔確實出於私慾偷竊，但弟弟偷竊的東西，遠不如電視上所說的那麼多，有太多人做出虛偽證詞。

「妳說妳被錢今生強暴，有證據嗎？」

「帶有錢今生精液的檢體，目前正安放在榕園醫院。」劉子琪堅定地說。

「我們會去榕園醫院取。」一位人類警官說道。

李招財打斷他們道：「不用麻煩了，榕園醫院已經派人送到鑑識科了。採集檢體的過程中，全程錄影。這劉子琪，可真是做足犧牲了。」

「只要拿到錢今生的ＤＮＡ，應該就能夠證明了。」李招財下了結論。

所有ＷＣＨ當天參與包圍榕園醫院的人類，雖然都不知道發生什麼事情，但他們很快就會猜到——劉子翔也出現了，這群特警有一半都被劉子翔打傷，而且最後竟然還讓劉子翔逃走。

不管這群特警有沒有逮捕劉子翔，他們總有話說，或許他們已經將劉子翔未審先判。

不過，溫良讓醒來後，除了生氣外還不解。他頭上多了好幾個包，整個人鼻青臉腫的。他是被劉子翔觸手殘渣砸中最多面積的人，他昏昏沉沉，還有點想吐，但他找不到是什麼東西把自己弄傷。

部分人類依稀記得劉子琪說錢今生強暴她，還偷偷錄下與其他女性做愛的畫面，這件事情在網路上引發熱烈討論。支持反獸人的一方與對獸人沒這麼反感的一方，掀起激烈的論戰，雙方人馬互相叫囂。

反獸人的群眾認為那些替獸人說話的，不是人類叛徒，就是收了紅瞳好處。不然，根本就是怪物的家屬。

更多人改口、澄清，劉子琪根本沒有說過那段話。

媒體本來想要採訪ＷＣＨ，但溫良讓沒有受訪。他後來也住進醫院了，否則他肯定會說些煽情的臭鼬話。

溫尚仁也拒絕發表公開言論，僅用書面聲明，談到對於ＷＣＨ的成員受到獸人攻擊，他很遺憾，這也是他極力要反對的非法獸人犯罪行為。不過，媒體對於溫尚仁的聲明顯然不怎麼關注，他們更希望另一名發言人講出更激進的言論。

錢多鐸當晚發表聲明，嚴厲譴責網路上談到關於錢今生的不實指控，他認為造謠的言論深深傷害了愛子的名譽。

「劉子琪，說不定她從來沒有說過這些話，那些現場民眾是不是聽錯了？他們被劉子翔攻擊過，腦袋肯定也出問題了。」

「警方難道繼續放任這種怪物逍遙法外？」

「即便那個女怪物真的這麼說好了，你們難道會選擇相信殺人怪物說的話嗎？」

海卓……或者說阿鰻倒是離開醫院了。他告訴李招財，他暫時不會離開S國。

「等我下勤吃頓飯吧。」李招財在分局打了電話給海卓。

「還是這麼節儉，有人請客就呼朋引伴了？」

海卓順口答應，還提議約小學弟跟小學妹一塊兒，要招財順便介紹朝陽給他們認識。

「我會帶白手杖去。」海卓也開了個玩笑，不過他內心倒是很擔心……

未來，他真難想像。

人類與獸人的衝突絕對會再升級，或許他也阻止不了。

就在他散步離開時，一個人影從地面浮了出來。

「我跟你說過了吧！」說客說：「那群人類沒救了，你仍然相信有希望？」

「你可真是不死心。」

「所以我才叫做說客呀。」說客從另外一堵牆出現。

「再來會有越來越多特警加入我們啦……海卓，就差你一個呢！畢竟你可是特警的英雄象徵。」

「我現在不是特警了，我是阿鰻。」海卓這麼說：「你老是用我舊名字叫我，別忘啦！我的名字是鰻徹斯特（Manchester）。」

「盲鰻那個鰻？」說客笑了出來：「難道就沒人說過這名字有夠俗嗎？」

「吵死了。」海卓對空氣說，不過，沒有人回話。

幕後故事

海卓與約翰，他們倚靠著走廊欄杆向遠方望去。

那時，海卓已經退休了，那個週日，他跟招財約好要一塊照顧侄孫，是個小女嬰兒。

「我侄子說要跟侄媳婦去旅遊，這一兩年來懷孕生子沒法過兩人世界，朝陽那對老夫妻竟然想一塊去，但又掏不出錢。我說還是別打擾年輕人旅遊好了，乾脆贊助他們參加另外一個旅遊團，叫還沒結婚的侄女也一塊兒去。」

「你還是這麼大方呀。」

「你也想去呀。」招財鼻子又哼了一聲，這是他老習慣了。

「你去誰來陪我照顧小女嬰？」

但是，照顧小孩這件事情海卓真的沒啥經驗，晚上他藉故溜了出來。

叛徒！李招財罵他。

一時不知道去哪，海卓便繞去學院跟小學弟小學妹陪打。

打完以後，一夥青少年青少女去洗澡。約翰說大家先洗，他晚點沒關係，兩個人便找了隱蔽的地方說話。

約翰向他坦承自己的獸人能力，其實是複製。

「我老早就知道了，別以為我是盲鰻……就真如其名看不見。我的視力，好得讓你難以想像。」

「炫耀。」約翰嘴角上揚。

「哇……這也看得太遠了。」

「別亂複製我的能力。」

「所以你就靠這樣……黏液創造跟……就黏液創造，變成頂尖獸人？」約翰說：「就這一種能力？」

「即便只有一種能力……能夠用到出神入化就夠了。人類的研究說，人腦只用了不到5%的能力，我們獸人也是一樣，所有獸人能力都有機會再往上突破。」

「偏偏我的是複製能力，是別人的能力。」

「你若是也能夠用到出神入化，將所有複製的能力混在一起，就能夠擺脫所有獸人原生的限制……不過，這件事情你千萬別讓紅瞳知道。」

「紅瞳不是我們獸人的老朋友嗎？」

「我現在不確定啦！」

「怎麼說？」

「我調查更清楚後再讓你知道。」

「真愛賣關子，這種說話方式真要不得。」

這小子真沒大沒小。

他們倆一陣沉默。

海卓突然開口，畢竟這孩子……真的很不一般。

「你恨你的養父母嗎？」

海卓的媽媽，在他心裡，雖然嘴上說著不在意，但他其實很痛。

很多時候，他其實很羨慕李招財。

「不會啊。」約翰開口：「為什麼會？」

「他們不是曾經對你施虐嗎？」海卓知道約翰的背景資料，畢竟，他必須要從眾多特警生中選用李招財的搭檔。

「那又怎麼樣？」約翰說：「難道我要從此鬱鬱寡歡，恨他們一輩子嗎？」

「正因為他們恨我，才會造就我是這樣的人。」約翰笑著說：「我弟弟跟我可是很要好的，這樣就夠了。人生不能享受，那就接受，既然接受，那就享受。我覺得……人生還有更多有趣的事情。」

「所以你才這麼愛亂出意見跟打嘴砲？」

「沒有。」約翰大笑：「我只是單純喜歡。」

「還有，我是真的能夠發射嘴砲。」約翰補充。

獸人寶典

◆海卓（Hydra）的能力：動物原型為盲鰻，盲鰻的黏液腺發達，受刺激時會分泌大量黏液，真實世界中的盲鰻黏液，甚至被視為是新世代服飾材質的原料。海卓使用黏液時，除了可以型塑成各種不同形狀的巨型物件，更可像是《進擊的巨人》中的戰槌巨人一樣，塑造各種不同的人形處理不同工作，唯獨仍需要有細絲控制。無細絲控制的人形，則需要明確的語言指令。值得注意的是，盲鰻其實有三隻眼睛，而海卓取自己的名字是Hydra，也有九頭蛇之意，或許他的真正實力遠不止此。

盲鰻的樣子是恐怖圖片，google前，請詳加考慮。

◆皮諾丘（Pinocchio）：S國特警，其動物原型為刀嘴蜂鳥，背部有一組小翅膀，能夠高速振動，進行各種角度的瞬間飛行。他的鳥嘴則被用來當作利刃使用，唯不可拆卸，另外，還能夠充當大聲公。

◆尤莉薇（Olivia）：S國特警，其為植物性樹人，偏向屬性為茶樹，能有基礎治療、昏迷、安定心神、延遲行動，以及增加防禦的能力。她基本上並無攻擊能力，但其中除了增加防禦為遠距招式外，其餘均需要靠近對方，距離不可超過五米。她的能力雖然對戰鬥難有直接貢獻，但對於需要攻堅的場合來說，她的存在可以省去很多不必要的打鬥。

火速

洛比（Robbie）並不喜歡現在的自己，尤其是出演Amazing系列電影後。他不喜歡自己的紅眼睛，對他而言，這些都是對觀眾、甚至對至親的虛假謊言。

洛比身在一個五口家庭，他是三名孩子中的老二，或許因為中間手足排序的特殊性，他始終是較不被關注的那一個。

大姊外貌出眾，富有遠見又有領導力；小弟口若懸河，辯才無礙。洛比除了同樣遺傳母親的美貌外，相較平凡無奇。為了爭取注意，洛比成為家裡的開心果，他模仿電視上的演員或諧星，在嚴肅的家庭互動中創造歡笑。

這樣的性格，造就了他的一生，進而成為演員。

洛比早期在校園話劇公演嶄露頭角，俊俏的外表與高眺的身材，讓他旋即被發掘成為模特兒。但他希望星探是看到自己的演技，便更加努力琢磨。幾年後他很快展現出戲劇才能，洛比開始接演電視劇，並逐漸成為主要角色。他對於這樣的發展並不滿足，而他的家人更不滿意。

他的父母親都是政府高層官員，認為演藝人員不過就幾年榮景。

「你這幾年玩夠了吧？」

「你能夠一輩子演戲嗎？現在還有人願意看，是因為你長得帥，過了幾年皺紋跟肚腩都跑出來，誰還要看你？」

「你應該像我們一樣，做位高權重的工作。當演員？這是什麼低賤工作，去取悅、討好別人？我們家族應該是反過來要被討好、取悅的！」

「你應該像你姊姊一樣，搞點正經事，她現在雖還在攻讀研究所，不過我們很快就會用關係讓她調到高層做事。」

「我們家族有些事情是挖不得的，你別給他們機會，我明年還想要角逐總理呢！」

洛比父母親均認為演員不過是小丑，絕非正經差事。父母親的家族是貴族世家，父親更是一方之霸，其他叔伯都在政界，整個家族都等著看父親笑話，他的演員身分甚至可能威脅父親聲勢。

洛比在能夠養活自己後選擇搬離家裡，並對家庭閉口不談。

洛比的親子關係惡化到谷底時，他發現演藝事業似乎也受到影響。幾位導演告訴他，很遺憾不能讓他擔綱演出，國內文化部也都暗示不喜歡這一位男演員。他知道，絕對是父親把手伸入演藝圈了。

父親的勢力太龐大，或許因為選舉將近，對他的忍耐終於到了極限，洛比選擇離開家鄉。

他留了口信請人轉達，便頭也不回出國發展。

洛比的祖國並不是繁榮的大國家，而是一個只要有點抱負，青年才俊都會離開前往大國家發展的蠻夷之邦。

V國是一個小國家，遠離國際權力中心的S國與Z國，雖然有壯麗美景，但即便是V國的首都，放在S國也根本像農莊。

23歲那一年，洛比改了名字，從洛柏特（Hrodberht）改成較為順口的洛比（Robbie），前往S國發展。

S國是現在的國際舞台中心，他也在這裡見到父母口中厭惡的獸人種族。哇！這果然是先進國家才能夠搞出來的產物。

關於獸人的種種，在V國幾乎是被封鎖的資訊。V國沒有獸人，是觀光產業為主的國家，幾十年來始終在原地打轉，毫無發展與進步，似乎還停留在獸人戰爭後的停滯時代。

✦

洛比並不喜歡這些「生物」。

S國都會區非法獸人的犯罪問題氾濫，雖然世界各國都有人類犯罪者潛藏在陰暗角落，不過人類頂多亮出刀子，非法獸人卻是張牙舞爪、渾身尖刺。這對來自純樸國度的他，著實難以想像。

獸人根本不是這個世界應該存在的生物，加上V國治國嚴謹，雖然現在以民主國家自居，但實際上裙帶權貴操弄選舉——還更像是極權政治。V國執政階級對獸人充滿偏見，兒時洛比也時常聽聞父親跟幾位貴族議員討論關於引進獸人的爭辯。貴族擔心引進獸人促成國家進步，反而讓統治階級更難操控民意，不如乾脆向國民掩蓋此事。

言論審查、媒體控管，這點V國一直做得很好。所謂的國家領導人總理，說穿了其實就是在洛比的麥埃提（Maieste）家族與同族親友間輪替換。

洛比自己也做了些功課，他對獸人歷史有初步認識，也知道這個從人類分出來的種族在數十年前差點造成人類毀滅。S國的社會能公開討論獸人，或許是家族養成，聽慣了政治論戰，抑或是出自於抵達S國後，目睹過非法獸人暴行。洛比內心較認同WCH的說詞：獸人的存在威脅人類，甚至在就業上壓迫人類，更有可能掀起新一波的獸人戰爭。

不過，洛比從來沒有公開發表對獸人的看法，身為公眾人物，他做了不少言論的自我審查。

洛比在S國發展的前幾年，異國長相給了他不少優勢，雖然略帶家鄉口音，但他畢竟是專業的演員，幾個月後，他不再有口音，逐漸獲得觀眾接受。

洛比這次從商業廣告中嶄露頭角，跨足電視劇並逐漸打開知名度。畢竟他演技精湛，又有過人的外貌。

他在第一部電視劇演出中認識妻子奧芮（Orion），妻子當時只是個配角到不行的角色，長相也平庸無奇，但是，他並不在乎。

奧芮從小懷有明星夢，不過外貌與演技並不出色，接到的工作不多。奧芮與洛比交往後成為洛比的經紀人，為此，洛比還賠了經紀公司不少違約金。

奧芮也曉得洛比的家庭背景，洛比老家在V國是政治世家，她不解為何洛比要捨棄崇高地位離鄉背井來到S國。洛比要是留在V國，以他父親的政治勢力，未來幾乎能輕鬆靠父親的人脈進入政界。

「那是因為妳不認識他們——如果妳認識，就知道他們是令人窒息的家族，只在乎功利跟成就。我在如此高壓的家庭長大，當演員是我們家族最離經叛道的工作。」

「哪天我們孩子出生了，總要給他們認祖歸宗吧？」

「那也是以後的事情。」

隨著洛比演藝事業的發展，他的粉絲越來越多，其中又以女性粉絲為主。她們都喜歡這位與眾不同的演員，就連身為經紀人的奧芮也要洛比保密兩人交往的事情。

媒體也注意到這位總是在洛比身旁打轉的前女演員，開始臆測她是不是洛比的親密愛人。洛比真想向媒體坦承，不過奧芮卻連忙勸阻。

他們承租了上下兩層打通的公寓，支付房東高額遮口費，對外宣稱為了工作方便住在上下樓，實際上，他們一起生活。

「說我們是好朋友就好，否則，可能會影響女粉絲對你的喜愛。」

談到洛比跟奧芮的愛情故事，就要提到他剛來到S國的遭遇，當時洛比只是個來自國外的新人演員，經紀公司穿針引線，爭取到幾份拍攝工作，不過洛比在片場人生地不熟，雖然各國的語言早已統一，不過各地還是有不同語言習俗，洛比時常在片場鬧笑話，連經紀人也會在一旁看他出糗。

前經紀人認為這也是與大家建立關係的方式，不過，妻子並不認同。奧芮是大姊頭個性的女孩，會在下戲時偷偷跟洛比介紹目前圈子情況，誰的喜好是什麼、如何得到其他演員跟觀眾的認同。

奧芮提醒洛比、告誡他可以用什麼方式跟大家互動。她甚至告訴洛比，哪位女性製作人特別喜歡洛比這種異國風情的美男子，稍微撒點嬌，讓她們有好印象，說不定可以多得到些工作機會。洛比雖然依樣配合，但他始終感覺渾身不對勁。

或許因為在V國的成長過程中，父親的勢力讓洛比幾乎都有特權，這些全是他無需要擔心的事情。他甚至懷疑是因為父親的身分，才讓自己得到高中話劇比賽的主要角色。或許V國演藝事業初期的順風順水，也是因為父親暗中庇蔭。很多時候，他懷疑自己——這也是洛比離開故鄉真正的原因。他更想知道不靠父母能夠走到什麼地步。

洛比除了繼續出演電視劇、在電影中軋一角外，他幾乎什麼工作都願意接，但始終都得不到重要角色。

妻子知道洛比最醉心的還是戲劇，奧芮建議他去嘗試更磨練演技的公共電視戲劇。

洛比大多在主流戲劇飾演外國帥哥，也在電影中扮演對劇情無關緊要的角色。他很清楚自己只是電影公司拓展國際市場的棋子，無足輕重，出演雖然能得到掌聲，但洛比很清楚不能靠這些工作繼續發展。

公共電視劇的劇本則不那麼商業化，因為外表的關係，反而讓洛比能夠拿到特殊的角色獨當一面，例如他曾演過受到歧視的外籍移工。

S國本來就有很多小國移居的外籍移工，為了更深入角色，洛比會去特定工作現場接觸外籍移工。

這些經驗也讓他更傾向WCH的反獸人立場，畢竟WCH宣稱獸人導致人類工作受到擠壓，當獸人逐漸取代人類，同時也逐漸取代外籍移工，所以移工只剩下更低階、更勞累的工作。

外籍移工大多從事本國人不願意從事的粗工，但是薪資比本國人更低，移工仲介也會從中抽取高額仲介費用。這些仲介到開發中國家招募勞工，將工作講得天花亂墜，但跨國工作需要繳交兩國政府不少規費，勞工只好向仲介公司借錢。

要賺錢還得先交錢，什麼道理？說穿了就是兩國政府交相賊，洛比的祖國V國也是幫兇之一，只是移工為了生活只好迫於無奈同意，等到出國工作以後才發現淪為「外籍奴工」，薪水有一部分得用來繳交「欠款」，實際落到口袋裡的根本不多，卻又得日復一日面對惡劣的工作環境。

這導致逃逸移工時有所聞，他們遁入犯罪階級，因為即便奉公守法也擺脫不了毫無人權的生活，還得處處被本地人瞧不起。那陣子洛比角色帶入太重，差點罹患憂鬱症呢！

那部戲，叫做《我不是外籍奴工》，故事改編自一位同樣來自V國的移工竭力（Jelly）。竭力以前在V國是高知識分子，在網路上批評國家選舉制度，還發動了數次遊行抗議，因而在求職上處處碰壁，最後聽信勞工仲介片面之詞來到S國工作。

竭力下工後雖然疲憊，但也努力在網路上發表族人的故事，希冀能夠改善外籍移工的工作條件，雖然難有實質影響力，但他的故事卻引起公共電視台編劇的興趣。

在編劇的引介下，洛比便與移工竭力搭上線，竭力還帶著洛比上工好幾天，繁重的工作讓洛比更同理這些移工的困境。

竭力對於洛比的背景感到興趣，有時候洛比會不小心用V國的口音說話，雖然洛比刻意隱瞞國籍，但竭力推測洛比應該同樣來自母國。竭力也沒說破，他們倆就保持著良好的關係。

竭力會向洛比分享以前在V國時，因為貧窮與階級所受到的不公平待遇。這些話聽在洛比耳裡格外刺耳，畢竟都是洛比以前身為貴族或公眾人物時從沒見識過的。洛比下定決心，未來如果有幸凱旋返回V國，希望能夠做點事情改變社會。

只是，洛比總覺得竭力對他的態度過於客氣，與初識哥倆好的模樣不同。洛比後來從旁得知竭力成為紅瞳獸人，這意味竭力完全拋棄了V國的種種，不再想要回到家鄉。洛比對於這點並不諒解，便不再主動與竭力聯絡。

除了移工外，洛比還扮演過受到歧視的外國留學生。V國是個窮國家，但能夠移民或者出國來到S國讀書，非富即貴。儘管如此，這些留學生在泱泱大國的S國人民眼中，仍然只是夜郎。

洛比一如既往深入研究，為了戲劇更投入角色，即便洛比貴為V國貴族，但這些經驗都讓他更貼近自己祖國人民。

那陣子，洛比情緒並不理想，或許是接觸到這個世界上，自己從未相信，卻真實存在的黑暗。奧芮鼓勵、陪伴他，還說自己果然當不成演員，在演藝工作的努力上，遠比不上洛比。

不過，你身為妻子，還是我最棒的經紀人。

兩部戲讓洛比接連得了獎，終於也傳來電影主要角色的邀約。

這些喜悅都讓他主動與遠在V國的家人分享，父親因為處理公事，遂草草結束電話。這時候洛比父親已經是總理，日理萬機，洛比能夠理解。

事後他與母親連繫，母親才告訴洛比，最近父親剛躲過一場暗殺。

「暗殺？誰要殺父親？」

母親跟他說明了事情原委：一個低階貴族家族近年跨國貿易事業搞得有模有樣，替國庫貢獻不少銀兩，家族也躍身成為富貴大戶。有了錢，便想要權力，意欲透過賄賂晉升為財政部長，躋身上流貴族。不過，父親認為對方血統太卑賤，嚴正拒絕。這件事情在政府內部引發批評，畢竟約莫十幾年前，國家才從君主政治轉變成民主政治，低階貴族以為能仰賴各種功勳獲取政府職位，晉升高階貴族階層，但看在父親眼中，實在笑話。

父親這一舉動，引發低階貴族反彈，他們預謀政變，幸好父親掌握軍權，即時在兵變前夕將眾人逮捕，血洗數個低階家族與上千家臣。

這些消息全被V國壓了下來，所以遠在S國的洛比並不知情。

洛比父親這番舉動更加引發國內動盪，V國轉為間接民主的議會政治後，已經不再有大規模流血事件。然而前幾天，洛比家人所住的總理官邸竟然闖入幾名來自國外的非法獸人，他們造成數十名警衛傷亡，是父親有遠見，老早雇用了前獸人退休怪物警察，才將非法獸人繩之以法。

「非法獸人現在也來到V國？淪為特定人士暗殺的工具？」

欸不對，父親聘用退休獸人特警？那個厭惡獸人，堅持拒絕引進紅瞳科技的父親？

「這件事情你別說出去，都是國家機密。自從你父親當選總理後，他高薪聘了幾個前怪物警察，說得保障他的安全，不過，他還是很討厭那些怪物……你都還好吧？好久沒聽見你聲音了，你父親還是不時提到你，說你這個孩子不懂事，改了名字，一樣做那個取悅他人的工作，現在竟然還演賤民的故事。雖然他嚷著你敗壞家族名聲，說不准讓你回來，但他默默關注你在S國的發展，我感覺他還是很想你的。」

原來父母親都默默關注自己的發展……不過……洛比知道回國只會淪為父親的囚徒，原本想要分享喜悅的洛比，如今也沒有心情了。

洛比第一次在電影擔綱主角，他還特地為電影健身，讓自己看起來更加挺拔。電影的票房亮眼，加上當年度的網路票選，他成為S國女粉絲票選最性感男星第五名，他也第一次享受到被媒體簇擁的滋味。

奧芮還開玩笑：「看來我的女朋友地位要不保啦！」

那句話他一直放在心裡，幾個禮拜後，他向奧芮求婚。

奧芮問他，在聲勢如日中天的時候閃婚，你肯定要損失不少粉絲。

「不，在我心中，妳就是我的唯一。」

不過，妻子仍堅持洛比要對外隱瞞兩人的婚約，洛比在後來兩年又接演了幾部大片，除了在S國內火紅，全世界也都知道洛比這個超級男星了。

洛比的姊姊與弟弟也都在V國國內參加洛比電影的首映會，他們興奮地告訴洛比：「洛比實在是太帥啦！」

「父親有來參加首映嗎？」

姊姊告訴洛比，就連母親也沒來，父親自從暗殺事件後變得疑神疑鬼，後來還發生幾次偶發性的非法獸人暗殺，加上國內犯罪組織引進非法獸人，國內治安很差，讓總理與總理夫人更不敢出門。

「父親有考慮過要引進獸人特警嗎？」

「不可能！雖然父親聘了特警當保鑣，不過他仍然會懷疑別人會滲透他們，三不五時撤換保鑣，父親打從心裡不相信那些為錢做事的獸人。」

雖然洛比的演藝事業成功，他卻開始考慮要返回V國。他始終擔心父親的敵手，或許哪一天會得逞。

樹欲靜而風不止，子欲養而親不待，雖然洛比跟父親關係並不特別融洽，但畢竟血濃於水。妻子也知道洛比心之所向，她雙手一攤，夫唱婦隨，願意拋下一切跟洛比回到遠在天邊的V國。

洛比打算拍完手上的幾部電影後就要暫時息影，返回V國長住一段時間陪陪家人。他認為自己的知名度已經足夠，即便短暫離開螢光幕，未來還有機會能夠回到S國拍片。

此時捎來妻子懷孕的好消息。

洛比喜出望外，他決定孩子一出生就要帶全家返回V國，屆時再向媒體公開這個好消息。

但是，奧芮卻因為生產造成心臟衰竭，產下孩子一週後離世。

洛比在醫院，抱著懷裡的女兒痛哭。他除了妻子外，並沒有多少真正的朋友，雖然大家在演藝圈時常因為宣傳，在螢幕前稱兄道弟，但實際深交的朋友並不多，加上他與奧芮的關係始終是祕密。

別人雖知道洛比的經紀人離世，但細節卻幾乎沒人清楚。

洛比的姊姊與弟弟從Ｖ國趕到Ｓ國，但因為路途遙遠，趕到時，也僅能參加奧芮的葬禮。姊弟倆勸洛比：「別再演戲了，乾脆帶著孩子回到Ｖ國吧！」

當時姊姊已經結婚生子，在父親的堅持下，她嫁給一位高階貴族，公公則是Ｖ國財政部長，當時父親也是為了顧及親家的權力，才會堅持不讓低階貴族買官求榮。

「我侄子呢？他的童年還好嗎？」

姊姊搖頭道：「父親還是老樣子，把我兒子當成國家未來的接班人選之一。」

「妳覺得這是適合孩子長大的環境嗎？」

姊弟面面相覷，這才坦承他們多想像洛比拋開一切，前來Ｓ國重新開始。這一趟來到Ｓ國，也讓他們開足眼界。

「那我就更不能離開了。我想給女兒像樣的童年……只要我還在這裡，你們就更有機會逃離家鄉了。」

女兒出生後一兩年，洛比暫停工作在家裡照顧孩子。他違背妻子生前希望繼續隱瞞一切的願望——洛比向大眾公開自己與妻子祕密交往多年，結婚產子，但妻子卻為了女兒難產而死的真相。

他以為這些宣言會讓粉絲與媒體對他失去興趣，但反而讓他更受歡迎。有誰不喜歡悲劇英雄呢？加上他愛妻、愛女的好形象，眾多導演宣稱捧著好劇本與大把鈔票等他重回舞台。

不過，妻子不再擔任他的經紀人後，他才知道私生飯的存在。原來妻子生前當經紀人時，就有不少瘋狂女粉絲出高價購買他的行程，但妻子不為所動，聘請替身轉移焦點，讓他們在眾多行程全身而退，還幫忙搞定各宣傳公司，讓私生飯不至於影響兩人私生活。

但是洛比新聘的經紀人及宣傳卻以此中飽私囊。他時常在家裡附近見到埋伏的私生飯，他們瘋狂地追逐洛比，讓他不堪其擾。其中不少人竟擁有洛比的私人電話號碼，三不五時瘋狂來電或傳來求愛訊息，甚至用手機拍下自己的示愛血書，說自己肯定比離世的妻子還要更愛他。

就連洛比告假帶女兒去打疫苗，也有私生飯突然推開手邊嬰兒車，上前抱住他，讓他女兒險些從手中掉落，這時才發現對方嬰兒車裡是假嬰兒。

讓洛比最受不了的是一次外出採買，他將孩子托給私人保母，回家才發現家裡竟然來了一堆私生飯。她們替女兒泡了牛奶，打理家裡，其中一個女粉絲竟然擠了自己的母乳給女兒喝。她們見到洛比返家，絲毫不遮掩，異口同聲地大喊：「孩子的爸回來啦！」

洛比連夜搬家，購買郊區管理森嚴的的豪宅社區，求的就是隱密，他希望能透過嚴密的警衛遏止騷擾跟蹤行為。

此外，洛比氣得將保母告上法院，但保母竟不以為意，畢竟她從私生飯那裡拿到的錢，可是比即將賠給洛比的還多。除了保母外，洛比還告了經紀公司，他已經為此更換幾個經紀人與經紀公司，但經紀公司雙手一攤，說或許是洛比自己手機遭駭，搞不好是洛比個人疏失呢？

這些人類，為了錢比什麼都還要噁心。

洛比被這些爛事纏身，他一次次朝狗仔的鏡頭痛罵，輿論也逐漸趨於兩極：有些人認為他愛女，保護家庭的形象深植人心；但也有另一批人認為他對粉絲太嚴苛，加上長期隱瞞婚約，讓人覺得他不像螢幕上那麼坦蕩。

前經紀公司惡意放出誹謗他的謠言，說洛比這名外國演員喜歡耍大牌，要求片場得備妥祖國料理，使劇組苦不堪言，甚至常常見到他到片場才在背稿，沒把工作當一回事。

或許受到輿論影響，口頭談定合作的導演，一個一個避談原本的合作計畫。就在洛比還來不及搞清楚狀況，擔憂未來的工作時，有一個想像不到的工作上門，竟然是紅瞳公司。

紅瞳公司有鑑於近年來WCH的推波助瀾，不少人類被煽動地排斥獸人，甚至對獸人特警感到反彈，身為獸人的大家長企業，想到了一個絕妙的計畫。

他們要拍一系列的獸人超級英雄電影，屬意的主角就是話題人物洛比。

洛比長期以來隱瞞真實人生，以及現在富有強烈保護色彩的形象，正好與隱瞞身分，打擊惡人的超級英雄形象吻合。

紅瞳將此系列電影命名為「Amazing」，洛比即將飾演第一個打擊非法獸人或是異星怪物的獸人超級英雄。洛比以為這是一部關於獸人特警的電影，但紅瞳卻說，特警不過就是一批無趣的、為政府做事的公務員，加上前幾年特警爭取執法年限，讓部分人類感到反感。

紅瞳公司希望塑造一個意外獲得獸人能力的超級英雄，他將以自己的獸人超能力打擊犯罪，保護人類，捍衛世界。他們開出鉅額片酬，據洛比了解，這可是比世界上所有演員所能拿到的單一片酬還要高上許多倍。

洛比想到的卻是祖國V國的事情，現在父親正被非法獸人困擾，自己接演的獸人角色，是否會引起父親反彈。

「很抱歉，我不能接這個角色。我的家人對獸人……甚至我對獸人都有偏見。」

紅瞳公司猜到洛比長期接受WCH的負面訊息，他們笑著說：「這是WCH發言人溫良讓一貫操弄媒體的方式，不能怪你。」

他們說了一句話，讓洛比不由得猶豫起來。

「你還記得你以前演過的兩個公視系列劇，《我不是外籍奴工》跟《我想融入世界》嗎？你現在對獸人的偏見，不就像是國民對外籍移工或外國留學生的歧視跟偏見嗎？」

洛比陷入一陣沉默，他妥協讓步，說看過劇本再想想。

「這是一部特效動作史詩片，規模堪稱是空前絕後，你難道不想在歷史上留名嗎？第一個獸人超級英雄？」

「他叫什麼名字？」

「火速（the Fast）。」

「我得再想想。」洛比想的是……如果接這部戲，能夠扭轉V國，甚至是父親對獸人的偏見，或許父親能夠更放心的將自己的安全交給獸人特警。在S國生活的這幾年，他知道部分獸人特警是足以被稱為英雄的存在，例如前幾年退休的海蛇英雄，還有雖然不那麼知名，但也聲名遠播的狼首，或尚在服役的黑羽……等。

如果能夠爭取到知名的退休特警前去V國保護父親……

「我會考慮，但我有幾個條件。」

「無論你開什麼條件，我們都會接受。」紅瞳電影企劃部的負責人Luke站了起來，他說：

「我們會給你一點時間思考，隨時等候來電。」

Luke拋給洛比一只移動式裝置，那是一支彷彿是下個世代的電子產品。

「用這個跟我們聯絡，連線絕對保密，用我們紅瞳自己的基地台跟通信衛星。我們保證，此生再也沒有任何人有辦法騷擾你……包含你的女兒。」

✦

火速是一名獵豹獸人，身為棄嬰的他，成長過程中無意間發現了自己的獸人潛質，但為了遮掩身分，他只好購買時下火紅的各色瞳孔片，加上他外國人的身分，眼珠子顏色即便不那麼純正，但也不容易受到懷疑。

火速在一次又一次的非法獸人恐怖攻擊時挺身而出。他獸化時渾身皮膚會閃爍豹紋光芒，能夠以超高速移動破壞敵人詭計。他拯救了受到威脅的國防部長，部長的女兒因而對他一見傾心，女子試圖在茫茫人海中尋找這名超級英雄，就在女子抽絲剝繭，即將找到火速的真實身分時，但卻捲入了另一場威脅事件。

火速最後單槍匹馬拯救女子，故事最後帶入了另外一名超級英雄，作為續集的伏筆。

劇本不怎麼樣，至少不特別迷人，但因為片酬驚人，女主角也得過最佳女演員大獎，掀起足夠話題。對於英雄獸人的起源，也吸引了影迷關注。不少民眾以為紅瞳身為獸人科技的創始者，這次搞起電影產業會揭露什麼驚人訊息，其中關於洛比的討論度，更是高得驚人。

洛比在電影中有大量的裸露戲，露出了健美卻又不誇張的肌肉，甚至有人從此叫他裸比（the naked babie）。

也有人替他埋怨，這種商業爛戲沒法發揮他精湛的演技。

當然，WCH也不忘蹭熱度，他們認為這種宣揚獸人的電影，意圖蠱惑人心，尤其是年輕族群的電影受眾。但不管如何，在紅瞳鉅額、鋪天蓋地的宣傳下，電影的票房驚人，加上劇中飽富科幻色彩的未來城市佈景，讓身為男主角的洛比成為全球巨星。

電影上映前，不少人就在討論關於預告片中，主角火速幾乎瞬間移動的能力，到底真的能否有獸人辦到。當洛比以紅眼球的新面貌問世，帶著女兒跟劇組巡迴各國宣傳，所有人大吃一驚。影迷將原本的討論轉變成——電影戰鬥畫面，到底是電影特效，還是獸人演員洛比的真實能力。

再度延燒成火熱的話題，一群又一群觀眾入場觀看電影，就是為了要爭辯上述答案。此外，影迷也意外洛比竟然為了藝術獸化，這是何等敬業的表現！

洛比已經成為了舉世聞名的巨星，甚至有人拿他跟前幾年揚名國際的海蛇英雄海卓比擬。這兩位獸人如果願意來一場友誼賽，誰能夠分出勝負呢！

對於記者的提問，洛比也是笑笑地告訴大家，或許未來的續集電影，能夠有答案。

洛比的事業獲得空前成功，雖然批評聲不減，但影迷們對他的喜愛達到顛峰。前文所提到的最性感男星，他從S國第五的排名，如今一舉竄升為全球第一。

洛比成為舉世聞名的獸人演員。

當然，姊弟倆又來了祝賀電話，但他們得特地出境觀片，紅瞳也在巡迴行程中獨漏V國。原來V國將火速的首部曲視為禁播電影，但正因如此，各種盜版在國內流竄。政府越禁、人民越好奇，甚至有不少人民出國觀片，為的就是一睹火速風采。

V國人民甚至流傳洛比就是以前國內突然銷聲匿跡的前明星洛柏特（Hrodberht），雖然長相顯得成熟許多，體型大一號，口音也有所不同，但許多人篤信兩人就是同一個人，而他似乎也是國內高階貴族的成員。不過，國內麥埃提（Maieste）家族勢力龐大，亂造謠可是要依法究辦裁罰鉅額罰金，所以這只是個不可明說的鄉野小道消息。

洛比原本擔心影響父親聲勢，弟弟卻是哈哈大笑道：「哥，你誤會了，那些人說麥埃提總理跟火速同一個家族，肯定是一號人物，反而讓不少不熱衷政治的年輕人開始關注爸爸的施政表現呢！」

「爸爸那邊怎麼說呢？」

「他快氣死了，他說你竟然變成那種怪物。不過，你知道我們怎麼想嗎？」

「你們怎麼想？」

「太好了，以後老爸就靠你保護了，我們家族終於不怕再被暗殺了。」

果不其然，洛比的父親對於洛比選擇獸化並不諒解，他認為這個孩子雖然叛逆，但至少沒敗壞家風。父親對於未曾謀面的兒媳婦，起初還計較出身，他說沒挑個國內的大家千金，竟選了個平民百姓。但當他聽見媳婦因為難產過世，卻氣得大罵：「S國醫療不是很進步嗎？不是有獸人科技嗎？怎麼會連生產都會鬧出人命？」

老麥埃提原本還念著這個兒子哪時候要回國，現在卻氣得說不認這個兒子，竟然會選擇變成怪物。

「我們家族又不差那個錢，怎麼搞的？一定是被名利迷惑了。」

洛比的父親說，他這輩子都不會讓這檔電影在國內上映，紅瞳公司原本還想藉電影輸入趁機打開V國大門。

「他們想都別想，除非我死了！」

洛比聽了，急著回電跟父親解釋。但老麥埃提卻冷冷地說：「我不認有你這個兒子。」幾小時後，母親回撥電話，說父親只是氣話，他真正生氣的是洛比不能再生育，就僅有這一個女兒。

洛比怒火攻心，果然，那個老頭在意的只是，我得為家族多生一個可靠的繼承人。

「不，你父親背後的意思是，你除了女兒外沒有其他後人，哪天你又老又醜，沒人要找你演戲時，誰還會養你？女兒出嫁後就已是人家的，最後他還不是要養你。」母親補充：「當然，你變成獸人……他短期內或許還是很難接受，他不高興的不是你變成獸人，而是你從來沒有跟我們說過，就連離開家鄉，也都沒跟我們討論。我們都知道你大了，不是孩子，有自己的想法。你想要成為什麼樣的人，我們都尊重，但我們更想你把我們當成父母、當成諮詢意見的重要對象。」

洛比嘆了口氣，生在這種家庭，他根本連開口都不敢呀！

「真正的苦主是我好不好？自從爸知道你變成獸人後，他就開始急著催我結婚……說他現在只能靠我生繼承人了。」洛比的弟弟開玩笑地埋怨道。

自從妻子過世後，洛比除非拍片忙碌，否則幾乎天天跟姊弟倆通電話，這點，他一直很感動。

「真抱歉害了你！」洛比急著向弟弟道歉。

「但我可不想結婚……至少別太早結婚。所以我最近都在鼓吹爸，讓姊姊的小孩改我們的姓，這樣麥埃提就暫時不缺繼承人了。」

他老弟個性始終沒變。

火速電影的成功，讓紅瞳影業又接連拍了好幾部獸人英雄電影，迴響都不錯。洛比打響整個系列的知名度，他們不需要再尋找一線演員，紅瞳接著幾部電影的主角群都由潛力新星擔當，不過，其中仍屬洛比最受歡迎。

火速成為了 Amazing 系列電影的主要角色，除了在獸人英雄大亂鬥電影中率領眾人，反抗一個又一個難纏的敵手外，火速系列電影票房也不斷突破前高。雖然在電影的世界觀並沒有所謂的獸人戰爭，這仍舊是紅瞳避談的話題，所以影迷期盼的獸人之謎無法透過電影解惑，不過，影迷們更醉心於電影所創造的嶄新世界。

有鑑於 Amazing 的成功，WCH的批評變得無足輕重，當影迷開始認為他們是一群走回老路的古板組織時，他們改口讚揚火速打擊非法獸人，並指出現實世界的人類警察，應該更澈底抄掉非法獸人老巢！他們倒是很會看風向。

雖然洛比已經成為揚名海外的獸人，這點在紅瞳獸人歷史上倒是一絕。以前只有獸人特警因為英雄身分享譽國際，自己竟也因為出演獸人超級英雄，成為家喻戶曉的獸人。

但是，洛比還是對於自己的身分存疑。

大家到底是喜歡我洛柏特（Hrodberht），或者是洛比（Robbie）這個演員，還是喜歡我「火速」（the Fast）那一面？

內心的衝突在他往後的工作無限擴展。身為演員的他，長期以來掩蓋出身，隱瞞情感與婚姻，最後，自己又成為了一個名不符實的「超級英雄」。否則，他就不會無法從鬼門關救回心愛的女人。

有一陣子，洛比一直想尋求內心的救贖，他想要飾演更真實的角色，像是他成名前所演的公視戲劇那般。但洛比卻因為自己知名的「火速」形象，屢屢在不同電影的試鏡遭到拒絕。

「我們知道你是演技派演員，你根本就是賣座強片的代名詞……但是你……你火速給人的印象太深了……我們這部片恐怕不適合你。」

「要是讓你來演這一齣戲……我們很擔心影迷會期待你突然加速，瞬間移動到下一個畫面。」

「我們知道現在紅瞳有瞳片可以稍微蓋住紅眼睛……可是……還是會讓人很出戲，觀眾鐵定會注意你的眼球……我們恐怕沒辦法讓你來演……雖然我們認為你能夠帶來很大的商業效益。」

結合電影宣傳，紅瞳公司開始發行不同顏色的瞳孔片，現在一般影迷也能夠在指定販賣據點購買紅色瞳片，雖然無法像獸人一樣閃爍發光，但確實有不少年輕人趕流行配戴紅瞳追隨火速腳步。據說還掀起一股田徑賽事的都市傳說：只要戴上紅色瞳片就能夠火速衝到終點拿冠軍！

但是，洛比還是想要辭演未來的火速系列電影，回顧接下工作的原因，是因為沒有電影邀約，加上紅瞳公司的激將法才會不爭氣的同意電影合約。

或許即便離開祖國，脫離家族，洛比他那來自於高階貴族的自尊，還是深深影響了一生。

紅瞳公司攤開合約，告訴洛比當時簽下八部系列電影片約，如今只拍五部，當然他能夠選擇休息暫停電影行程，但不能棄演接下來的電影。

「違約金是吧？除了電影片酬外，我還接了不少代言。有多少錢是我沒法賠償的？」

「不只是違約金，你的電影讓我們獸人勞工稍稍改觀了被歧視、欺負的情形，如果你執意不再出演火速，我們不會向你求償，而是會讓你休息一陣子，但我們懇求你再想想。」

為了證實紅瞳的說法，洛比特地向女兒的托兒所求證，女兒正在紅瞳合作的知名幼兒園就讀。洛比本來想讓心肝寶貝就讀貴族幼兒園，但是紅瞳極力推薦一所獸人女性開設的教育中心，所以他讓女兒試讀了一學期。紅瞳公司極為注重隱私，均有專人接送，他絲毫不需要擔心女兒的私生活被打擾。

洛比也跟幼稚園園長談過，他知道園長的私人故事，加上女兒適應很好，也捨不得讓女兒轉學適應新環境。

園長坦承，近幾年確實有越來越多人類願意讓孩子前來這所獸人子女的教育中心，他們都說是受到了電影火速的影響。

這些家長雖然支持獸人，但礙於社會上仍有媒體對獸人不友善，放大對獸人不利的報導，甚至有民間團體發動抗爭。但這些年輕家長積極查證，甚至在網路上看過ＷＣＨ在3C賣場設局攻擊獸人母親的畫面。家長雖然不敢公開發表支持言論，但願意以行動支持獸人，讓自己的孩子前去獸人教育中心，期許下一代能夠學習平等與尊重。

「梅花園長，妳不是收了紅瞳公司好處吧？」

「紅瞳？我呸，我根本沒拿過他們一分一毫，所有錢都是靠我自個兒，還有其他獸人員工一起賺來的。你哪時候來我們這裡走走？我們好幾個員工都是你的粉絲呢！」

為求保險，洛比還撥打電話給了老朋友。

竭力喜出望外，他從沒想過洛比成為國際巨星後，還會跟自己聯絡。

「很抱歉，這麼久沒聯絡了，卻是有求於你。」洛比寒暄幾句後，切入主題道：「我變成火速後……你的生活有改變嗎？我知道以前獸人勞工很常受到歧視，甚至被人類謾罵……大家都說你們是怪物……現在呢？我有改善你們的處境嗎？」

「你說的應該是……我們的處境，我們現在都是在同一艘船上了。」

洛比沉默，他靜待老朋友的回音。

「當然，還是很惡劣，他們一樣說我們是怪物，但是，有越來越多人對我們變得友善，他們都坦承是看了你的電影。他們會開玩笑的問我們，如果路見不平，會不會跟火速一樣變成超級英雄救他們？」

「你怎麼回答呢？」

「我說……唉，因為有獸人法案的限制，所以我們不能用獸人模樣干涉人類生活……但如果法律允許，我當然也想變成火速，變成超級英雄。」竭力補充：「真的是拜你所賜，現在我更有自信了，只要想到有一天我也有機會變成英雄，我就不在乎那些少數人的謾罵了。因為我知道，火速站在我這邊。」

「你說的是真的嗎？竭力，你不是故意講這些讓我高興吧？」

竭力哈哈大笑，他要洛比自己去看看獸人社群。洛比根本不曉得竭力在說些什麼。

原來紅瞳發放的穿戴式裝置，是透過每一個人皮膚所殘留的DNA記號驅動，除了可以讓紅瞳公司識別與監測使用者的生理狀態，確保健康，還能連線警政系統，讓獸人特警能夠隨時查看執照內容，曉得每一個人的「合法」獸人形態。另外，還有一個功能——穿戴裝置能夠生成三維碼，使用者能夠運用連結，進入獸人專屬社群網絡。

洛比按照竭力指示進入獸人才能進入的網路專屬社群，他以自己的名字做為關鍵字搜尋。獸人勞工們，一個一個分享洛比如何改善他們受到歧視的情形。

有些人分享左鄰右舍，會因為更好奇獸人的種種釋出善意，他們甚至說有獸人住在同個社區，社區似乎減少了竊案與犯罪事件。

有些人分享孩子在學校，因為家長是獸人而增進與其他同學的話題。

「哇！你爸爸是獸人！好酷！他們能像火速那樣瞬間移動嗎？」

有些人分享自己甚至就是看到火速的電影才會想要成為獸人，當然，薪資還是最主要的驅動力，但獸人執照允許獸人勞工在特殊情況獸化保護家人，他們也想要成為家人眼中的「火速」。

雖然多數獸人仍對社會上的少數極端分子——好比WCH而感到困擾，但是火速以及Amazing獸人超級英雄系列電影，確實大大增加了他們的自信，能夠更驕傲地向人坦承，我就是紅眼睛的獸人。

「洛比，我真的很感謝你，你一次又一次的為我、為我們挺身而出，你真的是超級英雄！」

洛比始終記得竭力這一句話。

洛比終於同意下一部火速電影的拍攝，但他希望在這一部電影宣傳期過後，能讓他休假返家探望父母。

到時候或許，紅瞳能夠派出厲害的行銷專員進入V國，至於能不能夠說服父親，那就是紅瞳的事情了。

「我有門路能夠引薦你們跟總理見面。」

「我知道，你畢竟是火速嘛。」Luke笑著說。

但正當電影拍攝完成，洛比結束宣傳行程，卻發生了劉子琪與劉子翔姊弟虐殺錢今生的事件。洛比也收到威脅。

起初，他是收到了梅姨的通知。他訝異竟然有人威脅慈祥和藹的幼稚園園長？自己也該去一趟幼兒園接女兒下課。但或許因為火速的特殊身分，梅姨告訴洛比，紅瞳公司會調派一名跟她一樣能夠分身的保母教師，暫時照顧女兒幾天。

梅姨說細節她也不清楚，但畢竟是火速的女兒，第一時間她就稟報紅瞳。紅瞳告訴梅姨，會在稍後用保母車將保母以及保鑣送達洛比家中。

跟保鑣一塊來？這是怎麼一回事？梅姨說還有其他電話得打，至少上百通，她很喜歡火速這部電影，但是其他孩子跟火速的女兒同等重要，拜託讓她結束電話去辦事。

正當洛比還搞不清楚狀況，他也接到了Luke的電話。

Luke告訴洛比，紅瞳公司接到訊息，有人用剪貼威脅信的方式威脅要對火速不利。

「火速，你能夠像是真正的英雄那樣救你自己嗎？」

那是一張照片，拍攝的是洛比豪宅的遠景，除了威脅文字外，還貼了一張紙條：「大明星原來都不開信箱的，你們這群養怪物的快去提醒他吧！我們午夜下手。」

洛比這才發現早已收到威脅信，但因為平日並沒有閱讀信件的習慣，都是等到週末紅瞳清潔公司的獸人婦來打掃，才請大姊協助拆信。

洛比挺喜歡那位清潔大姊，她就是一年前被WCH設局的清潔獸人。洛比當時聽到紅瞳轉述，氣不過，主動說能夠提供高薪的兼差工作。

「我們幫你報了警，不過警方似乎認為這不是多嚴重的威脅，加上你是大明星，保護你本來就應該是我們電影公司的事情。為求保險，我們仍然透過關係請來兩名特警支援……另外還有我們自己的獸人保鑣。」

我……跟父親一樣都收到了生命威脅信？

洛比頓時慌了手腳，等待紅瞳公司的保護人力抵達前，他趕緊與姊弟聯絡。S國新聞才剛發布，V國那兒什麼影子都沒有呢！

沒幾分鐘後，他的父親竟然來了電話，他見著手機上面的來電號碼，竟然慌得不知道該不該接起。

「洛柏（Rob，洛比的小名），你過這一關就快點滾回來！我會動用整個國家的武力保護你。把我孫女也帶回來，要是怪物公司的王八蛋沒辦法保護你，我發動戰爭也要讓他們付出代價！」

洛比不敢回話，即便他三十多歲，已經是孩子的爹了，但面對自己的父親，他還是無助地像個孩子。

「我不會再怪你變成那種怪物，再怎麼樣你都是我兒子！你能夠保護你自己吧？你是火速，我在等你回來呢！等你回來，我會立刻批准文化部讓你的電影上映。我要全國的人民都知道，我瑟伏（Severe）、我們麥埃提家的兒子是超級英雄！你一定要給我安全的回來，聽到沒，洛柏！」

「爸，我知道了。」

父親立刻掛上電話後，洛比留在廚房，久久不能自已……

紅瞳公司很快就將洛比女兒送回家中，洛比抱著女兒，一名獸化、分裂成三個分裂體的中年女獸人緊張地望著洛比。

「火速您好……我是梅花的老師……我叫做……我叫做……」

「番茄老師。」其中一個分裂體補充。

「哇！他本人比電影裡帥！」一個分裂體緊張地昏倒了。

清醒的分裂體趕緊叫喚昏倒的分裂體。

洛比忍不住笑了起來，他也加入了幫忙的行列，他說：「沒想到分身也會這樣。」

「不，昏倒的是本體。」番茄老師的分裂體回應。

保母車還下來四個男人，他們都是單眼紅瞳的獸人，其中一名獸人作為代表，他向洛比打了招呼。

「火速……火速先生您好，我們是紅瞳派來的，我們會保護您的安全。」這名男子表情有點僵硬，洛比推測或許是才剛完成獸化不久。

據說紅瞳這幾年為了減少高階特警的業務量，終於獲得政府核准保鑣及守衛的獸人工作。過去僅僅只在特殊機關使用，現在也被派來當成私人保鑣了。

洛比心想，或許父親他也能使用這種保鑣呢？

「請叫我洛比就好。」洛比試圖讓自己更親切，但是仍抵擋不了幾名年輕獸人的竊竊私語。

「哇……是火速本人……！」

「天啊，我老婆跟女兒要是知道一定會羨慕死！」

特警也在半小時後抵達，兩位女特警開著車，興奮地踏進火速豪邸。

她們兩位特警可是在一大夥中——高階女特警中爭辯許久——，才爭取到來保護火速的任務。要不是她們都三十來歲了，否則女特警們一度揚言跟當時海蛇英雄爭取成為李招財的搭檔一樣，要去外頭打一架呢！

她們分別是高䠷卻又美豔的雀兒（Cheers）與身材略顯豐腴的蘇庫（Succu），兩位女特警一見到火速，本來想要自我介紹，但又害臊地不知道該說什麼。

雀兒不斷用手搧自己的臉頰，蘇庫則搶先向火速表白。

「火速先生！我是蘇庫！我是你的鐵粉！我知道你以前被私生飯騷擾過，要我以後每天下班都來這裡……這裡巡守都沒問題，只要你願意的話！」

「喂……蘇……太奸詐了吧！」

「別麻煩了。」洛比見到兩位特警竟然是這種反應，忍不住哈哈大笑。他說家裡難得這麼熱鬧，不然他來下廚，讓大家來嘗嘗異國料理。

洛比捲起袖子，吆喝兩名特警快點進屋，先喝點水，休憩一下。

兩名男性獸人保鑣守在玄關門口，其中一名男獸人語帶嘲諷地笑了特警：「真沒有特警風範，見到偶像就神魂顛倒。」

「你再說一句話，我就讓你變成流口水的三歲小孩。」

洛比真懷疑自己是否聽錯，他轉頭望向冷豔的女特警。

「我是說，你……你這隻紅眼睛真可愛，我都快流口水了。」女特警出口才發現自己說錯話，一時無地自容。

「地板上都是妳的口水了，快點拿拖把來清一清。」蘇庫這麼說。

當天晚上，火速果真遭到了攻擊。

幾名獸人保鑣獸化成包覆甲殼的人形獸，他們手部則變成諸如巨槌，又像是狼牙棒的利器。不過，他們根本沒出場機會。

來訪的是一大夥人類打手，蘇庫連她的針刺飛盤都沒用上，光是雀兒的能力就讓這夥打手躺在地上哇哇大哭，像嬰兒一樣。

遠方山區傳來直升機的螺旋槳聲，特警們都很好奇，到底是誰出動了大陣仗。

直到隔天才曉得，那裡也是虛驚一場，全是溫良讓的計謀。

叩叩教授受到威脅，卻運用權勢動用大批人類警察，這件事情媒體大肆報導，引發輿論反彈。

洛比也收到媒體的採訪邀約，他並沒有出面受訪，僅僅用電話回應。

在紅瞳公關的建議下，洛比表示他很好，一切平安，非常感謝政府願意出動兩名特警前來協助，也非常感謝紅瞳公司傾力協助。

紅瞳公司隨後發表聲明，他們認為火速畢竟不像叩叩教授，是政府珍視的重要人物，但對於獸人以及影迷來說，火速是必須要保護的資產。除了特警外，他們還委派了獸人警衛，同時也歡迎具有守衛專業的人類勞工，逕洽紅瞳公司送交獸化申請。前一晚有不少獸人受到人類暴民威脅與實際攻擊，他們也會向政府送交大量的緊急獸人執照核發，讓獸人也能夠依法自衛。

ＷＣＨ則予以反擊，他們認為紅瞳此一舉動勢必將獸人執照無限上綱，另外增加保鑣、警衛形態的獸人勞工，如此豈不變相讓牠們能據此擁武自重，造成人類潛在威脅。

「難道，死一個錢今生還不夠嗎？」他們疾呼。

「你們讓更多獸人具有攻擊性，我們人類的四周，豈不潛藏了各種殺人怪物？」

「禁止半獸人能以武裝形態工作！」

「嚴格禁止緊急獸人執照濫發！」

幾天以來，洛比透過獸人網絡，知道一個又一個獸人先後受到人類攻擊。

其中多數都是家戶遭到破壞、噴漆，有少數人則是受到人類打手當街攻擊。

勞工深怕回擊會讓ＷＣＨ大肆渲染，頂多獸化讓自己變得強壯，減少受傷，僅有少數人還手。

其中不少獸人被送往醫院救治，還手的人，也讓其中幾名打手稍稍受傷，但打手卻刻意送醫急救。不曉得為什麼，或許只是手部的破皮傷口，卻在專科病房住院治療，還刻意用視訊接受採訪，說自己只是路過，卻被獸人勞工當成襲擊者攻擊。

少數獸人進一步回擊，造成人類打手嚴重傷害，不過警方與媒體沒有查出那些攻擊者的身分。受害者的家屬受訪，認為政府應該要向紅瞳公司代位求償。

如今人類與獸人的衝突，在幾天內越演越烈，看在洛比的眼裡，特別難受。

難道我的電影，我的努力……至今都徒然了嗎？

他看著守在自己身邊的幾位獸人保鑣與特警，這幾天他們日夜輪班，深怕懈怠，自己卻無能為力。

要是……要是我真的是火速就好了……我就不需要他們了……要是我能夠更強大就好了，洛比望向正在看動畫卡通的女兒……我就能夠保護自己心愛的人了。

我扮演了不是自己的人好多年，而我……卻始終不能接受真正的自己。

獸人保母打開冰箱，發現食材已經所剩無幾。她主動說要開車下山採買，問大家想要吃什麼？

洛比想起半小時前，獸人保母打電話回家，她的孩子似乎已經升上大學，孩子以前也是梅姨的學生。保母向丈夫報了平安，據說她的丈夫是多足型獸人勞工，專門從事清潔工作。

她也是某人的妻子、某人的母親，她拋下自己的家庭好幾天，只為了火速……那個虛假又不真的存在的英雄。

「妳回家吧，我能夠自己顧孩子的。我等會兒開車送妳回家，順便去採買些蔬菜水果。」

雖然獸人保母極力推托，但或許是想起自己的家庭，也終於同意。她告訴洛比，會請梅姨再找個人過來輪替。

洛比哈哈大笑道：「照顧孩子幾天而已，別以為我從沒帶過孩子，好歹也當了單親爸爸多年，不用麻煩了。」

洛比本想一個人載保母回家，但雀兒跟蘇卻堅持隨侍一旁，洛比拗不過她們，但卻想到女兒該怎麼著？四位半獸人保鑣都已為人父，他們告訴洛比：「難道不相信同為爸爸的我們嗎？」

「新聞快訊！劉子翔疑似出現在榕園醫院，將三千多名善良人類電暈，其中有兩百多人至今仍未甦醒。」

蘇庫聽見車上的廣播，這才注意到手機傳來獸人特警社群的消息。她壓低聲音告訴雀兒：「皮諾丘跟尤莉薇都受傷了……醫生推測皮諾丘短期內……可能不會醒來了。」

「什麼⁉你說那隻刀嘴蜂鳥？水母人這麼厲害……？他是靠誰制服的？」

「他逃走了，海卓學長也在現場，不然只剩米婭跟約翰那兩個菜雞……還好有海卓學長。」

洛比聽見廣播節目放送的都是剛才發生的非法獸人攻擊事件，他趕緊切換頻道，問後座兩位特警在聊些什麼，誰受傷了？

「沒事……沒事……你別操心。」

獸人保母見雙方話題不在同一頻道，趕緊岔開話題。她說先別讓她回家，想要陪幾個人逛完超市再走，畢竟一個是生活白癡，另外兩個則只會打打殺殺。保母覺得在估算食材跟食物料理規劃上，三個人都不可靠。

此話一出，三人啞口無言，便同意轉變目的地先去超市採買。

但就在四個人推著購物車，準備返回洛比座車的路途上，一大夥人將他們團團包圍。

是影迷嗎?不是,這夥人凶神惡煞,看起來不懷好意。

「站住!別靠近!上回讓你們哭得還不夠嗎?」雀兒跳了出來,她以肉身擋住身後三人。蘇庫身上突然出現了好幾個綠色肉瘤,她也做好戰鬥準備。

「喲!我看很護主心切嘛。」一名男子從人群中走出,這是個黑色眼珠的高大男子,似乎是領頭的惡徒。

「你們現在就給我離開,否則我就……」雀兒的嘴巴突然變成褐色的鳥喙,她將制服扯開,裡頭只穿著一件運動內衣。

「妳就怎麼樣?一言不合就脫衣服,是想幹什麼?」男子盯著雀兒裸露的上半身。雀兒的腹肌形狀完美地讓人難以想像,但惡徒似乎早有準備。

「我讓你們哭著回家找媽媽!」雀兒的背後露出兩公尺巨幅的孔雀翅膀,而翅膀上的眼球開始旋轉。

男子閉起雙眼,熟練地從胸前口袋掏出特殊眼鏡,其他惡徒也依樣畫葫蘆。

那……那個是?雀兒這時才察覺有異。

這些人戴的是單色眼鏡,這種鏡片可以屏蔽雀兒的雀眼幻術,僅有少數敵人不及反應,倒在地上哇哇大哭。

兩名打手跑到洛比身邊,雙手變成蛇軀將洛比下肢牢牢捆住,洛比倒在地上無法動彈。

「洛比!」雀兒驚覺幻術無效後,她轉以用巨型翅膀朝打手掃了過去,三名打手被掃了三公尺遠,痛地起不了身。

這夥人……竟然有非法獸人？非法獸人怎麼可能會跟反獸人的暴徒同行？

蘇庫往人群中射出一個多肉飛盤，飛盤在空中炸開，無數個尖刺向人群刺去。但是，這些打手都穿著厚重的防摔車衣，多數人在戰鬥剛開始就戴上安全帽——他們早有準備！

領頭的打手雖然沒戴安全帽，但蘇庫的尖刺對他絲毫造成不了任何傷害。

他也是個非法獸人，手部變成一對蟹螯，渾身皮膚也被甲殼包覆。多肉植物的尖刺對他來說根本就像毛髮搔癢罷了。

「你們以為我們上次真的要攻擊你們嗎？」

洛比被兩個蛇形非法獸人壓制地無法動彈，他也只能要這些特警快逃，大喊道：「你們……你們……快點逃。」

「我們只是要確定是哪些特警保護火速。」

蟹型獸人一把抓住雀兒向他掃去的尾翅，並將雀兒舉起，原本雙腿站立的下肢也驟然化成四隻粗壯的蟹腳。

惡人反覆地將雀兒往地上來回地砸，雀兒原本還朝他謾罵，但隨著攻擊，也漸漸失去了反擊的聲音。

蘇庫雖然用針刺刺中了部分打手的肉體，讓他們痛得在地上哀號，但她仍然戰鬥地十分勉強，她坦承自己確實太輕敵了。

「放開雀兒！」蘇庫合掌，手掌中心出現了一個不斷旋轉的巨型尖刺。她能夠發射砲彈般的尖刺，這是她的蓄力必殺技。上次她用這招不小心炸壞了數座大樓，牆面均被炸出了好幾個一公尺寬的大洞，並綿延了幾百公尺遠。據說國家為此賠了不少錢，她好一陣子都不敢在都會區使用這招。

但是，現在是非常時刻。

「妳以為就一隻螃蟹嗎？」一個穿著硬殼裝，戴著全罩式安全帽的男子從蘇庫背後現身。一把綠色鐮刀從蘇庫的肚子穿了出來，她流出大量白色汁液。

尖刺巨砲在主人受到攻擊後瞬間消失，蘇庫也面朝地向前倒去。

啪！啪！啪！啪！

螃蟹人繼續凌遲雀兒，她望著在地上癱軟的夥伴，也失去了戰鬥意志。

「喂！我本來以為這是火速的女兒，結果這是個獸人耶。」幾個人類打手包圍獸人保母，如今她變得只有一百公分高，像是個小女孩。

快……快點逃……快點逃呀！洛比不斷呢喃。

太好了，她用分裂體在這裡作餌……快點逃走吧……快點逃走吧。

啊！

幾名人類打手雖然戴著眼鏡，但也被噴劑波及，痛得倒在地上揉著眼睛。

番茄老師拿出藏在包包裡的防狼噴霧，她也開始反擊。

另一個分裂體從一群人類中殺出，她雙手各拿一罐噴霧，四處攻擊暴徒。

螳螂獸人看似不想置半獸人勞工於死，懶洋洋地揮了幾刀讓分裂體節節敗退，一直到分裂體被鐮刀刺中手臂。

分裂體瞬間消失。

「哼。」螳螂獸人顯得十分不快，欺負獸人勞工讓他覺得有些無趣。他收錢是要對付特警跟火速，跟一般獸人對打又沒有額外獎金，真沒意思。

蟹形獸人將雀兒往手推車旁的番茄老師分裂體砸，但分裂體卻沒有消失，特警與番茄老師跌在一塊。

「噢……這個有趣，留本體作戰，讓分裂體去求救嗎？」

蟹形獸人與螳螂獸人朝番茄老師步步逼近，但番茄老師畢竟是個手無寸鐵的母親，她只是放心不下這幾個人。

番茄老師知道這樣很傻，即便逃走也不會有人怪她。但她不能放下火速，她也不能放下那兩個年輕特警不管。

雖然她永遠不可能像梅姨那麼勇敢，但她是番茄老師，她也是所有獸人的母親。

「真蠢。」蟹形獸人給了她一拳，番茄老師失去意識。

蟹形獸人轉頭，他望向了被限制行動的火速說：「我就知道，先控制你的行動是對的。超級英雄……火速……你也不過爾爾。」

眾多惡徒圍毆火速，他們不像對付特警一樣，往死裡打。

蟹形獸人知道有些非法獸人同樣將火速視為偶像……什麼偶像？什麼超級英雄？還不就是拿錢辦事的演員，有什麼了不起，我呸！

這個象徵只要受到傷害，那麼超級英雄就不再是超級英雄了。這個火速……必定得活下來接受屈辱。

✦

等到洛比恢復意識，他卻聞到了家鄉熟悉的空氣，那是有點潮濕而溫暖的味道。

他醒來時，父母在窗邊倚靠著彼此的肩膀睡著，洛比從白色的背景以及床邊的點滴判斷自己人在醫院。

「爸……媽……」洛比嘗試呼叫父母親，兩個老人家才發現兒子醒來了。

「洛柏！」老人家哭著前去抱著洛比，他這才明白，無論父親如何在國內叱吒政壇，厲行他的高壓執政，但終究只是個愛子心切的父親。

但洛比卻想起父親先前所說的話。

「你別……別帶兵去……打仗……」

「別說傻話，現在醫院外頭都是坦克，地面也佈署防空導彈，還有一堆軍人守在外面。保護我兒子比什麼都還要重要！」

幾天後父母親回去辦公，洛比過著隔絕外界的生活，現在是姊姊與弟弟輪流在醫院陪他，但他們卻對於洛比的提問絕口不答。

姊弟倆只願意告訴洛比，他遭到襲擊後，父親命令在S國的V國特務將洛比父女連夜用直升機移轉回國。洛比知道女兒安全，這才安心不少。

「其他人呢？S國最近怎麼了？」

姊姊拒絕回答，只淡淡地回應：「這不是你該傷腦筋的事情。」

直到姊姊用輪椅推洛比去戶外透氣，她接起電話，這才轉由另外一名男子接手隨侍在洛比身旁。

那是一名不斷玩著打火機的中年男子，他雙眼紅瞳，洛比這才認出那是前退休特警，但一時之間忘記了男子的名字。

「火爆。」男子自我介紹：「我叫做火爆（Raging），你是火速，我們兩個名字還真像。」

「我家人都不願意告訴我實話……請問……請問雀兒跟蘇庫她們還好嗎？那些留在我家，保護女兒的獸人警衛都還好嗎？」

火爆沉默不語，他倒是注意到洛比現在的眼球。

「你……你不是獸人嗎？你的眼球怎麼變成藍色了？」

其實洛比一直都沒有獸化，只是為了宣傳電影，時時刻刻戴上紅瞳為他設計的紅色瞳片。他一直抗拒獸化，事實上，紅瞳公司也從未要求他必須為了戲劇犧牲。

紅瞳向劇組工作人員解釋，為了不讓大明星疲於奔命，所以動作場景都使用特效，整個劇組都被他們聯手騙過。

洛比跟紅瞳當時開出的條件，除了自己不願意變成獸人外，也期待紅瞳公司授命讓退休特警，或者是其他能有防衛、戰鬥能力的原屬V國的獸人勞工能夠返回故鄉執業，最好能夠有獸人人手保護自己家族。洛比也承諾會向政府高層……也就是父親爭取紅瞳企業的進駐。而如今，其父親移轉洛比返回故鄉時，以為兒子真的是獸人，便要求紅瞳公司派駐醫療與科學團隊進入V國，無意間兌現了洛比的承諾。

洛比擔心聽見噩耗。

「雀兒重傷，她的翅膀被那些王八蛋拔起……她大概會被強迫退休……蘇她……」

「蘇她死了，她是那麼年輕……」洛比印象中，火爆人如其名，他以剛烈的個性著稱，所以一向不得媒體喜好，但因為如此好惡分明的個性，卻是父親少有欣賞的退休特警。

「這傢伙即便背叛我，收了其他家族的錢，他也藏不住！我肯定能夠一眼看穿！」洛比父親疑神疑鬼地換了幾個特警，但火爆到任時，他直說就是這傢伙了。

「兩個死了，一個重傷，只有一個毫髮無傷活下來……。」

「其他人呢？保護我女兒的半獸人保鑣呢？」

滿身傷疤的前特警忍不住流下眼淚。

洛比哭紅雙眼。

「他們拚死拚活保護你的女兒……據說惡徒本來只想要給他們顏色瞧瞧，但他們負嵎頑抗，暴徒最後還是痛下毒手。」火爆嘆了口氣，洛比的姊姊這時候結束電話，他似乎覺得自己說得太多。

「我的保母呢？」洛比急了，他拉住準備離去的火爆衣角，但他多擔心再聽見壞消息。

「還好，她只是受了輕傷，對方選擇放她一馬……這大概是唯一的好消息……除了你沒事以外。」

我真希望我能夠保護他們……我真希望自己能夠成為真正的火速……

我……

洛比生氣地大吼。

他真痛恨自己這麼無能。

夜裡，洛比趁弟弟熟睡摸走了他的手機，用VPN軟體翻牆到S國網域，幸好弟弟也有翻牆習慣，不需要在手機安裝額外軟體。

他受到攻擊已經兩個多禮拜，但關於火速遭受攻擊的報導並不多，內容只講到特警重傷致死。對於洛比的傷勢，只提到他雖然受了點傷，但幸好能全身而退，目前返回祖國療養傷勢。

少數影迷質疑，為何火速能逃離現場卻無法援助受傷的特警。多數影迷則慶幸偶像能安然無恙，他們猜測，一定是特警為了保全洛比才會遭受攻擊，火速必定也使盡渾身解數了。

這些新聞顯然遭人動過手腳，肯定是紅瞳公司從中作怪——他們想壓低新聞，畢竟當火速被非法獸人輾壓的新聞流出，未來電影肯定沒人要看。

誰還願意相信袖手旁觀，不能視事的超級英雄呢？

但S國內主要的新聞還是劉子翔對眾多民眾的攻擊事件，以及劉子琪投案的消息。雖然曾有少部分目擊者指出，疑似聽見劉子琪宣稱遭錢今生強暴，弟弟才會痛下毒手，但是大家現在只記得劉子翔對民眾的傷害。

大規模的麻痺攻擊，足以堪稱恐怖攻擊。

但是，劉子翔如今卻仍然行蹤成謎，現場特警公告了劉子翔的最新能力：他能夠完全隱形，所以他有可能存在世界上任何角落。

如此消息使得人類人心惶惶，大家隨身攜帶顏色噴霧，習慣先在環境噴灑幾下才能夠安心。公務機關與各個商店都在門口設置淡墨噴霧，所有進出民眾都得在身上沾染淡墨才行。此舉遭到民眾大肆反彈。許多人在網路上謾罵，即便這些是水性顏料，但誰受得了每天臉上都有五顏六色？再說雖然宣稱能夠洗掉，但如果洗不掉呢？誰又要賠償我們的衣服、我們的高級名牌包？

經過幾週調查，警方似乎查無劉子琪涉入案件的直接證據，對於強暴疑雲，他們也沒有多做解釋。目前義務律師已經介入，希望能夠為劉子琪辯護，但是警方卻說公設辯護律師已經足夠，依此拒絕民間律師團體。現在律師團體揚言應該釋放劉子琪，但檢察單位卻拒絕。

「劉子翔如今可能在任何地方，我們不能排除劉子琪有串證或逃亡之虞。」

半獸人勞工見警方拒絕讓劉子琪交保，幾名有膽識的半獸人勞工，如今竟然走上街頭，希冀能為劉子琪聲援，但卻遭到民眾的謾罵與攻擊。

「你們這些怪物還敢上街頭，都是你們害得我們要被顏料抹得全身都是……怪物還講什麼人權？」

「關一下會死嗎？我們現在哪裡都不敢去，自主隔離了啦！住在監獄吃好穿好，還有人供應三餐，有什麼不好的？」

洛比還沒看到更多資訊時，弟弟就醒了過來。

「啊……你別偷看我私人相簿。」弟弟緊張兮兮的將手機搶回手中。
「我才沒看咧……不然你替我把我手機拿來。」
「早說嘛。」弟弟後悔剛才急著將相簿的親密照片刪除。他問道：「哥，你在S國有信得過的手機救援專家嗎？」
隔天，洛比終於拿回手機，他先去電關心番茄老師。番茄老師雖然僅有輕傷，但被惡徒攻擊，嚇得讓她焦慮症發了。
番茄老師出門都提心吊膽，深怕再受到襲擊，尤其，她不敢再去賣場，不過她還是關心洛比的狀況。
「我很好，謝謝關心，我真對不起妳。」
「你知道特警的事情嗎？」番茄老師開口。
兩個人哭得一塌糊塗，沒辦法再繼續談話了。
洛比的身體恢復得不錯，雖然腿部在襲擊中被蛇手獸人擠壓變形，會有終身的後遺症，需要仰賴拐杖，但至少現在他能夠自由活動，不再需要別人用輪椅推他。
他也終於見到女兒，女兒似乎對於攻擊一無所知。三名保鑣留在豪宅吸引注意誓死抗敵，其中一名獸人保鑣機靈地在豪邸一受到攻擊就帶著洛比女兒從後門逃出。
聲東擊西，三名保鑣也做好了壯烈犧牲的最壞打算。
落單的獸人保鑣帶著洛比女兒不斷往山林走，在山上捱過整夜，隔天一早才獲得上山搜索的特警救援。

「把拔！山上好好玩！等你好起來，你要帶我去露營！跟幾個叔叔一起！」女兒天真地說。

洛比也只是將頭別了過去。那些叔叔們……他們……

「把拔，你怎麼了？」

洛比不知道該怎麼回話。

✦

洛比在新聞上看見了老朋友竭力。

竭力竟然是水母獸人，他跟劉子琪姊弟算是舊識，做事認真負責的竭力雖然不喜歡劉子翔，但他知道劉子琪是個可靠的獸人前輩。

當時子翔丟了拖吊工作後，竭力還爭取要跟劉子琪搭檔，結果劉子琪說弟弟去哪她都得跟，這件事情還讓竭力有點吃味。

洛比在竭力談論事件的語氣中聽出了他對劉子琪的欣賞……這傢伙該不會……？

竭力抗爭習慣了，他在極權政府的V國長大，當時就膽敢在網路上質疑政府。現在輿論幾乎一面倒向反獸人，但他還是率領十來名半獸人抗爭。他們希望警方能夠釋放劉子琪，畢竟她是無罪的，而且她還「很有可能是」犯罪受害者。

竭力的背景被媒體挖了出來，他雖然並非非法移工，但本來就是極權國家的異議分子，才會前來S國工作。曾經意圖顛覆政府的過去，讓他的所作所為充滿疑慮。更何況，他還是跟劉子翔——那個殺人兇手一樣的水母獸人，天曉得他會不會做出跟劉子翔一樣的殺人舉動？

但竭力，人如其名，對於這些批評他始終不害怕。據說他也曾經受到暴徒威脅，即便被人襲擊，出院後他又集結獸人，堅持要替劉子琪抗爭。

身為竭力的老友，洛比擔心老友安危，真想打電話要竭力停手，畢竟他親眼見過暴徒的惡行。他想起了特警與番茄老師……還有那幾位半獸人保鑣，他們為了自己與家人的犧牲奉獻。

洛比決定暗中支持這個老朋友。

他跟一同與他返回V國的紅瞳公司業務代表說，請公司無論如何都要保護這群抗議的半獸人。紅瞳人員面有難色，洛比看出他們的為難，紅瞳似乎不想蹚關於劉子琪姊弟的渾水。

「就當作我替這群人聘用保鑣，請你們無論如何都要保護他們。如果媒體發現就說是我的主意，所有費用由我來出。」

「我們會跟公司討論……」紅瞳公司給了曖昧不明的答案。

抗爭雖然沒有獲得普羅大眾支持，但卻讓法界起了爭議。

警方似乎查無劉子琪涉入殺人事件的證據，檢察機關原本起訴劉子琪為殺人犯，即便事後撤銷，改以殺人罪的疑似幫助犯起訴。但事件中，劉子琪幾乎一無所知，也沒有任何證人能舉證錢今生是在劉子琪的脅迫下，前去廢棄碼頭赴約。

將劉子琪持續關押，似乎確實有違人權。

雖然「人權」這個詞受到WCH的激烈反對，不過，的確不能開先例，否則警方就可以任意關押「有犯罪嫌疑」的半獸人，即便半獸人是少數……也不能這樣恣意妄為，畢竟他們撐起了整個國家的經濟命脈。於是法院宣布允許以一定金額具保，讓劉子琪恢復自由身，但需要在指定處所限制住居，外出需要經過同意，且得有多名特警看管，以防劉子翔再度闖入。

具保金額是天價——S國歷史上從未有過的鉅額保釋金金額。

媒體一陣譁然，洛比深深知曉，那是給所有獸人軟釘子碰。

法院公布保釋金額後，抗議團體感到錯愕，帶領人竭力更是洩氣。他在獸人網絡中募款，雖然數千名獸人勞工願意傾囊相助，但是有更多人擔心名單外洩，淪為清算對象。

叩叩教授愛德華在獸人網絡中罕見發聲，他並沒有在竭力的抗爭中出現，畢竟他的名聲最近也很臭——他「疑似」利用關係動員警方保衛他的豪宅，媒體仍窮追猛打呢！他雖然曾在社群中發言，表達有意一起走上街頭，但卻被少數獸人勸退，認為他暫且還是先別現身。

愛德華捐了他這幾年來的存款，是一大筆金額。

快姊，這位曾經是洛比豪邸的清潔獸人，竟然也發言了。她捐出的金額，也讓人難以想像。那位縮衣節食，洛比每次都看到她隨便拿個三明治充當午餐，說要賺錢讓子女出國讀書的前輩，竟然也願意慷慨解囊。

一個一個洛比認識的、不認識的獸人，都在獸人網絡貼出轉帳存根，雖然積少成多，但還是遠遠不及交保金額。

有人提議要拜託紅瞳公司，但紅瞳公司的官方帳號卻有如神隱了一般。

其中甚至有人提到了知名的獸人明星，也就是洛比。

「火速受傷，他回老家了……我們那裡網路是封鎖的，他見不到這些訊息，別拖他下水。」

竭力急忙替洛比澄清。

看來這個小老弟一直都知道我是誰嘛。

法院規定需要在24小時內籌出鉅款，否則劉子琪就要繼續關押。

回想這十幾年來的種種，洛比從一個蠻荒國家到了都會叢林的S國。他掩蓋背景，始終扮演一個不是自己的角色。最後他成為火速，一個獸人超級英雄，一個在銀幕上無敵，但在現實中無能的超級英雄。

洛比見了一則又一則留言，而最新的一則留言讓他下定決心。

又是一筆鉅額捐款，火爆貼出了匯款存根。他說，他現在人在國外，但已經催促動用關係，將這筆款項儘速移轉出國，還說要不是有工作在身，他正考慮要回國參加抗爭。

匯款憑據上，竟然是V國財政部長的個人官用印章，上頭還加蓋了「國家級最速件」。

姊姊她……她也願意幫忙嗎？

洛比拄了拐杖，他本不想驚動其他人，但醫院外頭守候的數百名軍人還是堅持要他坐進坦克車。

洛比便搭著坦克，沿途交通管制，暢行無阻地到了財政部大樓。

火爆正準備踏上越野機車離去，他望著洛比，顯得有點懷疑。

「火速，你這個陣仗會不會太誇張了？」

「畢竟我是大明星。」洛比笑著說：「我姊姊在嗎？」

「她當然在。她知道事情後，與我聯手一起演戲呢！」

所有人都說姊姊那個人不簡單，她是真的不簡單，老爸押她的兒子當繼承人，果然沒看走眼。誰還敢說女人不能當繼承人，眼前就有一個再適合不過的人選。

「你在這裡，那我老爸誰來保護？」

「我跟他說，他不讓我離開，那我立刻把他燒死。」火爆大笑。

「你是開玩笑的吧？」

「我也是有幽默感的，好嗎？你父親同意我暫時離開半小時，你不知道現在總理官邸上面飛了好幾架戰鬥直升機嗎？」

「看來我老爸比我還更適合當明星。」洛比走進財政部大樓，火爆則騎著機車揚長而去。

洛比身旁一群軍人荷槍實彈，嚇得財政部大樓一陣慌亂。他闖入了財政部長辦公室，而身為部長祕書的姊姊，雖然在警衛的通報下知道洛比將來拜訪，但她還是不解為什麼弟弟突然出現。

財政部長辦公室中的地板留下燒灼痕跡，看來火爆也曾經在這裡大鬧一場。但以他的能力，火爆顯得十分收斂。

「我要匯款去國外。」洛比大聲地說。

財政部長對洛比十分客氣，姊姊則問：「就這點事情，怎麼不乾脆交辦給下人去銀行辦呢？」

「這筆款項，現在就要出去。不能延遲，要以最快時間匯出去。」

「多少？」姊姊一會兒就瞭解了弟弟在說些什麼，她眨了個眼睛。

「我的全部身家。」洛比笑著說，這是第一次，他終於覺得那些片酬適得其所。

我是貴族，我是麥埃提家的兒子，我從來就不需要那些錢。

洛比辦完手續，他在匯款單上半逼迫要財政部長，也就是姊姊的公公蓋了個人印章，還有那個「國家級最速件」，意味著款項要以最快時間交辦出去。

他確認款項正在進行移轉手續。

十分鐘後，款項移轉完成。

他沒有選擇在獸人網絡上大肆聲張，他做這些事情，不需要讓任何人知道。

那些錢，遠遠多於劉子琪保釋金募款的缺額。

多出來的……我相信未來會有更多獸人遭到關押，他們或許用得上。現在S國反獸人的氛圍，跟我小時候麥埃提家族壓迫政敵的狀態差不多了。

踏出財政部長辦公室後，洛比旋即打了通電話給Luke。

Luke沒有跟洛比一塊來到V國，接到電話的Luke似乎顯得有點意外，畢竟紅瞳內部談妥，暫且別給洛比壓力。

「來我們V國的醫療團隊……有獸人化的科學團隊嗎？」洛比問。

「有的，我們也想與……呃……您父親交涉關於紅瞳進駐的事情。」

「麥埃提同意了，最快什麼時候可以進行獸化手術？」

「您父親同意了嗎？是誰呢？是哪一種獸人形態的勞工？」

「我是洛柏特・麥埃提，麥埃提家說話有分量的，不只一個姓麥埃提的。我要變成火速。」

「什麼？」Luke沒有聽懂，畢竟長途電話，收訊並不理想。

「我說，我要變成貨真價實的火速。」洛比有點後悔的說：「幾年前，我早該這麼說的。」

洛比在獸化手術的隔兩天成功獸化，差點打破海卓紀錄。

事實上，是25小時後，不到兩天，他有點在意呢。

畢竟「火速」時常被拿來跟海卓比較，雖然沒見過傳說中的海蛇英雄，但他現在好歹也是獸人了，應該不會相差太多。

總理官邸傳來一陣騷動，火爆警覺性甚高，一會兒就到了總理與總理夫人的樓層出入口。這時後火爆卻只見一名男子只著一條內褲，渾身肌肉地現身在火爆面前。

「你又搞定了？」火爆驚訝道。

「我一聽到聲音就起床了，但昨天晚上吃太好，嘴巴還有味道。我先刷了個牙，稍微盥洗，抹好化妝水……還在想說要不要先吃點東西，不過，怕消化不良……本來還想穿衣服，不過……打壞人幹嘛穿衣服？反正他們根本看不見我裸體。」

火爆看到男子的手部都是擦傷，他冷冷地問：「別逞強了，你受傷了嗎？」

男子笑著說：「喂，我可是赤手空拳轟了上百顆腦袋。出門匆忙，忘記戴護具啦！」

「你還是需要好好練練，獵豹不是有爪子嗎？」火爆搖了搖頭，這傢伙獸化後太放肆了，還是需要訓練才行。他說：「你有時間刷牙洗臉上化妝水，沒時間戴護具……我聽你在胡扯。」

「等下，你這是穿豹紋內褲嗎？」火爆望向男子，他這才發現被男子身上的獵豹紋路誤導了。

「我哪有這麼自戀！」

「不過……你的速度比電影裡還誇張呀……你早獸化就替紅瞳公司省了不少錢啦！」

「那些錢拿來付劉子琪的保釋金剛好。」

一個人影從牆邊現身，正準備開口，就倒了下去。

火速朝來者轟了一拳。

咚——

火速再次現身，卻一身休閒服。他身上殘留水氣，看來抽空洗了個澡，還替自己手部上了藥膏。

「喂，那是誰？你幹嘛不讓他說話？」火爆走近一看，將這傢伙的身子提了起來，好像在哪裡看過，這好像是……那個什麼說客的。

火爆曾經聽其他退休特警提過，這傢伙四處拉攏獸人想要反對人類呢！

「原來是自己人……無聊……我還以為又是暗殺者呢！」火速捲起袖子問：「欸！火爆，你要不要來一頓異國早餐？」

「好像不錯。」火爆將懷裡的說客放了下去，又是咚的一聲。

獸人寶典

◆火速（the Fast）：全名為洛柏特・麥埃提（Hrodberht Maieste），洛比的原名是日耳曼語男名，源於古高地德語 Hrodebert，意思是榮光——hruod 指榮耀，berht 指光亮。洛柏（Rob）則為洛比父母親暱稱他的小名；洛比（Robbie）則是 Hrodberht 的簡稱，洛比以此名，前去S國闖蕩。

他的原型為獵豹，他能夠以趨近於瞬間移動的能力高速移動，雖然此種獸人形態早已被非法組織濫用，但據紅瞳研究人員指出，火速的速度遠超於那些獵豹非法獸人。

◆非法獸人的形態：形態各異，也並非會有紅瞳。故有人猜測，紅瞳公司所創造的獸人，並非必定要有紅眼睛，而是因為早期獸人戰爭時，所有獸人都有紅眼睛，故紅瞳公司刻意創造之。以現在的科技，獸人化並非得有紅瞳不可，而單純只是為礙於法規，讓人類可以輕易判別獸人身分。

其中，不少非法獸人不知為何也有類似特警的形態，例如本回中的蟹形獸人，其獸化形態基本上是米婭的閹割版。目前，非法獸人的獸化場所不明，非法獸人也並非均無紅瞳。

◆瞳孔瞳片：一種類似隱形眼鏡的瞳片，可以讓影迷假裝紅瞳所用，不過，半獸人與獸人特警，除了執行特殊任務外，利用瞳片穿戴，藉此掩蓋獸人身分並不被允許。

◆獸人保鑣：目前已知紅瞳與政府達成協議，能夠以此種守衛或保鑣形態的獸人，充當強度較低的保護任務，不過較鮮為人知，畢竟WCH組織對於勞工狀態的獸人勉強還能忍受，這種以「防衛」為由的工作型態，讓WCH十分存疑與反對。

◆獸人網絡：紅瞳半獸人或獸人特警才有權存取的專屬網路系統。

◆火爆（Raging）：S國退休特警，從目前線索來看，他的能力似乎與火焰有關係，不過自然界並沒有能夠創造火焰的動物，或許是因為這個原因，所以他隨時都在把玩打火機。他替自己取的特警名為雷奇（Rage，初階階段）與雷奇（Raging，中、高階段），不過大家幾乎都只叫他火爆。

◆雀兒（Cheers）：S國高階特警雀兒喜（Chelsea），「雀」是蘇庫暱稱她的小名，英雄名則為「幻雀」，獸人形態是孔雀。她可以探出背後絢麗的翅膀，並透過翅膀上高速旋轉的假性眼球施以催眠，使喚受催眠者做出任何事情。她最喜歡讓敵人躺在地上叫媽媽，這算是她的惡趣味。雀兒的長相美豔，話也不多，她無法飛行，但尾翅能夠作為攻擊所用，目前翅膀被非法獸人強制摘除，如此重傷恐將被迫退休。

雀兒的弱點是，如果敵方戴上特殊鏡片，她將無法施展催眠能力。

◆蘇庫（Succu）：S國高階特警蘇庫嵐（Succulent），「蘇」也是雀兒暱稱她的小名，英雄名則為「巨刺」，其獸人原形是多肉植物。她原本是一般身材，但為了隨時保持能夠獸化，釋放尖刺形態，刻意讓自己維持較豐腴的體態。她能夠射出在空中炸開的飛盤，釋放大量尖刺，也能夠像薇恩絲（Vines）一樣釋放多肉陷阱防禦，但她並不喜歡，畢竟自己的肉隨處可見，只會讓她覺得自己太胖該減肥了。她的大絕招是雙掌蓄力發射巨型尖刺，能夠打穿一公尺厚的鋼板。她與雀兒是同期夥伴，兩人也同為火速的腦粉。

她死於保護火速一戰中，享年33歲。

她們倆遭遇到的困境，正是前文所提到的針對性攻擊，只是兩人疏於防備，因而挫敗。

◆其餘死於保護火速之女的戰役，兩名死亡的獸人保鑣各是31歲與35歲，兩名死亡的獸人保鑣聯手制裁了一名非法獸人，將十來個人類打手打成重傷。

其中，最年長那一位，正是堅持要固守，轉移非法獸人注意力的男子。他的女兒今年4歲，與火速的女兒同年，他也是譏笑特警的那名男性半獸人。

他的女兒是火速的粉絲。她很常說，把拔比火速還要帥。

在他死前，他一直惦記著女兒那句話。

「願他們安息。他們的犧牲，不會被忘記。」

番外篇　寄情

Y國由一群破碎的島嶼以及位於世界大陸的海岸領土組成。他位於大陸上的領土沿岸，大多都是礁岩、岩岸，海面總是浪潮洶湧，直到近代機械動力船發明，貨輪與漁民的航行安全才受到保障，加上Y國近年發展蓬勃，毗鄰海岸線的陸地才又受到重視。

這也是Y國過去與鄰國U國經常戰爭的原因，分隔兩國的海峽甚至被稱為「征戰海峽」，畢竟Y國早期未取得大陸領土前，僅憑藉U國海港與大陸互通有無，海島國家十分仰賴內陸國家的糧食進口，所以總是被U國剝了好幾層皮，連年高升的糧食價格導致島國人民苦不堪言。數百年來兩國為此不斷征戰，Y國傾囊國家之力發展海盜事業，頻頻騷擾U國船隻才導致後者不得不簽訂停戰協議，割讓半數海岸線給Y國才終止征戰。不過，兩國高層近百年來仍相互敵視，也總是有居民在U、Y兩國邊界發生小規模鬥毆衝突。

位居海中的Y國由火山噴發的島嶼群組成，其中一塊最大的海島成為他的政治中心，中心島嶼除了一側海岸線，大多是廣袤無垠的沙岸。即便火山形成的土地肥沃，但地形破碎，耕地不足，除了漁業跟礦業外，國家發展受限，加上Y國是島國，島國人民本來就有更勇於挑戰的天性，所以Y國的年輕族群大多出海追夢，往世界大陸國家發展。

早期，Y國人材流失十分嚴重。

Y國除了廣為人知的漁業與礦業外，這幾十年轉而發展觀光業，畢竟可不是哪個國家都能隨意見到火山造成的壯麗景觀。

國家初期發展度假慢活，但Y國一直以來都不是什麼富裕國家，成效並不顯著，他們長期以海上掠奪為業，加上人力流失，礦業開採的進度如同牛步。最後Y國政府只好祭出投資優惠吸引各國企業，於是，數十間外資打造的濱海豪華酒店、賭場林立，繁多的觀光客也打擾了本地人的閒適步調。可惜本土年輕人都並不買單，認為外來企業意圖腐化人心，不願意助紂為虐，更加造成人才出走。

Y國轉而向世界大陸的年輕人揮手，發展國際學校並提倡遊學打工，掀起一波以工換宿的熱潮。

Y國的友善移民政策讓國家活力死灰復燃，他們吸引諸多國外年輕人前來工作。近年來，Y國島嶼上的原住民，因其皮膚朱紅，又有近於紅瞳的紅褐色眼珠，所以讓退休特警紛紛選擇移民至這塊土地，也使追逐獸人英雄的年輕人趨之若鶩。

紅瞳公司在此廣設據點，除了漁民或礦工熱切地成為獸人，有助改善勞動條件較差的礦業、遠洋與漁撈事業外；這裡民風開放，加上各國湧入的遊學年輕人每當想到合宜工作的獸人形態，也會主動前往紅瞳公司提供建議——寄居蟹形態的獸人因而誕生。

寄居蟹被稱為海邊的清道夫，牠們幾乎什麼東西都吃，除了能清除沿海腐壞食物、死魚、鳥類糞便，甚至落葉和花瓣也照吃不誤，對整個大自然的生態系統有極大幫助。

U國人民或小型企業因著對Y國的敵意，刻意在洋流往Y國島鏈漂流的季節，將大型垃圾與廢棄木材排放於大海，所以Y國的海灘總是會被U國的垃圾汙染。

Y國政府頻頻以外交方式抗議，不過U國也只是象徵性的向部分企業稍稍罰鍰。海灘不利於車輛通行，無法運用大型機具，為了解決此種情形，以往Y國只能鼓勵企業或招募志工以淨灘方式清理，但根本趕不上垃圾的製造速度，他們確實需要海邊的清道夫獸人。

紅瞳公司便設計獸人耐重殼，寄居蟹獸人能將耐重殼當成暫時的載具，把U國漂來的漂流木、垃圾與任何廢棄物放入載體，一路駝回紅瞳環保處理廠。

獸人也能夠利用寄居蟹的口器清除海邊殘渣，不過多數寄居蟹獸人僅把腐肉帶回飯店的特殊部門處理，但仍有少數願意力行的獸人確實把自己當成寄居蟹，透過獸化後的特殊消化系統清理海邊。

他們被稱為「傳統派」寄居蟹獸人。

在這些獸人的幫助下，短短一年，他們的雇主——雄遠濱海飯店成為了Y國最知名的飯店巨擘。

雄遠所屬海灘總是特別美，在夕陽的襯托，以及一望無際的海平線，雄遠海灘甚至被稱呼為「金黃沙陽」，成為當地最受歡迎的飯店之一。

不過，此時金黃沙陽卻染上了大片紅。

雄遠飯店發現一夥寄居蟹獸人與領班無故不到職，前往他們位於飯店的宿舍查看，才發現第一具屍首……隨後，很快便發現更多屍首。更啟人疑竇的是，領班群八個人似乎相互殺害，他們手持凶器身亡，彼此的手上、身體上，都殘存著對方的生物跡證。

此外領班群的屍體後頸到背部，像是遭人吞噬一樣，大片血肉均已滅失。

領班代為管理的寄居蟹獸人集體失蹤，除了少部分獸人是當地人，多數人都曾是遊學打工的異邦人，他們長居於此，在此地扎根甚至選擇成為獸人。

幾天後，遊客反應海面上漂來破碎的碳黑色殘渣，往後幾天，隨著大潮，開始漂來越來越多碎屑。鑑識人員透過殘餘的生物跡證，勉強辨識幾位死者身分，那些都是失蹤的寄居蟹獸人的屍首。

他們全部都遭到兇手以火焰……或者是事後以火焰方式毀屍滅跡，撤向外海。

寄居蟹獸人為當年度首次實驗的新形態獸人，共有五十人參與實驗（六人在實驗過程中死亡），雖然僅收集到十九個人的部分遺骸，但失蹤者家屬均表達親人失聯多日，加上並無相關人等的出境紀錄，警方推測失蹤的寄居蟹獸人恐怕皆已身亡。

消息一出，舉國譁然，Y國警方早期曾設有特警小組，不過在退休特警將此視為退休天堂後，就不再招募青少年特警，轉而以個案特聘的方式，依照案件的屬性聘雇退休特警。

退休特警在此地以賞金獵人為業，而調查都指向一個女性。

少數被害人在死前，都曾打電話給同一名女子，芙兒（Flower）。

芙兒也是曾經前來Y國遊學打工的外籍人士，她來自U國，不過已經返回家鄉幾個月。芙兒聲稱案發當日接獲許多不明來電，來電者以各種理由試圖與她攀談，但她卻只覺得是惡作劇電話。

芙兒過去前來此地遊學打工時，輾轉在幾個飯店工作，在一次淨灘活動後有感祖國黑心企業惡行，加入雄遠飯店的員工行列。她主要的工作除了飯店房務外，也會在海邊執行淨灘工作，不過她的簽證在案發半年前到期，早已返回U國家鄉。

芙兒與其中一名查獲遺骸的男子季擎曾是男女朋友，芙兒只說，他們分手鬧得很不愉快，雖然聽見噩耗還是忍不住傷心……但她覺得……這個案件與她無關。

她對於無端捲入感到氣憤，U國媒體大幅報導此事，已經澈底干擾了她的生活，還接獲許多陌生騷擾電話，其中部分只是去電謾罵，不堪其擾。

芙兒與那群獸人死者即便同事，但大多都是點頭之交，再加上她在案發那幾天都有不在場證明——她跟現任男朋友在一塊兒。

Y國希望能夠讓執法人員進入U國，U國當然拒絕，表示經過調查，芙兒已經洗刷冤屈。為了保障本國人的權益，他們並不認為Y國調查人員有權力審問其國民。

不過，背部被掏空的暴斃者的死亡足跡，卻筆直往U國前進。

✦

蘇庫（Succu）以前並不喜歡雀兒，那是什麼自以為是的名字？雀兒？Cheers？不要以為我不懂，分明是雀躍之意，可是妳卻是冷冷的，也不多話，彷彿睥睨一切。

特警學院期間，大多數人都坦誠自己在青少年時期犯過的罪行，只有少數人閉口不談，其中包含雀兒。

蘇庫之所以淪為少年犯，跟她那個沒出息的老媽脫不了關係。

蘇庫母親叫做作蘇怡，蘇怡年輕時……說年輕時還太保守了呢！蘇怡十三歲生下蘇庫。蘇庫生父根本嚇壞了，他本來就因為小女友日益腫大的肚子開始對她失去興趣，更離譜的是，分明已經懷胎八九個月了，小情侶卻不曉得那是懷孕的生理現象。

會不會太誇張呀？難道以前不教健康教育的嗎？

蘇怡在學校廁所產子後便被小男朋友拋棄，外祖父母還真不曉得該拿蘇庫這個小女嬰怎麼辦。蘇怡考慮過出養女兒，但蘇家外祖父母說：「畢竟是咱蘇家骨肉，妳不顧……那我們來顧吧！」

於是蘇庫從小到大都讓外祖父母照料，蘇怡則反覆與不同的男朋友同居，鮮少回家。畢竟是媽媽，蘇怡每次返家，蘇庫都特別想討好她，蘇怡也疼愛蘇庫，母女倆感情倒是維繫得不錯。

蘇怡陸續交了幾個男朋友，但大部分都是一些游手好閒、不倫不類的傢伙，成天只想發橫財，賭博、詐欺樣樣來。蘇怡的感情總是短命，一年換八個男朋友是家常便飯，不是被劈腿、騙錢，就是男朋友被警方抓了。

一直到蘇庫上了中學，蘇怡回老家向大夥宣布，這回她找到了一個腳踏實地的飯票。蘇庫還有點疑惑，別說我年紀小，連我也知道妳看人的眼光不怎麼樣。

果然，蘇怡口中的腳踏實地竟然是大麻盤商，而且說巧不巧，蘇怡男朋友恰好就叫做胡麻。胡麻在都市租了一間倉庫，倉庫外頭看起來像網路拍賣倉儲，實際上裡面搞了個開心農場私種大麻。舉凡大麻營養生長期的噴霧、開花階段的低濕環境以及嚴格管控的日照設備一應俱全，胡麻活脫像個專業的農夫。

雖然大麻在S國早就合法化，不過私賣大麻少給人家抽水錢，利潤還是比向國外大麻商進口還要高，蘇怡將胡麻捧得像是大企業家。

直到其中幾個非法大麻中盤一個一個被警方抄家，胡麻只好拋下已經搞得有聲有色的開心農場，幸好他老兄跑得快，加上是用人頭簽了倉庫租約，幸運地躲過這場查緝。

胡麻後來換了一份差，竟然是農產經銷業務，也算是延續專業，雖然收入不錯，但對比以前一擲千金還差得遠。

胡麻仍然沒放棄他的天命，他這回小心翼翼地縮小規模，在租屋處再搞了個小農田。原本蘇怡跟男朋友住，男人卻說要給大麻草住，讓蘇怡先回老家。

蘇怡氣得跟胡麻冷戰一兩個禮拜，大麻比老婆重要，這個男人我呸！不過蘇怡還是每個禮拜開開心心的去約會，久了就忘了，反正待在老家也挺舒適的。

蘇庫在班上是開心果，男孩、女孩都喜歡這個性子超直的樂天派。大家知道外祖父母寵她，也很好客，三天兩頭就組團去蘇庫家玩，就連每次相約去運動、讀書都是先在蘇庫家集合。

蘇庫不喜歡讀書，渾身散發運動氣息，她在學校可說是風雲人物，各種運動樣樣精通。她最喜歡的就是飛盤，還時常代表學校比賽呢！

那陣子蘇怡剛搬回老家，同學們都對蘇庫這個從未見過的母親感到好奇。蘇怡當時還不到三十歲，對同學來說，蘇庫的媽媽像是個大姊姊，蘇怡竟然也跟蘇庫的同學打成一片。

「妳還不至於一無是處嘛，還擔心妳會給我丟臉呢！」

蘇怡保養得好，看起來像是二十出頭歲，竟然也有年紀稍長的男同學向蘇庫探問：「妳媽媽有沒有男朋友？她會介意小她十幾歲的小大人嗎？」

蘇庫快笑死了，還嘲笑了那位同學一整個學期呢！

母子住在同一個屋簷，兩人關係越來越親近，說她們是母女，還更像姊妹。沒想到蘇怡後來竟然替胡麻賣起手捲大麻菸，也在蘇庫不知情下賣給蘇庫的同學。

蘇庫跟同學正值叛逆期，有些同學會拜託蘇怡幫忙買大人才能購買的玩意兒，好比用信用卡購買色情影片，或是代為購買香菸、酒類等。青少年總喜歡搞些離經叛道來展現不可一世的那一面，蘇怡的存在，更是幫了他們大忙。

久而久之，「蘇庫的媽媽很酷！」，這件事情竟然就傳開了。

蘇怡常透過蘇庫跟同校同學交易物品，大多都是香菸類的東西。雖然不喜歡當跑腿仔，但帶違禁品去學校讓蘇庫覺得刺激，加上又有油水可以抽，幾乎是無本生意。

不料某一次在蘇庫將香菸交給同校同學，準備拿走報酬並回到球場打球時，教官卻跟警察一塊兒出現。

她在學校交易香菸，竟然也被盯上了。蘇庫一開始並沒有意識到事情嚴重性，警察拆開香菸，告訴蘇庫，那不是香菸，是大麻菸，而且是來路不明的私家大麻菸草。

等到警方去蘇庫家查緝，蘇怡早就聽到風聲不知去向。胡麻在警局也有線人，兩情侶竟然溜之大吉。

蘇庫快氣瘋了！警方問她知不知道拿去學校的是什麼東西？她急忙回答，不過就是香菸，哪有這麼嚴重？

警方再問她，知不知道蘇怡那些大麻哪裡來的？蘇庫想也沒想，就回答蘇怡男朋友就是在搞大麻的，幸運逃過上次的查緝。她也知道胡麻後來又私種大麻，但沒想到母親竟然把大麻菸賣給自己同學。

很遺憾，即便蘇庫事實上不知情，在警方眼裡還是難排除關聯性，她的行徑也跟詐騙車手沒兩樣，車手即便不知道自己在替非法集團跑腿，仍然入罪。

蘇庫幸運地只被判了保護管束，但後來幾年蘇怡宛若人間蒸發，街頭巷尾都在謠傳蘇家人專搞些非法勾當，讓外祖父母在當地幾乎沒法做人，一連搬了好幾次家，就連外祖母車禍過世，蘇怡也沒聽說母親回來送最後一程。

蘇庫最後一次去見少年保護官，她當時心心念念要找到蘇怡，她絕對會讓那個女人難看。她告訴保護官：「我想變成警察去抓我媽來個大義滅親。」

少年保護官搖搖頭，說她有前科沒法當警察，但倒是可以當獸人特警。

「隨便，只要能當警察就好。」蘇庫便這麼進入特警學校讀書。

蘇庫首次獸化是在學院上課時，手背突然長出個肉瘤，她嚇得跑去醫護室。駐校護理師拿出放大鏡，要她看個仔細。

她定睛一看，肉瘤上長出許多細到肉眼幾乎看不見的尖刺，這是什麼鬼東西？快點離開我身體！

唰唰唰唰唰！

還好有放大鏡，否則眼睛就毀了，不過針刺射到她的皮膚卻能與身體合而為一。

她是多肉植物屬性的獸人，而且是帶刺的那一種。

蘇庫跟雀兒同期進入特警學院，幾個同學知道蘇庫從警的原因，也很替她氣憤，不過這夥少年犯誰不是沒有苦衷呢？他們彼此交換故事，但唯獨雀兒保持緘默。加上雀兒總是高高在上的模樣，有時候她不說話，其他人還以為她在生氣呢！不少人吃了閉門羹，大家便忘了這回事。

不過蘇庫老是記在心裡，到底是什麼事情讓雀兒閉口不談？

她總是在腦袋裡描繪各種故事，有人是因為偷竊、把風，或者路見不平暴打霸凌者被捕，但雀兒身材纖細，看起來高冷不說，這些都不像是她會做的事情呀！

蘇庫對雀兒充滿好奇，她從討厭雀兒，轉變成想跟她當朋友，去探她底細。

蘇庫刻意在課堂分組討論與雀兒同組，還跟雀兒選了同一間大學。

上大學後，雀兒的雙眼紅瞳，以及她冷酷不說話的個性更增添神祕色彩。反觀蘇庫的爽朗樂天，讓她迅速跟人類同學打成一片。

不過，蘇庫從其他人耳裡聽見了關於雀兒加入特警的傳聞。那些人說雀兒是雛妓，也就是未成年從事性交易的女孩。

她賣淫？援助交際？還是被惡毒的家人推入火坑？這是真的還是假的呀？

蘇庫試圖調查消息來源，不過她追問幾個人，大家都說是聽說的，似乎曾有人見過中年男性前來學校跟她碰面，兩人狀似親暱。但那也不代表什麼，總之就是空穴來風。

蘇庫當時跟雀兒不能算是好朋友，但至少開始變得熟悉。雀兒不擅言詞，獸人學院的訓練不時需要占用大學課堂，都是由蘇庫代表雀兒一起跟學校溝通、請假，所以雀兒格外仰賴蘇庫。

但對於雀兒是不是雛妓……蘇庫還真的不敢開口過問。

她並不排除有這個可能性，雀兒對男性展現出來的冷漠與排斥，蘇庫看在眼裡。雀兒似乎完全不想跟男生有過多連結，就像曾經被迫與他們有特殊接觸一樣。

雀兒從青少女時代就美豔動人，到了大學更是沉魚落雁，即便她是獸人，也讓許多在校男同學趨之若鶩。

如果能夠跟獸人特警生交往——何況還是大美人，鐵定讓自己風光無限。大男孩們熱切追求雀兒，但雀兒大多給他們軟釘子碰。

蘇庫總覺得好笑，雀兒雖然在獸人學院受歡迎的程度比不上自己，不過雀兒就連那些少數帥到不行的獸人同學都沒有興趣了——好比又酷又帥的小盧學長（盧，Lue，也就是後來的鹿西法）。以前只聽過雀兒反而對教師更有好感，雖然在特警學院也曾有與中年大叔交往的傳聞，但更有可能是家人探望。

她怎麼可能會喜歡你們這些愚蠢的人類男孩？

啊沒錯，我忘了說，蘇庫確實在獸人學院很受歡迎，她無論是在公開，又或者是在私下的場合都一樣「活潑好動」，不過那並非重點，就不多提了。

雀兒私下問蘇庫該怎麼擺脫煩人的人類男性，無論雀兒再怎麼刻意疏離，還是沒辦法趕跑他們。

「用妳的獸人能力呀。」蘇庫竟然給了這般建議。

「這樣……這樣好嗎？我們的能力不是要打擊犯罪用的嗎？」

蘇庫揚起嘴角說：「拜託，妳以為我們在『霍格華茲』讀書嗎？只要沒有傷害人，在外面使用獸人能力又不會被退學。」

但是，雀兒的孔雀翅膀是從背部中段的背闊肌長出來的，尾翅則是從脊椎最後一節冒出。雀兒如果要公然展現獸人能力，勢必得寬衣解帶。

「太可惜了，要我是妳，脫點衣服我才不在乎。我絕對每天去健身房報到！能夠公然秀身材跟肌肉，這太讚了！我也肯定利用催眠，讓敵人趴在地上哭著找媽媽。」蘇庫是這麼說的。從那時候開始，她就拉著雀兒天天上健身房報到。

說起鍛鍊，雀兒比蘇庫認真得多。蘇庫總喜歡帶著速食套餐去健身房，一邊踩腳踏車、一邊吃薯條；雀兒卻是臥推、硬舉以及深蹲樣樣來。

或許因為雀兒沒法太明白拒絕追求者，追求者越來越多，若要追求者排成一列，恐怕一百公尺跑道都不夠他們列隊呢！很多男生沒法搞懂，女生的「不要」其實真的是不要。女生假如委婉拒絕，只是不想把場面搞得太難看。

雖然雀兒沒主動開口，但兩個人只要時間搭得上，蘇庫都會主動陪雀兒回宿舍協助驅趕蒼蠅。

有一天，蘇庫因為跟同學打羽球打得入迷，讓雀兒一個人留在場邊，當然不少男孩就在冰山美人身邊盤旋。蘇庫竟然看到籃球隊隊長拉著雀兒的手，試圖將她拖離場邊。

蘇庫趕緊跑到雀兒身邊，這才聽見兩個人爭執的聲音。

「喂！妳少在那邊裝模作樣，今天約妳去吃晚餐是我抬舉妳好不好！」

「抱歉，請你放開我的手……我晚上……有約了。」雀兒冷冷地跟隊長說。

「有約？約什麼約？有恩客嗎？我只看過醜女特警跟妳一起，還是妳都沒讓怪物學院的人知道妳私接客人？」

「不好意思，我不明白你在說什麼。」雀兒雙眼散發紅光，但她看了看周圍開始聚集的學生，她沒勇氣將自己衣服脫下，照蘇庫所說的展現能力。

籃球隊隊長總算將雀兒的手放開，他試圖吸引周邊所有人注意。

「大家看，這個紅眼睛婊子是因為當妓女所以才去當特警。這種人也可以當特警？我知道現在這個時代很開放，性交易也合法了。不過我們以後要給這種妓女保護，你敢嗎？喂！你說，你敢嗎……？」

隊長隨意指著圍觀群眾，但大家都是來看好戲，沒人敢搭腔得罪特警生，雖然不見得相信隊長所言，不過他們的竊竊私語還是讓雀兒不大舒服。

蘇庫擋在雀兒面前。

「小子，你有種就再說一次。」

隊長身高至少兩米，他眼前的蘇庫是個身高一百五十五公分的嬌小特警生。蘇庫那時候身材還只是微肉，加上她臉頰豐厚，看起來實在沒有威嚇力。

「妳是要我說……妳是醜女的部分嗎？」籃球隊隊長哈哈大笑，他沒有注意到身旁的群眾已經緩步散去。群眾都害怕獸人特警生會做出什麼事情，只剩下幾個籃球隊隊長的好友還留在原地。

「不是……我是說你膽敢批評雀兒的出身。」蘇庫雙眼爆發紅光。

「幹嘛幹嘛……？妳敢對我動手？」籃球隊隊長雖然不自覺地後退幾步，但他也曉得特警不可能做得太過分。

蘇庫可以恣意在身上製造多肉植物的肉瘤，不過僅限脂肪豐厚處……好比……臉頰，她臉上驟然多了兩塊綠色的肉瘤。

「哇！變成畸形就想嚇唬我嗎？」籃球隊隊長看見蘇庫不過就是臉上冒出腫瘤，忍不住哈哈大笑。但蘇庫以迅雷不及掩耳之姿將肉瘤摘下，還拉開籃球隊隊長的球褲，將肉瘤塞進對方褲襠。

接著蘇庫將雀兒拉走，她朝所有群眾說：「任何人……誰敢討論雀兒她變成獸人前的事情，尤其是你們這些睪固酮過剩的男生，我肯定讓你下面超過十顆。」

籃球隊隊長試圖將褲子裡的肉瘤摘除，但卻像是黏附在他身上一樣拔不出來。他說：「喂！妳這是幹嘛？把這個噁心的東西拿開！」

蘇庫仍背對著隊長，她張開手掌。

刺！

籃球隊隊長便痛得摀住寶貝連番跳著。

蘇庫以最低限度釋放肉瘤的尖刺，尖刺的長度絕對不超過3釐米，但也絕對讓籃球隊隊長有得受的。

蘇庫另外一隻手掌再度展開。

退！

肉瘤在籃球隊隊長褲子裡炸開，濃濃的綠色汁液從褲管流出，活像是中午吃了羅勒大餐，但卻吃壞肚子。

一旁幾個好事者哈哈大笑，人群又重新聚集，甚至拿起手機拍照。

籃球隊隊長的學生威風泡湯了。別說泡妞，我看他連做人都很困難了。

雀兒緊張地望著蘇庫說：「這樣會不會有麻煩？」

「肉眼幾乎見不到尖刺，根本不會留下傷口……加上汁液有療傷功效，我是在治療他好不？頂多讓那個王八蛋當眾丟臉而已！自尊心受傷……哪有什麼大不了的？」

「喂……妳這樣會不會太……」籃球隊的一名隊員試圖拉著蘇庫，但蘇庫轉過身，她上臂蝴蝶袖下方也長出了幾個小小的肉瘤。

「你們也想要塞幾個在褲子裡嗎？」蘇庫斜眼望著來者，對方趕緊離開。

「隊長隊長……要不要幫你叫救護車？」籃球隊隊員們趕緊叫喚隊長。

「滾啦！不用啦！幫我去找內褲跟球褲來……毛巾也可以，快點去！」

「蘇庫真是太帥了！」雀兒讚嘆。

「可惡，肉瘤只能從脂肪多的地方長出來……我總不能每次都從臉頰……或者從領口掏出肉瘤……我要吃胖一點才行。」蘇庫這麼說，一邊還將手伸進自己的衣領，她真的從胸部再掏出兩顆肉瘤。

「等下誰還敢跟上來，老娘就用這個砸他們。」

當然，蘇庫因為這次的攻擊事件被特警學院懲罰，她被禁足一個月，還得在大學公開道歉。那一個月，雀兒也都在宿舍陪她。

但是，蘇庫那人臉皮很厚，道個歉又不會少一塊肉，即便真的少了，再多吃幾頓大餐就補回來了。她大喇喇地利用學校廣播道歉：「真是對不起，我太胖了、脂肪多到炸出來，還不小心弄傷籃球隊隊長。我真的應該好好檢討、好好減肥，下次我不會再犯了！我對不起列祖列宗，尤其是我那個不要臉的老媽！」諸如此類沒有營養的垃圾話，惹得大家笑呵呵。

她後來在大學校園，時不時就讓自己臉頰冒出肉瘤，復又立刻消退，當作恫嚇。有些人則會好奇地問可否把她的肉瘤摘下來，蘇庫想也沒想就說好，還讓肉瘤硬化成肉瘤球，反彈力奇佳，還能真的拿來打網球呢！同學們甚至還組成「蘇庫盃」聯賽，用肉瘤硬化所製成的各種球類進行競技。

她又開始玩飛盤了，不過，現在她是用肉瘤形塑成飛盤形狀，因為這樣才能夠飛得更遠、更快。當然，她不再過問也不再好奇雀兒成為特警的理由，因為她們從那之後就變成好朋友。朋友的過去……真的有那麼重要嗎？

幾年後，蘇庫跟雀兒一起分發，她們同期獲得申請成為中階特警的資格，能有權獨立辦案。她們一同申請，也一併通過。

雀兒依然高冷、不說話，但受到了蘇庫的影響，她有時候會說一些讓人傻眼的幹話。她也進步到能夠讓孔雀羽毛上的催眠眼球，轉移到自己其中一顆眼珠，催眠眼前的敵手，但是大規模的催眠發動還是需要身後的翅膀。升上中階特警後，她改名為雀兒喜（Chelsea），不過多數人都還是只叫她雀兒，民眾則曾呼她為「幻雀」。現在她更能利用尾翅進行近身攻擊。

而蘇庫則是整個人發福了一圈，但她不太在乎，畢竟她的魅力始終跟外貌沒有關係。她能夠恣意地在身上任何地方長出肉瘤，甚至能夠發射單一巨型針刺，這導致民眾大多稱呼她為「巨刺」，不過破壞力太驚人，她幾乎不在外使用。她也改了名字，蘇庫嵐（Succulent），單純只是她覺得加上「嵐」這個字，讓她念起來像是個美人。

她們同獲得中階特警資格的第二天，蘇庫就向警局請了長假，因為她用警政系統試圖去找她那個該死的開溜的老媽蘇怡去向。

以前初階特警時期，她還不敢公器私用，現在身為中階特警有獨立辦案權限，她當然不會放過。不料用全世界連線的犯罪系統查詢，竟然沒有蘇怡（她感到非常意外），但卻找到了蘇怡的男朋友胡麻。

胡麻後來在T國又被抓了一次，後來搬遷到U國當大麻盤商……而且竟然是合法經營。

蘇庫在胡麻所設立的網站上，看見胡麻與蘇怡兩人的合照……她們現在還在一塊兒，而且因為胡麻有犯罪前科，警政系統登錄他在U國的地址。

蘇庫動身說要去找母親算帳，還要雀兒一起去搖旗吶喊，兩人便興高彩烈地搭高鐵前往U國。

出發前，她們先向U國的特警打過招呼，雖然U國特警的起步較晚，整體國家的發展也不如S國，治安與S國相比相對平和，但也發展一套特警制度。U國特警聽見有S國的中階特警計畫前去探望家人，也派了同屬植物性的獸人接待。

妃寧（Fenin）熱情的在車站歡迎她們，雖然S國特警對制服的要求並不嚴格，能夠穿著學院訂製的特殊裝備，不過至少都維持相似風格好讓民眾能夠辨識獸人特警。

妃寧一襲黑衣，看起來活像是女忍者。

「我已經跟局裡報備過，妳們兩位特警遠從S國過來探望家人，如果在街上看見什麼犯罪事件儘管出手，別忍耐。」妃寧笑著跟兩位特警說。

蘇庫聽見同行這麼說，忍不住咧嘴大笑，她忍不住身上又長了好幾個肉瘤，有股炫耀意味，還央求妃寧也來秀一手。

妃寧手裡突然多了個像是手裡劍的魔鬼草。

「哇！跟我一樣都是刺屬性的！」蘇庫似乎很興奮。

「我這個還能拿來勾住高處攀附爬牆呢！」妃寧見到蘇庫熱情洋溢的回應，也多分享了自己的絕活。

「妳該不會真的是女忍者吧？」蘇庫稱讚妃寧：「太酷了！」

「當然。」妃寧顯得十分得意，不過她開車送兩人進到市區的路上，還是忍不住跟兩位特警分享目前國內的事情。

鄰國Y國的集體失蹤與殺人事件才發生不到兩週，近期同樣失蹤或暴斃的死屍竟然累積到了八十具之多。

「連續殺人案嗎？」雀兒擔憂地問。她與蘇庫相比較沒有自信，畢竟她面對有一擊致命能力的敵手，往往來不及使用催眠能力。

「也不完全是……那些屍體都是後頸到背部血肉模糊……走著走著就暴斃身亡。死屍出現的路徑，似乎是從Y國一路到我們這裡。最近一次的暴斃案件是昨天深夜發生的，已經在我們隔壁城鎮了。」妃寧擔憂地說：「你們S國特警多，見過的非法獸人也多……有沒有見過這種會掏空人體的獸人形態？」

雖然蘇庫與雀兒沒遇過這類案件，但都聽聞過Y國寄居蟹獸人的集體死亡事件，S國特警圈也認為跟寄居蟹獸人脫不了干係。

難道寄居蟹獸人得罪了什麼不該惹的人嗎？

通常犯罪事件只跟兩件事情扯上關係，一是情感所帶來的仇恨，二就是利益。以情感來看，想不到會有什麼人特別仇視這一大群獸人；若是以利益來看，難道寄居蟹獸人保護海灘也會引來殺機嗎？難道是雄遠飯店競爭對手……或是Y國的敵對國家U國？

不過眼前面對的是U國特警，認識還不深，不知道她對U國的國家認同程度高不高，還是先別多話。

告別妃寧後，蘇庫與雀兒先是吃了頓晚餐，乘著共享機車到了警政系統上登錄的胡麻現居地。

那是一棟坐落在商業區邊緣的高級公寓，此時商業區人煙稀少，街道上只剩下一些加班到天荒地老，好不容易下班的社畜。

蘇庫向管理員說明來意，管理員望向兩名特警的紅瞳，還有點擔心胡老闆是不是惹到什麼不該惹的事情。他問道：「胡老闆怎麼了？他還沒回家呢，他通常都會忙到午夜才會回來，上面只剩下胡夫人。」

胡夫人？蘇怡結婚了？怎麼沒通知我這個女兒？

蘇庫更生氣了，她臉上又開始冒出肉瘤，雀兒輕輕撫摸了蘇庫的背，才讓肉瘤消風。

管理員急忙遞交感應磁卡給蘇庫，雀兒行經管理室竟聽到水滴聲，這才發現管理員大哥嚇到尿褲子了。

「我不知道妳也能讓人嚇到哭著叫媽媽。」雀兒開了個玩笑。

「我等下也會讓我媽哭著叫我媽。」蘇庫咬牙切齒。

蘇怡住在十三樓，特警按著門鈴，由雀兒應門。

蘇怡透過貓眼，不明白這時誰還會來探望，管理員也沒敢通報。

「是誰呀？」蘇怡用對講機問了問外頭的特警。

「我是妳媽媽。」雀兒說，她眼珠子變成跟孔雀一樣的藍褐相間，緩慢地轉動著。她命令道：「幫媽媽開門。」

「……呃……好……媽媽我幫妳開門。」

雀兒一直在偷笑，雖然開蘇庫過世的外祖母玩笑有些不敬，但蘇庫不會在意這種小事。

喀——

「蘇怡！驚不驚喜？意不意外？」門一打開，蘇庫跳入玄關，她雙手展開，吐了舌頭，露出極其詭異的笑容：「不給女兒來個抱抱嗎！」

「媽媽……呃……蘇……蘇語？」蘇怡嚇了一跳，她沒想到女兒竟然找到這裡。

蘇庫全身又再爆發肉瘤，肉瘤朝四面八方發射，撞到牆面立刻分解，將蘇怡所住的高級公寓炸成了一片又一片綠。

蘇怡十分害怕，她倒在地上，不斷向後爬行。

「我……我會報……報警喔！」

「不用了，老娘就是警察。」蘇庫用肉瘤朝自己老媽臉上砸去。

蘇怡嚇得昏了過去。

半個小時後，雀兒已經替阿姨臉上擦拭乾淨，不過嘴裡的綠汁就沒法清理了，蘇怡醒來後還嗆了一口呢！

她第一件事情就是先找自己女兒在哪裡，結果蘇庫坐在沙發上，大搖大擺的嗑了母親所買的高級進口零食。

雀兒替阿姨倒了一杯水。

「妳們來這裡幹……幹嘛？」蘇怡緊張地問了雀兒，眼前這位女子雙眼紅瞳……看起來皮膚白晰，鼻梁高聳，還有一個櫻桃小嘴，雖然冷漠不多話，但總比二話不說就開炸的女兒好。女兒的個性她是知道的，雖然已經將近十年沒見面，不過江山易改，本性難移……鐵定更不好說話。

「阿姨……蘇庫……應該說……蘇語。蘇語對您賣給同學大麻，還有知道被抓後您立刻跑路……很不諒解……您等下嘴巴還是最好甜一點。」

「我可是她媽……」蘇怡話沒講完，雀兒的眼睛又開始轉動。

「好，她是我媽媽，我會客氣點。」蘇怡起身。

雀兒將頭別過去偷笑。

一會兒後，蘇怡不斷向蘇庫磕頭道歉，說自己太自私，只想到自己，一心脫罪，拚命給蘇庫賠不是。

蘇庫看著笑呵呵，還要求母親給自己煮一頓大餐，結果蘇怡說外食吃習慣了，不大會煮飯，只好叫了一頓豪華外送，蘇庫幾乎是一個人把三人份的餐都給嗑光。

一開始蘇怡確實是被雀兒催眠，不過女兒現在是獸人特警，加上自己過去的確讓女兒遭受不白之冤，她是真心對不起蘇庫。

蘇庫來這裡，或許有一半是想要找母親算帳，但是另外一半，也是想要跟久別重逢的母親再見一面。最後母女倆抱頭痛哭，哭完後，蘇庫還將雀兒拉到一旁。

「雀，妳剛才沒催眠我吧？」

雀兒翻了白眼。

當晚胡麻知道妻子的女兒來訪，不敢回來，說要在外面過夜。

蘇怡說，那不然女兒跟雀兒留宿一晚吧。

但是蘇庫拒絕，她說在附近訂了飯店，便拉著雀兒說要離開。臨走前她告訴雀兒，肉瘤汁液幾小時後會開始發臭，她才不想半夜睡到一半被臭醒。

「妳先催眠她，讓她先清理再睡。」

「這會不會太過分了？」雀兒覺得不大妥當，不想照辦。

「她拋下我十年，清洗家裡不過分吧？今天過後，這十年我就一筆勾銷，怎麼樣？」

「妳啊……有媽媽不好好珍惜……我可是……」雀兒脫口而出。

「妳什麼？」

雀兒假裝沒聽見，她走過去跟蘇怡道別。

「好……媽媽，我會清完再睡覺。」蘇怡呢喃道。

「見到媽媽的感覺怎麼樣？還生氣嗎？」雀兒與蘇庫走向共享機車的停車處前，她這麼問了蘇庫。

「一開始我是真的滿生氣的，忍了十年……不過不知道為什麼，看見她……我的氣就消了。」蘇庫說：「可能我也很了解她吧，她會求自保的拋下我跟男朋友跑……好像也滿合理的，畢竟她有戀愛腦。」

「我真羨慕妳。」

「哦？有什麼好羨慕的……對了妳剛說……」蘇庫本來想要追問，不過這時候遠方的爭執聲引起她的注意。

蘇庫聽見似乎有人正在拉扯，她便拉著雀兒快步過去。

「芙兒，是我……是我。」男子追上了一名女性，他嘗試吸引女方注意。

「你……你是誰？」名為芙兒的女性顯然不知道男子是誰。

「我好不容易趕到這裡……我是……我……」男子有些結巴，似乎不想承認身分。

「我從下計程車就注意到你在跟蹤我了。抱歉，我真的不知道你是誰。」

「我殺了人……沒有人可以投靠……妳是我唯一的朋友。」男子抿著嘴唇，看似極為苦惱。

「喲！你殺誰了？」蘇庫跟雀兒趕到現場，這句話當然是蘇庫說的。

陌生男子一看見兩名散發紅瞳的特警，趕緊逃離現場，雀兒本想追趕，不過被蘇庫勸阻。

她們在這裡沒有執法權，加上對方又沒有實際犯罪，別惹麻煩。

蘇庫餘光卻見到男子其中一眼紅瞳。那傢伙……是紅瞳半獸人？

她們先關心了眼前的陌生女子，女子長相冷豔，與雀兒的風格有些相似。

「謝謝妳們……我……我沒事。」女子道謝。

「剛剛那個男的是誰？他跟蹤妳？」蘇庫問。

「對，他跟我在同一個地方下計程車，我先去超商買晚餐……不過我發現他就在門口等我……我一離開超商，他就也跟著動身。我不敢直接回家，只好繞路觀察他是不是真的跟蹤我……結果真的是。」

「妳認識他嗎？」雀兒問。

「不認識。最近很多陌生人打電話給我……我不知道他們為什麼會有我的電話……今天這個人也是一樣，他一看見我就知道我是誰。我最近很常被陌生人騷擾……不知道是不是跟……案件有關係。」

蘇庫嗅到了不對勁之處。女子說案件……什麼案件？

「就是那個Y國的……失蹤案。」

「失蹤案？你說一堆寄居蟹獸人失蹤的案子？」

女子肯定。

「剛才那個人也是獸人，妳認識什麼紅瞳獸人嗎？」蘇庫問。雖然她跟雀兒才剛開始搭檔，不過以往對外交涉，大多都是由蘇庫發問，所以雀兒也不再問話。

「我以前曾經去Y國遊學打工，以前的同事……很多都變成獸人了，有些也……失蹤了，不過剛才那個獸人我沒見過。請問……還有我的事情嗎？」

蘇庫見女子不想多談，囑咐女子，如果再遇到奇怪的人士，最好還是去派出所走一趟。

女子點了點頭便離去。

但蘇庫很清楚，女子似乎有什麼苦衷。她不願意將此事稟告有關當局。

隔天，蘇庫跟雀兒花了一點時間研究Y國的失蹤案件。S國相關資料並不豐富，在這裡倒是有不少報導。兩位特警都覺得很奇怪，一大群寄居蟹獸人遭到焚燒，被人撒在外海，似乎被針對性攻擊。若以利益考量來看，或許是U國的人下的手。不過一夥人類領班相互攻擊，難道他們彼此間有什麼衝突嗎？

雖然寄居蟹獸人是由紅瞳聘雇，但薪餉與管理卻是由飯店負責，飯店表達不曾虧待過這一群領班與獸人。事件發生後，各地接連發生了人類的暴斃事件，死者大多是後頸與背部遭到掏空，與那些人類領班的死狀幾乎如出一轍。

如果這些案件都有關聯性，那麼代表兇手正朝著U國而來，他們又有何目的呢？還是有什麼恐怖的疾病正在蔓延呢？

蘇庫對案件興趣不大，畢竟難得假期，她是來探望跟教訓母親的，但雀兒卻似乎對案件了解越多，就越興致勃勃。

雀兒還打了電話去問了問Y國當局，不過礙於她並無調查權，Y國警局只告訴這個案件現在委由退休特警負責，特警因為U國拒絕司法互助，目前僅聚焦在保護國內安全。看起來Y國似乎對兇嫌往U國前去鬆了一口氣，調查也處於半停擺狀態。

「妳怎麼這麼有興趣呢？」蘇庫問了問雀兒，她們正在探望蘇怡的路上。

「昨天那個女生叫做芙兒，她前幾年都在Y國遊學打工……案子爆發時，她曾經被媒體騷擾好一段時間，畢竟她被懷疑是嫌犯……不過，網路上好像滿多人罵她，說她竟然跑去敵國工作，還去淨灘資敵。」

「無聊死了，人類最喜歡強加想像在別人身上。」蘇庫這麼下結論。

胡麻這次跟特警吃了頓晚餐，想當然耳，過程中他不斷賠罪，解釋實在太害怕被抓才會慫恿蘇怡跟他一起潛逃國外，畢竟將毒品販賣給未成年者的罪刑很重。不過蘇庫說過，一泯十年仇恨，所以也只是要他下跪道歉就好。

當時胡麻張大雙眼，還以為自己聽錯，是蘇怡向雀兒使了眼色，胡麻才從善如流，蘇庫露出滿意的笑容。

胡麻下跪致歉後也忍不住哈哈大笑，說這麼一跪，反而讓自己鬆了口氣。飯後他跟三名女子聊了一會兒後，便說要再回去工作，今天還要出貨呢！

胡麻離開後，蘇庫跟母親說，胡麻人比想像中還好，她印象中胡麻還更像是個自私自利的毒蟲。

蘇怡才坦承，其實當時是蘇怡為了男朋友，勸他跟自己離開。蘇怡以為蘇庫只是小孩，加上不知情，應該不會有事，風頭過了再回國。不料，案件越滾越大，就連外祖母都勸自己不要再回來。

「妳說……外祖母叫妳別回來？」蘇庫吃驚，這些事情她一概不知情。

「畢竟我也是她的女兒，她想要保護我……我們都對妳很抱歉。」

蘇庫歪著頭，懷疑母親將責任推給已經離世的外祖母，不料蘇怡拿起手機，說不然打電話給外祖父查證。

「妳外祖父母都知道妳對我很不諒解，不過，這些事情要對一個青少年解釋都太複雜了，將錯就錯吧。妳外祖母過世時我也有回去，只是那時候警方都會監視家裡等我上鉤，所以我跟妳外祖父都是透過別人聯繫，沒讓妳知道而已。我一直想找個時間回去跟妳解釋，不過我實在不敢面對妳……結果讓妳先來找我了。」

蘇庫後退幾步，說昨天哭夠了，今天就這樣吧！她拉著雀兒要離開。

離開後，一向健談的蘇庫一言不發，她默默地掉著眼淚，沿路雀兒摟著她，希望身旁的好友情緒好轉。

原來……自己什麼都不知道，還誤會母親這麼多年。

由於離開時間比前一天還來得早，兩位特警便去超商買酒，結完帳後就直接在店內喝了起來，竟又遇見芙兒。

芙兒待在超商，她焦急地望向超商外的男子，第一時間她還沒認出兩位特警。

外頭的男子並不是昨天那名跟蹤者，而是一名未完全獸化的獸人——是蜥蜴形態的獸人，只有頭部跟手部是蜥蜴，還穿著一件被魁梧身軀擠壓膨脹的汗衫。

「又是跟蹤者嗎？」雀兒忍不住向芙兒攀談。

芙兒才認出這是昨天兩位特警，她向兩人點頭，聲稱今天特意騎乘機車下班，沒想到同樣遭到跟蹤，不過這回對方竟然是以蜥蜴形態在馬路上奔馳。

「真奇怪，你們這裡發生這種事情，竟然沒有特警介入，要是在我們那，早就被WCH投訴了。」蘇庫這麼說。

「咦？妳們那裡？」芙兒不解。事後兩個特警才知道，U國雖然也有WCH的抗議組織，不過U國還在發展期，人們對於獸人大多見怪不怪，只要沒有脫序行為，否則很習慣各種不同形態獸人在大街上行走。

「我去問對方到底想幹嘛吧。」雀兒獨自走了出去，蘇庫見雀兒行動，也一同前去，她手心開始長出肉瘤，以防萬一。

「你一直跟著芙兒，請問有什麼事情嗎？」雀兒先是禮貌性問了陌生獸人，見對方沒回答，口氣也變得犀利。

「還是你是什麼心懷怨念的愛國人士？」

「妳……妳又是誰？」蜥蜴獸人拒絕問題。

「我是獸人特警。告訴我，你是誰？」雀兒開始轉動她的催眠之眼。

陌生獸人先是遲疑了一下，雀兒以為對方即將告訴她答案，但對方卻轉身逃離現場，他快速地用獸爪攀附大樓飛簷走壁逃開。

蘇庫根本不及用肉瘤砸他，她跟雀兒同樣驚詫催眠竟然失效。

她倆嘗試跟上對手，但獸人卻早已失去蹤跡。

「妳的催眠對他沒效？」

雀兒才覺得莫名其妙呢！她知道部分眼鏡可以隔絕催眠能力，但獸人大多能自行治癒近視，所以遇見戴眼鏡的敵人她都會特別小心，但是剛才的獸人並沒有戴眼鏡。她跑回超商問了問芙兒，到底認不認識對方。

芙兒根本不知道對方是誰。

「我看媒體有說……妳曾經跟Y國一名死者交往過，對方跟這個案子有關係嗎？」雀兒問。

芙兒好像不想回答似的，她將頭別了過去。

「我昨天不是才建議妳去報警嗎？妳報警沒？」蘇庫問。

芙兒搖頭，她反而問：「妳們不就是特警嗎？」

「對……不過也不對。我們來自S國，我們在妳這裡，除非目睹犯罪，否則沒有執法跟調查權。妳還是要去派出所報警，不管對方是誰，他跟蹤妳的事實很明確，這樣就可以用跟蹤騷擾法辦他了。」

「我……報警沒用……我早就報過了。」芙兒這才娓娓道來。她接受Y國的電話調查後不久，國內媒體就將芙兒的事情報出，指出芙兒長期在Y國遊學打工，協助Y國特定財團清理海灘，還曾經跟其中一名死者交往。政論節目也提及芙兒竟然長期在敵國工作，居心叵測，芙兒因此受到許多陌生來電騷擾，說她背刺國家。她也曾經報警，但警方也只說惡作劇電話並不犯法……除非對方有進一步動作，否則幫上忙的地方很有限。雖然警方曾試圖去電警告騷擾人，部分發話者也只是向警方致歉說不會再犯，也有少數發話者沒有接聽電話，甚至掛上電話。

芙兒看警方似乎無心協助。

「他們根本就不當一回事。」芙兒無奈地說。

「妳要不要說說妳跟那名死者交往的事情？」雀兒直覺兩者之間應該有關聯性，便問了芙兒。

「這有關係嗎？」芙兒似乎不想再談下去。

雀兒點頭，她發動能力，半強迫要芙兒開口。她知道這很不道德，但她見到芙兒似乎有所隱瞞，或許這才是關鍵。

「季擎……他是我在Y國打工時認識的……他是……他是當地人，孤兒……父母很早就過世了，他人很好，對我很好……我……」芙兒試圖抵抗雀兒的催眠，但她還是繼續說了下去。

「我跟他交往將近一年……他曾經向我求婚……可是我……我……我爸媽都在這裡，他們不樂見我……我們繼續交往……簽證到期我就回國了。他一直想挽回我……我也是回來後才清醒……遊學打工……人在異鄉，本來就容易想要找個……找個浮木……我本來就是在這裡沒有生活重心……才會去……」

「多說一點跟案件有關係的事情。」雀兒再度轉動眼球。

「季擎……我……我不知道……案發以後，有人打電話給我……跟我說他是季擎……雖然不是他的聲音……但我覺得……口氣很像……很像他……他說他殺了人。」

「夠了。」蘇庫將雀兒推開。

蘇庫知道，雀兒跟芙兒都是同一種人，她們的祕密埋藏地特別深。她們都是曾經受過傷害的人，這麼強迫把心裡的話說出來，實在太殘忍。

「妳剛剛對我做了什麼？」芙兒怒目地瞪著雀兒，她不知道剛才自己做了什麼、說過什麼話，但她感覺極端不舒服。

「妳最好……別再一個人回家，注意安全。」蘇庫趕緊將雀兒拖離現場。離開後，蘇庫質問雀兒：「妳到底在做什麼？我們在這裡並沒有調查權。」

「我總覺得剛才那個獸人有問題，也跟芙兒所說的季擊脫離不了關係。」

隔天兩個特警出門前，她們在飯店看到了新聞。

一名半獸人暴斃身亡，其背部也同樣遭到掏空。這裡的新聞也與S國的風格相仿，半獸人死亡的畫面雖然經過模糊處理，但卻秀出了半獸人其人類形態的照片。

那個模樣……不就是前兩天跟蹤芙兒的男人嗎？案發現場的模糊畫面，也看得出來死者是蜥蜴形態的獸人。

特警趕緊打電話給妃寧，她們擔心神祕死亡案件與死亡的寄居蟹獸人有關……而且死者前兩天才跟蹤芙兒。

妃寧也察覺到事情不對勁，她答應兩名特警會向紅瞳U國的辦事處申請寄居蟹獸人的相關實驗數據，她也會調派人手保護芙兒。

兩名特警鬆了一口氣，她們這天並沒有要去探訪蘇怡，反而想要去U國的景點四處溜達。

幾個小時後，雀兒的手機響起，是一個陌生來電。

雀兒不疑有他地接了起來，是妃寧的聲音。

「抱歉，我是妃寧……我們這裡發生一點狀況……上頭說Y國那個案件……如果那個Y

頭……他們說的是芙兒。如果芙兒真的遇到什麼，跟他們沒關係……這件事情會變成政治事件，跟Y國有牽連的怪物把本國人民殺了……剛好可以拿來大做文章。所以他們要我們特警不得派人去保護芙兒，而是暗中觀察，最好能當場逮捕兇手，證明兇手跟Y國有關係就好。我們都被下命令了……但是妳們可以保護芙兒。」

兩名特警對於妃寧所言感到不可置信……高層寧願讓兇手殺了芙兒，也不願意打草驚蛇，驚動歹徒，就只是為了把這件事情塑造成政治事件？

「很抱歉……我們這裡的氛圍就是這樣，兩國鬧得不可開交，媒體也調查過，民眾普遍對芙兒沒有好感。對高層來說……那個丫頭死了，又能夠證明兇手來自Y國，鐵定是人民最想要看到的……我會暗中跟妳們聯絡，麻煩妳們隱身……雖然我們這些特警都感到不舒服，但我們也無能為力，只能把希望放在妳們身上，由妳們代替我們保護芙兒。可以嗎……拜託了。」

雀兒一口答應，她不安地望向蘇庫。

「不用問我了，我鐵定要參一腳。」

U國特警監控芙兒一整天，她照常上班，兩名來自S國的特警也潛藏在芙兒身邊，過程中雀兒得不斷對路過的路人催眠……其中或許包含其他特警，不斷催眠他們沒見到她跟蘇庫的雙眼紅瞳，將她們倆視為路人。

雀兒大量運用能力，還得不斷擦拭鼻血。

芙兒下班後，往常都會叫計程車的她，這回聽了蘇庫的建議，改由男朋友騎乘摩托車接送。

芙兒是百貨公司的晚班櫃員，她先是跟男朋友去吃了頓宵夜，才踏上返家路程。

蘇庫跟雀兒喬裝打扮，蘇庫以共享機車尾隨，求雙保險的雀兒則是攔了計程車，要求計程車跟在芙兒與男朋友的機車後方。

從妃寧口中，兩名特警知道芙兒老家住在U國城郊，大多數時間都是一個人居住，男朋友偶爾才會去香閨過夜。芙兒與男朋友近幾個月才交往，感情也尚不穩固，不若年輕男女喜歡一交往就同居，芙兒似乎十分在意隱私，也不是那種戀愛腦女性。

妃寧推測，或許芙兒知道什麼關於寄居蟹獸人的祕密，兇手將所有寄居蟹獸人滅口，下一個目標可能就是芙兒。

不過，雀兒並不認為如此，她總覺得所有被害者的背部傷口一致，事有蹊蹺，加上昨日被發現身亡的獸人，根據調查與芙兒並無關連，但卻疑似跟蹤芙兒連續兩日……這太奇怪了。

正當芙兒男朋友停放好摩托車，準備與芙兒上樓時，一名男子出現在這對情侶面前。

「你是誰？」芙兒的男朋友提防地問著。

這名陌生男子又是單眼紅瞳，他雖然有人類的臉龐，但襯衫袖口露出的手掌卻充滿毛髮，活脫像是個猩猩手臂。

這傢伙以最低限度獸化？蘇庫看見男子的異狀，立刻告訴雀兒。

「離開芙兒，我有話要對她說。」猩猩人對芙兒男朋友說，但男朋友卻堅持要猩猩人離開視線。

「你走開……你也是跟蹤芙兒的嗎？你們這些激進愛國分子……怎麼就這麼容易被媒體挑撥？」芙兒男朋友挺身而出，他要芙兒先進門，但芙兒卻拉著要男朋友不要多事。

芙兒有不好的預感。

「我不想對你動手，你走開……我只是想要跟芙兒說話。我不怪芙兒交新朋友，我……我只是不知道可以找誰……拜託你……讓我跟芙兒好好……」猩猩人央求芙兒男朋友離開。

但是，芙兒的男朋友選擇了最壞的方式。

他推了推猩猩人，試圖驅離眼前的半獸人。他完全忘記獸人是多麼可怕的生物。

猩猩人回手將芙兒男朋友推開，男朋友凌空地被推到一旁，蘇庫趕緊衝了過去，她渾身膨脹，變成一個超大的蓬鬆肉瘤，吸收芙兒男朋友反彈的力道，讓男子不至於受傷。

雀兒脫下上衣，她露出絢麗的翅膀。

「說！你是誰！」

猩猩人不為所動，他的視線穿越了美豔的特警，直直地望著芙兒，同樣美豔的芙兒。

「我只是想要跟妳說話……我只是想要跟妳說話……跟妳說我……我早該來……早該跟妳來U國。」

雀兒的攻擊完全無效……對方是怎麼辦到的……怎麼可能!?

「季……季擎？是你嗎？季擎？」芙兒這麼問了猩猩人。

雀兒也被搧到一旁，半獸人獸化的幅度驟升，他上半身已經變成猩猩，上衣撐破，一個奇形怪狀的生物在他背後。

生物寄居在獸人的脖子與背部，就是那些暴斃死屍掏空肉體之處。

她明白了，這就是寄居蟹獸人……寄居在他人身體的獸人。

寄居蟹獸人能夠寄生在他人的肉體？怎麼可能？

雀兒環伺了潛藏在黑暗中的特警，他們都被下令冷眼旁觀，現在她跟蘇庫只有彼此了。

雖然……雖然季擎不見得會傷害芙兒，但她的男朋友……可就不是這麼一回事了。

蘇庫迅速跑到雀兒身旁，她們兩個都擺出戰鬥的架式。自從目睹季擎傷害芙兒的男朋友後，她們已經有權執法了。

「特警在此！」蘇庫先大喊。

「你有權即刻離開現場，但你的一舉一動都可以在法庭上作為指控你的不利證據。」雀兒接著說。

「你已經發動攻擊，我能夠主動攻擊，要是你使用客觀上足以造成我傷亡的任何獸人形態武器——」蘇庫喊著。

「我也有權利將你就地正法。」最後則是雀兒接話。她雖然不能飛行，但能夠利用美麗的翅膀增加移動速度。

磅！雀兒的尾翅擊中了猩猩人，他在地上滾了好幾圈，但等到他爬起身，已經變成了更魁梧的黑猩猩。完全獸化。

背部有寄生獸的黑猩猩，仍然向芙兒喊話：「我只是想告訴妳，我還愛妳！為什麼妳回國後我們就變了一個樣？」

「你為什麼要殺掉那些人類領班？」蘇庫拋扔好幾具從她手邊變出的墨綠色飛盤，飛盤在空中炸開，讓黑猩猩充滿尖刺，血液從傷口汩汩地流了下來，將地面染上一片紅。

寄生獸似乎不痛不癢，他憑藉猩猩蠻力將街燈拆下朝蘇庫揮去。蘇庫再度用肉瘤製造蓬鬆的緩衝物，勉強擋下攻擊。

「那些人類……壓榨我……我們從……紅瞳拿到的薪水少之又少。」猩猩人哀戚地說著。

啪！雀兒的尾翅攻擊了寄生獸。

猩猩人放下街燈，揪住雀兒將她往牆面砸去，但她很快地又站了起來。

我可沒有這麼脆弱！

雀兒的近身搏鬥不怎麼樣，但她可是很耐打的。

「白癡，你大可直接向紅瞳反應！」蘇庫的雙手都變成綠色，她的手臂變成不斷旋轉的尖刺，像是鑽頭似的，右鑽頭刺入寄生獸肚子，左鑽頭則讓寄生獸的右手癱軟無力。

寄生獸的右手廢了，反擊能力也逐漸減弱，蘇庫與雀兒輪番朝敵人的弱點攻擊。

妃寧也開始反抗長官命令，她跑到雀兒身旁查看傷勢，幾位特警則將芙兒與其男朋友集中包圍起來，保護兩個人類的性命。

「反應過了，其他人都沒有被扣薪……只有我……所以公司根本不信……那些人都是歸化的外國人……難道就因為我是一個沒有背景的本地人……就註定要承受這種欺壓嗎？」寄生獸說完後，身子突然搖搖晃晃，面朝地的倒了下去。

但是，猩猩獸人的背後，並沒有寄居蟹。

寄居蟹原本都是以海邊的螺貝當成保護殼，獸人化後，肩上扛著的則是紅瞳特製的駝物……熱愛海灘……熱愛國家的季擊，是個傳統派的寄居蟹獸人。

他成為獸人前就加入企業提倡的淨灘活動，也是在淨灘活動認識了他以為的摯愛芙兒。成為獸人、獲得穩定薪餉後，他以為芙兒願意跟他結為連理，而芙兒終究只是把遊學打工當成一份短期獲取高薪的途徑。

芙兒喜歡季擎，但是……這些愛意都只是幻影。等到她回國開始面對現實人生，幻影便消失殆盡。

並非季擎哪裡不好，也不是他做錯什麼，與他沒有關係，但季擎一直不懂，他只是寄情在一團泡影中。

季擎寄生在陌生人體，人類的身體消耗得太快……一具肉體不超過8小時……他就得丟棄，紅瞳的半獸人能撐更久一些。人類形態，能夠勉強達到16小時，獸化以後，又長了一些，能夠超過24小時。

現在這裡滿滿都是特警……

但特警呢？

如果能寄生在雙眼紅瞳的特警身上，他是不是能夠更強大？是不是就能夠擺脫現在的困境？

寄生獸爬到了蘇庫背上。

蘇庫感覺她的後頸到背部被利物刺入。

同一時間，蘇庫與季擎連結，共享同一個思緒，她瞬間獲取了季擎的記憶，關於他過去的種種。

但她不想理解這個陌生人。

一個聲音從蘇庫的腦子裡傳了過來。

「不要掙扎，妳會很痛苦的。」

你閉嘴！

「我不想害人……我一開始只是想要給我的領班教訓……後來我才知道他們全部都串通好，他們喜孜孜地瓜分原本是我的薪水，所以我讓他們互相殘殺。」

你還殺了你所有同事！

「如果他們還活著，我……我的祕密就會被發現……所以我把我的人類肉體也燒了，雖然我是唯一，但不排除其他寄居蟹同事也能夠展現這種能力。」

你太可悲了！

「什麼？」

你知道為什麼你能夠寄生在別人身上，而他們不能嗎？

「妳在說什麼？」

因為你這個人，覺得全世界都在迫害你一個人，你根本只配當寄生蟲！你總覺得別人不懂你、不幫你。你有沒有想過，單純只是你太沒用、太好欺負？

「妳……」寄生獸啞口無言。

你這個沒用的王八蛋！你以為你現在來這裡見芙兒，就能夠讓她回心轉意？人家只是把你當成浮木，你還真以為自己是可靠的大船呀？

「芙兒她只是一時沒想清楚……她說她當時只想跟我退回朋友關係，等回國以後，再順其自然……我還有機會。」

白癡！人家是委婉地叫你滾蛋！你腦袋有洞呀？難怪你會腦衝把別人殺了……有正當的管道不走，要走偏門，現在還要來騷擾前女友。

「……我走投無路……我那時候是一時衝動……妳給我住嘴，我輪不到妳來批評。妳現在是我的……妳現在是我的……」

我是很多人的夢幻女神，但不是你的。你現在給我滾！

蘇庫將全身的能量集中在背部，所有人只看見她身體散發綠光，接著好幾道綠色光束朝天空斜75度角射了出去，穿過了一棟大樓，樓面還被打穿了好幾個大洞。

側邊牆面，大樓內的各樓層樓板，還有大樓屋頂，宛如被雷射射穿。

幸好，無人傷亡。

寄生獸，也就是季擎，他以寄居蟹之姿，癱軟地掉了下來，好幾隻腿都被尖刺燒掉，無法移動。妃寧用手銬將他銬住，試圖逼迫其恢復回人形，但季擎的肉體早已被自己焚毀。

他變成一個什麼也不是的生物。

「放開我……放開我！」寄生獸……應該說季擎，竟然還是能開口說話。他試圖攀爬到妃寧背後嘗試做困獸之鬥，但妃寧用魔鬼爪將其扣在地面，他哪裡也去不了。

魔鬼爪雖然是植物，但就連萬獸之王獅子，若被魔鬼爪，也就是爪鉤草鉤著，想要掙脫，可能五臟六腑都會被自己的蠻力扯離呢！

雀兒過來抱住蘇庫，她見到蘇庫被寄生獸寄生，多擔心……多擔心蘇庫也會被控制住。

「別怕，就是一個腦袋有洞的笨蛋而已，鬥不過我。」蘇庫背部又冒出綠色凝膠，有傷口得要趕緊治療，不然以後留疤了怎麼行。

身為一個勇往直前，無懼的新時代女性……一個怨天怨地，但卻不曉得該檢討自己的笨蛋，哪能夠奈我何？

「自白！說出你的犯罪自白！」雀兒再度展開翅膀，露出了她的絕活。

季擎望著雀兒的翅膀，幻視催眠。以前他都是透過被寄生者的眼睛，才導致催眠無法發揮效果。這回，終於不再失靈。

季擎說出了他的故事，確實就跟前面所說的一樣，他母親在飯店打工，還只是個未滿十五歲的童工，卻跟U國的打工青年談起戀愛。後來，生父離開返回U國，未婚產子的母親，成為鄉里眼中的叛徒。

「讓妳去賺敵國的錢，不是要讓妳被佔便宜的！」

季擎被丟棄在街頭，由政府部門的孤兒院扶養長大，他曾經嘗試去認祖歸宗，但母親早已嫁做人婦，也不承認生過他這個孩子。

季擎成年後浪跡街頭，何處是我家……他沒有家，始終卻特別嚮往海。

面對一望無際的海岸線，似乎覺得未來更有希望，他也會跟著淨灘的志工一塊清掃海邊，那已經成為他放下過去、拋下對世界仇恨的儀式。久而久之，也以工讀的方式在飯店打工，就在生活逐漸上軌道時，他認識了芙兒。

芙兒遊學打工期間當然受到男性的歡迎，但她卻被時常遠眺海平面，每天到海灘報到，自主淨灘的季擎吸引。

芙兒主動與季擎攀談，漸漸的，兩個人也逐漸變成朋友。

季擎對芙兒很好，他帶著芙兒去認識他所熟悉的Y國。曾經四海漂流，四處為家的季擎，給了芙兒想要的異國情懷。

他們陷入愛河，季擎以為芙兒把他當成一生摯愛。但對很多人來說，遊學打工只是跨海淘金，暫時逃離現實生活的一場夢境。

當芙兒回國後，自然夢就醒了。季擎卻難以忘懷美夢，同時他的人類領班也私自苛扣了他的薪資，並與其他領班沆瀣一氣，他們集體串供，規避了紅瞳的調查。季擎也傻到與那些領班簽訂私約，同意他們替季擎「投資理財」，加上其他寄居蟹獸人都沒有遇到一樣的情形，使得季擎的指控顯得更加單薄。

投訴無門下，季擎選擇了最壞的方式，他寄生在人類領班身上。他原本想要操控他們，讓他們吐出侵吞的錢財，不料，幾分鐘後就操壞一具肉體，季擎只好轉而製造互相謀殺的假象。最後季擎擔心東窗事發，只好再寄生在無關人等，殺害了其他所有寄居蟹獸人……在他眼裡，他們全部都是一夥的：不為他求情、不為他申訴，只想到自己。

季擎與他所陳述的那些被害人……他的批評，其實也是在描述他自己。

季擎犯下這麼嚴重的犯行後深深後悔，但是，這件事情一但開了頭，就無法收拾了。他想要尋求前女友的協助……希望前女友能夠保護他……至少暫時收留他，但是他開不了口，他甚至不敢向芙兒坦白。他只好用別人的身軀、別人的聲音，試著再聽聽前女友的聲音，而光聽到聲音，再也不能滿足他。

他一路寄生在無辜的陌生人身上，拋下無數被掏空的軀體，只是為了再見到前女友一面。得知摯愛已經另結新歡，對方選擇用暴力驅離自己，讓他決定以暴制暴，卻忽略了自己現在已經太過強大，只是在殺人榜上再添增一名受害者。

這就是季擎的故事……又或者應該說，這就是他的犯罪自白。

蘇庫聯絡了現在人在Y國的退休特警，也就是S國特警圈中，名聲最大的海卓。海卓說他人不在Y國，但他會交代火爆去查一查Y國是否也有類似的情形——人類雇主奴役紅瞳獸人，苛扣薪資之事。據說火爆還因此鬧了軒然大波，他燒了好幾家飯店，踢爆了好幾起欺壓事件，但他還是被一些財大氣粗的人類老闆找麻煩，最後火爆搞失蹤，不知去向，只知道他周遊各國，最後被聘雇成為私人保鑣。

蘇怡那幾天住進蘇庫投宿的飯店。她悉心替女兒擦藥，還買了高價的除疤商品，說女孩子家怎麼把自己搞成這樣？

其實蘇庫根本沒什麼大礙，她大可用獸人的自癒能力讓傷口瞬間好轉，但她刻意減慢治癒速度，成天趴在床上看著電視影集。母親來餵她吃飯，她可得意的呢！

「這真是我生命中最棒的假期！」蘇庫笑著說，而且她是當著蘇怡的面說。

蘇怡轉頭向雀兒埋怨：「妳就不能讓她哭著叫我媽嗎？」

「媽～」蘇庫還裝了很假的哭聲，雀兒根本沒理這對蘇家母女。

「妳還是閉嘴好了。」蘇怡說。

假期結束前兩天，雀兒突然說想早點啟程回國，蘇庫雖然當了好幾天大爺，心有不捨，但也還是同意了。

回程往S國的高鐵上，蘇庫聽著音樂，像是想起什麼，她拔下耳機問了雀兒。

「我想每半年放一次長假來看我媽，妳要不要一塊來呀？當作度假。」

「可以呀。」雀兒面帶微笑地同意，然後突然皺起眉頭。

「怎麼了？」

「明天妳可以陪我去我母親的墳前嗎？我想去見她。」

蘇庫第一次聽到雀兒談起私事，她有點忌憚，不知道該不該問下去。

「妳不是老早就想知道了嗎？我為什麼會變成特警。」

蘇庫假裝看著窗外，不敢望著好友。

「呃……呃……哦……沒有啦……那是以前啦，現在還好……」

「說實話。」雀兒將蘇庫的頭扭了回來，她眼珠又變了顏色。

「想知道……好想知道……憋好幾年了。」

✦

雀兒的母親在雀兒國小一年級過世，她對母親的認識不多，但彷彿母親的慈愛還在眼前，她記得母親望著她笑，輕撫她的頭，逗她笑、教她說話。

雀兒父親是剛毅木訥的男性，經營一間小型企業社，專司改裝汽機車的零組件，雖然上了軌道，但營收也只夠勉強餬口。

雀兒兒時就有構音的問題，小時候母親會帶她去做語言治療，不過隨著母親生病過世就中斷了復健。

這也是她幼時至今都不喜歡說話的原因之一，她每次開口都會受到同學訕笑。

雀兒國小五年級，當她進入青春期，父親似乎不知道該怎麼教育女兒。雖說如此，父女倆感情很好，他總是喜歡深情地望著女兒，像是懷念亡妻似的。雀兒對著父親那個眼神印象深刻，那是憂傷但卻充滿愛意的眼神。

父親在雀兒初經來潮時，慌亂地彷彿世界末日。

加上雀兒在學校的評價，也是給人冰冰、冷冷的印象，至少學校老師都是這樣反應的：「把拔，您的女兒……在學校都不太說話，沒什麼朋友，很可惜呢！現在正是孩子們學習要怎麼交朋友的年紀呢！」

當時父親在朋友介紹下，結交了一名失婚女性，兩人投緣，但他一直都覺得不宜讓新的女性進入他與雀兒的生活。但朋友一直鼓勵父親，不如試看看，就當作幫女兒找個新媽媽，否則你一個大男人要怎麼把女兒帶大？

妻子她……應該會原諒我吧？

後來父親再婚，繼母表現的也很合宜，罹患不孕症的繼母將雀兒視如己出。她帶雀兒去醫院諮詢，雖然醫院說已經錯過黃金治療期，但她還是每週帶著著雀兒去進行語言矯治，久而久之，雀兒的口齒逐漸變得清晰。

雖然她仍舊不愛說話，但至少不會再拒絕開口了。

雀兒永遠都不會讓「阿姨」取代母親的地位，但她也在繼母的照料下，越來越展露笑顏，也逐漸願意敞開心房。

不料，中學二年級時，父親生意失敗，幸好其中一個廠商的貨款能夠讓公司救命，但續絃卻將貨款吞掉，也坦承不諱地告訴父親自己早已外遇。

父親陷入愁雲慘霧，他變賣房子，帶著雀兒搬進租屋處，但雀兒看父親成天借酒消愁，鬱鬱寡歡，也對「前」繼母萌生恨意。

「前」繼母在離婚後，仍把雀兒當成自己孩子看待，她照樣招待雀兒探訪自己的新居，雀兒也假裝對前繼母充滿感恩。但她每次看見前繼母與姘頭有說有笑，就讓她萌生無名火。

有一天，她決定留在繼母家吃過晚餐才走，前繼母的姘頭說要去替兩人買飯，她打了通電話回家，聽見父親接起電話，一旁還有玻璃酒瓶的碰撞聲。他哭著，不知為何地哭著。

她的父親正在哭泣……而她無能為力。

結束電話後，前繼母關心雀兒的父親道：「妳那個老爸還是成天喝酒嗎？他怎麼不想想要怎麼重新振作，這個男人……唉，沒救了。」

雀兒聽了這番話，不做他想，拿了前繼母家裡的米酒瓶，狠狠地將前繼母頭給砸破。

「我不舉妳杰樣多爸爸！」雀兒尖叫道，她那時候的喊聲讓她至今難以忘懷——那是她語言矯治以前的聲音，嚇了她一跳。

雀兒惹禍後也不敢回家，而她畢竟是個美豔的少女，幾名街頭不良少年搭訕她，雖然最後被父親帶回家裡，但她下課後還是選擇跟那群年輕人廝混。

其中一名追求她的男子，見雀兒始終沒答應交往，選擇跟其他女孩勾搭。雀兒竟私下跑去找女方算帳，用拳頭狠狠地教訓對方一頓。

兩個案子同時審理，雖然前繼母的姘頭堅持提告，但前繼母並不想計較，罪刑判得不重，雀兒只是被法官訓斥。

她後來自願選擇申請成為獸人特警，想替父親償還債務。在其他特警眼中，曾經看見她私下約會的對象，其實就是她的父親。

這就是她的故事。

「很無聊吧，砸破繼母的頭，還跟別人爭風吃醋，重點是我根本不喜歡那個男的。」

但蘇庫卻是笑個沒完沒了。我還真的以為妳是雛妓呢！

除了蘇庫上面那一段話，她一直放在心中。此外，她們成為了無話不說的朋友，永遠把對方擺在第一位。

她們是好朋友，最好的那一種。

這次寄生獸連環殺人事件，雖然紅瞳曾經試圖遮蓋新聞，不過U國當然不會放過這個材料，他們讓國內反對Y國的聲浪達到頂峰。

企業更肆無忌憚地排放海洋垃圾，宣稱是為了受害者復仇，國內也發動了抵制Y國旅遊的活動。

同樣的，這個事件也成為WCH進行反獸人活動的其中一個題材——非法獸人喪心病狂地殘殺人類，不過他們扭曲了部分事實。

在WCH的版本裡，沒有欺壓、沒有苛扣薪資的人類雇主，只有一個滿懷仇恨的紅瞳獸人，而他為了私慾，以殺人為樂。

經過U國警察的嚴刑拷打，連續殺人兇手季擎自白，他一共殺了一百五十五人。最後媒體將季擎說成一個史上最兇惡的連環殺人犯，一共殺了超過五百名受害者，蘇庫始終不知道這個數字是哪裡來的。

這個數字一直被灌水，而蘇庫在S國內聽見WCH的版本，則是凶殘紅瞳獸人殘殺了超過一千人。蘇庫每次聽到都會嘲笑道：「受害者死掉以後還能夠繼續無性生殖，真厲害！」

雖然，這只是紅瞳獸人淪為非法族群的其中一個故事，關於非法獸人的故事……還有更多、更多。不過，這個故事卻揭示了一件事情。

我們人類最喜歡強加想像在別人身上，這是蘇庫說的，而她並沒有說錯。

獸人寶典

◆妃寧（Fenin）：U國高階特警妃寧，其獸人原形是爪鉤草，又稱「魔鬼草」。爪鉤草的模樣就像手裡劍，妃寧發動遠程攻擊時，掌心瞬間出現爪鉤，對手被爪鉤纏上往往難以掙脫，而妃寧大多攻擊對手的下盤，使其難以移動，若仍想逃跑，最後足底的肌肉會被拉扯得支離破碎。另外，妃寧還可以拿爪鉤來攀附牆壁，甚至能夠當作鉤索使用。

◆U國與Y國的早年戰爭：據傳U國與Y國征戰多年，其歷史可以追溯到至今上千年前。Y國島民被U國稱為草船倭寇，U國大陸子民則被Y國稱為大陸蠻夷，兩國邁向現代化發展後，由於兩國人口開始增長，Y國的農地不足以負荷日益漸長的人口規模，加上從其他國家進口糧食的成本較高，於是釋出善意，希望能夠與U國達成糧食協議，不料後續被U國惡意哄抬價格，甚至阻礙他國向Y國進行糧食援助，造成Y國多次飢荒。兩國衝突日益加劇，近年Y國海盜頻頻騷擾，U國才終於讓步，並割讓給Y國一部分大陸臨海土地換取安寧。據說此協議一出，當時U國的國王立刻被民眾推翻，推上斷頭台（也間接造成U國民主化），並宣布協約無效，此後兩國再度爆發戰爭，是周邊國家（R國、T國以及V國）協助調停才總算暫時停止戰事。

後來即便兩國不再發動國家級的戰爭，但兩國人民仍時常容易在邊境爆發衝突，幸好大多只是團體鬥毆之類的小規模械鬥。

◆雀兒入學前之所以會取名為「雀兒」，是因為父親希望她這個外表冷漠的女兒能夠展露笑容——就像她早年過世的親生母親一樣。所以，她才會取名為 cheers，而她的生命正因為認識蘇庫而真的獲得了快樂，但很遺憾，最後蘇庫戰死於她的身邊。

謹以此回，獻給保護火速一戰中死亡的蘇庫特警。

「她的犧牲，不會被忘記。」

間曲　結盟

「你們這些警察在搞什麼東西？還是靠人家投案才逮到劉子琪，你們的薪水是用我們誠實老百姓的稅金養的，難道連個人都抓不回來嗎？」錢多鐸拍桌大罵，他再度參加警察的專案會議，眼前是一大票人類警官，包括警察總局的各高層長官。

錢多鐸除了與律師群一起列席外，還多了幾張新面孔，有跟他一樣聲名狼藉的前組織犯罪列管對象（當然，這些人都變成社會賢達了），以及ＷＣＨ的發言人溫良讓。

李招財坐在台下，以他的資歷，除了長官外，他坐在相對前排的座位。

他看著錢多鐸口沫橫飛，怒髮衝冠的樣子——如果錢多鐸有頭髮的話。不知為何，李招財將臭鼬的臉套在錢多鐸臉上，竟然毫無違和。

李招財忍不住嘴角失守。

「還笑！你這個老頭是什麼東西？我在說好笑的事情嗎？」

李招財鼻子哼了一聲，當然，他壓低音量。

說我是老頭，我保養可比你好多了。

一名男子朝錢多鐸咬了咬耳朵，他這才明白李招財是誰。

「聽說你們人就在榕園現場，還放走了殺人魔劉子翔。你知道你們害多少人現在還昏迷嗎？三千多人到現在都還沒清醒！你們竟然眼睜睜讓兇手迫害人類？你們到底是能力不足，還是故意縱容？」

李招財想要舉手發言澄清，其實三千多人在事發後十來分鐘就醒來，至今昏迷的只剩下百來人。不過一百多人用「只」這個字，似乎有點不洽當。他打消念頭以免說錯話，卻有其他人打斷他。

「我沒記錯的話，這位李警官是前特警海蛇怪物的搭檔吧？你們這些跟怪物搭檔的警察，好的不學，也開始學怪物特警一樣，蓄意放水嗎？」

這時搭話的竟然是溫良讓。

李招財是老江湖了，他知道溫良讓是想挑釁自己，他將頭別去。

「請問局長，讓無關人等參與專案會議合適嗎？」竟然有人替自己發聲，李招財轉頭過去，是一位人類警官舉手發言。

錢多鐸忍無可忍，又拍了一次桌子，他吼道：「老子的人在講話，你們這些……」

「劉子琪宣稱受到已故的錢今生性侵害，檢體已經送到鑑識科，但不知道為什麼，性侵案件竟然沒有列為優先調查事項，難道我們不應該採集錢今生的檢體進行比對嗎？」另一位人類女性警官直接站了起來，這也是曾經跟特警搭檔過的警官。

李招財真想拍手叫好。

「追訴加害人已死的案件有必要嗎？難道要判錢今生先生監禁嗎？」錢多鐸律師團的首席

律師也按捺不住。他說：「你們警方實在應該加強法治教育。」

「你給我住嘴，我兒子沒有強暴那頭母豬。」錢多鐸對於律師的發言並不滿意。

「不過那確實跟劉子翔殺人的動機有關係，如果錢先生您願意提供錢今生的ＤＮＡ跡證，說不定……」另一位警官也站起來發言。

啪！啪啪！錢多鐸推開椅子，起身朝警察痛罵道：「我允許你們說話了嗎？你們這些只領幾毛薪水的爛警察通通給我閉嘴，我……」

錢多鐸面紅耳赤，他正想繼續飆人，會議室的門口被推開。

一大夥紅色眼睛的高階特警魚貫進入大會議室，領頭的是一名三十五、六歲的女性獸人特警。那是特警長褒沃（Botewolf），她更廣為人知的名字是狼首。

「妳這個狼婊子還敢進來呀……我不是說過別讓這種怪物參加……」

轉眼間，狼首獸化成狼人，她頭部變成一頭灰黃色的大狼，瞳孔除了紅色還多了一抹金黃。她高舉雙手，朝錢多鐸飛撲過去。

狼首驟然出現在錢多鐸身邊，後者根本來不及反應，她卻是替錢多鐸整理領帶，但所有人都看見狼首的手背上，隱隱約約伸出了十來公分的利刃，就在錢多鐸脖子下方晃呀晃。

「錢老闆，別太激動啦！您不年輕了，我知道您吃好穿好、大魚大肉的，但是我真擔心奪走您性命的不是三高呢。」

李招財看慣各種獸人的高速移動，他們若用這種形態大多充滿殺意，剛真以為特警長要取錢多鐸狗命。

李招財一直知道特警長很帶種，她也是積極主動的女英雄。狼首前幾任特警長都待不久，唯獨她留在這個位子上好幾年了，李招財甚至認為她會在位子上待到壽終內寢。

海卓對她頗有好評，他始終認為狼首是比他更合適的特警長人選。

錢多鐸幾名友人看見狼首露出的利爪，喊著：「妳這個妖怪別亂來！」

「年紀大了，爪子不好使罷了。」狼首替錢多鐸整理好領帶，還勒得他直咳嗽，過程中錢多鐸一句話都不敢多說。

「局長，這裡坐了一堆罪犯，我還真不曉得自己的座位在哪呢？」狼首望向局長。

「你們這群怪物給我滾出去！」錢多鐸一會兒回神，他吼著。

「特警沒把劉子翔抓住，我負全責，我會引咎辭職。再說，我早就該退休了。我已經下了最後一道命令，這件事情，你們人類應該知道。」狼首依然沒有變身回人類。

「一個人類被殺，搞得全國雞飛狗跳……但是外面一大夥善良獸人勞工被攻擊……你們卻假裝什麼都沒發生。我下令收回所有高階特警的虛假保護命令，他們這些人類……別再賴著我們保護了，我們有更重要的人得守護。所有特警對於膽敢傷害獸人的非法獸人……或是人類，絕對調查到底，而且將依法反擊，予以逮捕。」

「妳說的虛假保護……妳是要公然抗命，不去保護那些國家重要人物嗎？」局長終於忍不住發言，剛才的鬧劇中，他始終一言不發。

「那些大人物，是對你重要？還是對普羅百姓重要？」特警長說話也並不客氣，她與局長大眼瞪小眼，互不相讓。

「再說你竟然讓我派特警去保護這個口口聲聲說我們是怪物的傢伙。」她指著錢多鐸。

沒錯，在錢今生死亡後，局長也讓狼首派了幾名特警去保護錢多鐸。

她為了獸人福祉，早已忍受這些狗官好幾年了。

律師跳了起來，他強調道：「根據獸人法案，你們獸人特警的執法權僅限於非法獸人，除非有獸人勞工在你們面前被攻擊。獸人被人類攻擊，調查的執法權，在人類警察身上。」

「獸人被人類攻擊根本就是少數案件，現在人心惶惶，妳若還要把特警分去管那種小案件，其他人類警察怎麼辦？讓人類去保護長官，如果受到非法獸人攻擊怎麼辦？妳要讓人類警察獨自面對其他非法獸人嗎？妳這麼做是逼人類警察再度涉入險境。」局長指著狼首，他轉身向他的人類警官部下咆哮。

「我不是要完全抽離特警，我只是要撥點人馬去保護可能會受到攻擊的善良獸人。」狼首也很堅定。

「那些平民獸人的性命！根本沒人在乎。」錢多鐸喊著。

願意為獸人的權益戰鬥的，不只是特警，還有長期與特警搭檔的人類。

「老實說，眾多獸人勞工集體受到攻擊，這些案件比一個錢今生重要太多了。」李招財站了起來，說真的，他並不介意長官的怒火。畢竟這不是第一次了，如果老是畏頭畏尾，他還會來當警察？

李招財過程中直挺挺地望著錢多鐸。

看屁啊老頭，我頭髮可是比你多。

他一直以為他是第一個跳出來的人類警官，但事實上，只是因為他座位太靠前，他背後早就有好幾個人類警官站起來了。

第一個起身的，正是頭一個出言抗議的女警官——汪永慈，她正是蘇庫早期的人類搭檔，但她知道長幼有序，老招財肯定會放話。

「我只想找到殺害蘇庫的非法獸人集團，我們人類也不能總是依靠特警，特警也需要我們人類來保護……那些獸人也是。」

雖然僅僅只是少數，但一個又一個人類警官站了起來，他們毫不畏懼，雖然一旁同僚急著將他們拉回座位，但無論男女，他們看起來都十分堅定。

「他們的犧牲，不會被忘記！」汪永慈大喊，台下好幾名警察開始默默呢喃著。雖然音量不大，但信念，本來就不需要扯破喉嚨地吼。

狼首望著這群人類警察，每當有特警因公殉職，他們都會用這十個字悼念老朋友，現在，這些人類警察……竟然也……

「造反了，你們這些人類窩裡反啦！」錢多鐸破口大罵。

局長與幾個高階幹部，臉色鐵青。

錢多鐸瞪著這些高層，他還得施加更多壓力才行。

溫良讓搶過發言，他說：「好啦！我們都知道你們最勇敢，最有大愛，你們內部的工作安排，你們高興就好。現在特警長都來了……應該說是前特警長。非常感謝她願意來替我們沾光，現在我們是不是應該討論正事了？前面不是說到，查到兩姊弟山上的躲藏地點嗎？我知道你們有其他安排，但撥幾個怪物小隊上去巡守，讓那傢伙……」

隨後會議開始討論錢今生命案的分工與調查方向，不得不說溫良讓抓準時機，轉移焦點，確實有一套。

不過，李招財走出會議室時，幾個學弟妹朝他點頭，他們都是曾經或現在與初階特警搭檔的警官。

他真為這些學弟妹驕傲。

海卓那小子肯定會把我罵個臭頭，他一直要我別強出頭。哎！這次可不只我一個人造反。再說，老子我想幹啥就幹啥，需要你這個小毛頭同意嗎？

✦

海卓接起電話，他這回正在書店看書呢。

他沒什麼興趣，除了找朋友或跟老同學聚聚外，他最喜歡去書店看免錢的書，有時候還會回味地找點字書來摸呢！

李招財都會唸他，喜歡就支持作者，去買回來看，別總是只看免錢的。

「我辭職了。」女子在電話另外一頭這麼說。

「喲！終於，妳早該退休啦。」

「這個爛缺沒人要幹，幾個低能局長派工差勁，你又不是不知道白死了好幾個學弟妹，害老娘少了好幾年壽命。」

「上頭准嗎？」

「不准也得准，但他們還沒定好接任人選，給我幾個禮拜交接期。」

「誰會接手？」

「不關我的事情。」

「妳那些狼子狼孫呢？」

「符合資格的都會退休，這幾年他們也算是情義相挺。」

「妳再來有什麼打算？」

女子停頓了一下，海卓聽見吞口水的聲音。

「你真的不考慮跟我交往？我知道霏霏死後，你很孤單。」

海卓呵呵兩聲。

「老娘保養得很好，打扮起來也是妖豔動人，我等你好幾年了。」

「交女朋友很花錢的，我不……」

「今晚你住哪裡？來我這裡過夜吧，讓你省旅館錢。」

「妳可真不矜持。」

「老娘可是頭母狼。」

✦

劉子琪交保已經過了一陣子，在竭力募款並代為繳交保釋金後，她轉為限制住居，但禁止任何人探訪。

這根本只是換個地方關押，律師團體議論紛紛。過往「限制住居」，僅僅只要定期向檢察機關報到，劉子琪等同於繳交鉅款，但仍被「軟禁」，這種史無前例的「限制住居」被認為是差別對待。竭力一開始沒搞懂，他以為能夠在劉子琪離開看守所時接送劉子琪返回老家，但卻被人類警察推開。

「年輕人，別靠近，我們仍然得押解她。」

「你們要押她去哪裡？」

「她家，你都不看新聞的嗎？」

「我能去看她嗎？」

「年輕人，你該去學點法律，學完後就不會再來問我這些無知的問題。」

竭力還真的以為是自己不懂。

他沉寂了兩天，看見律師團體在電視上抗議這種畸形的「限制住居」，他這才明白，原來法律是保障懂法律的人，自己根本被糊弄了。

他始終很感謝那些人權律師，他們跟獸人非親非故，卻從頭到尾願意為己方族群發聲。當時劉子琪被捕，人權律師還極力爭取替她辯護，這點竭力一直很感動，並不是所有人類都排斥他們。

竭力親自去拜訪那些律師，他查找了律師來頭，前去了「喬納森·奧圖法律扶助事務所」。不查還好，一查發現這就是大名鼎鼎的前「怪物議員」喬議員的女兒所成立的律師事務所，只怪自己見識淺薄，也不懂禮數，人家替劉子琪聲援了這麼久，實在太晚來拜見。

幾位律師一見到竭力，就說他們早該會一會。站在律師群最中央的，就是一臉幹練的潔絲特。潔絲特與竭力握手，她散發出來的氣質讓竭力有些慌張，一時間他說不出話來，深怕顯露自己的無知。

潔絲特與律師們都知道竭力替劉子琪抗爭的事情，他們說竭力真是勇敢，社會瀰漫著反獸人的氛圍，還願意為劉子琪發聲。

潔絲特表示會再集結力量，畢竟這種「限制住居」型態，針對性實在是太強了，此先例一開，不只獸人，也會有眾多人類挨棍，要竭力別擔心。

一開始，竭力還有點半信半疑。真的有效嗎？自己是不是被唬住啦？

幾天後，潔絲特為首的律師團召開記者會，宣稱要申請大法官釋憲，法院隔天宣布將鬆綁限制住居的種種限制。

律師果然是德高望重的職業呢……我本來都以為他們是視錢如命、替壞人圓謊的吸血鬼，果然是自己見識淺薄。唉，自己搞的那幾次遊行，小貓兩三隻不說，還被警方強制驅離，說沒申請集會遊行。哪有那個Y國時間申請……這些東西我都不懂。

竭力在老家是學資訊的，V國長期以來封鎖網路，導致資訊學科根本是瞎子摸象，啥都沒學到。畢竟國家限制知識傳遞，學生學的都是擺不上檯面的東西，所以他一直覺得自己不夠聰明。

竭力得知潔絲特一夥律師抗議成功，特地跑去事務所，希望能夠給些報酬，畢竟當時募了一大筆錢，即便付了鉅額交保金後還剩下不少。

不過，潔絲特一口回絕，她反而勸告竭力：「現在全天下誰都知道你有一大筆錢了，你注意自己的人身安全吧！」

「你見外頭那個傢伙。」竭力指著事務所外頭站著的男子，那是一位單眼紅瞳的半獸人。

潔絲特不解。

「我保鑣，公司派的。」

「哇！你們公司對你不錯呀。」

「哼！有什麼用，我還不是被打了。」

昨天半夜，保鑣睡在自家客廳，打呼聲撼動天地，順道把竭力吵醒。竭力翻來覆去難以再入眠，乾脆去買宵夜果腹，但又不想驚動這傢伙，直接用水母能力從陽台垂降到一樓。

竭力現在也小有名氣，雖然人類暴民不真的關心他這個為劉子琪抗爭的小角色，他知道那些人暗地裡說他是「蕩婦代言人」或者「犯婦姘頭」。不過幸好人類都知道他是水母人，還是有人擔心會像錢今生一樣頭被扭斷，頂多吐他口水。

但昨天超商前的一夥中年男子卻將他圍起來，不斷推擠，還問他的保鑣去哪裡了？

沒錯，抗爭後期公司好心替抗議人士安插高大的保鑣，確實有效嚇阻威脅，暴民也都害怕讓保鑣有出手的理由。但是，當時竭力身邊並沒有保鑣。

幸好對方也不敢造次，只是絆倒他、推了他幾把，竭力不過就是摔跤破皮，小問題。

竭力當然會擔心自己的人身安全，但他知道會來對付他的都是些人類打手。他聽說非法獸人突擊較知名的獸人，或許自己並沒有那麼重要，加上劉子翔身為水母人的惡名昭彰，還是給自己一把隱形的保護傘。

隔天，潔絲特來電通知竭力，法院終於鬆綁對劉子琪的限制。起初他聽不懂，潔絲特解釋道：

「恭喜你，代表你可以去探望劉子琪了。」

結束電話後，竭力不禁在工作的裝配廠大喊，還嚇到身旁幾個水母同事。

「喂？怎麼啦？」

竭力吼完後喜形於色，同事只擔心他壓力過大精神出問題。先前爆出劉子翔的新聞時，這夥身為水母獸人的同事，好幾位都請假好幾天不敢上班，擔心大眾把對於劉子翔的怒氣出在自己身上。

竭力為劉子琪的抗爭，他們都是心裡支持，但不敢力行，深怕被清算連累家人，他們都佩服竭力的勇氣。

不過，法院對於劉子琪的規範還是十分嚴格，她不能使用個人電話，需要使用法院配發的電話，當然，監聽絕對少不了。此外，訪客得事先向法院申請，法院還發出公告，即便訪客探訪，期間均得在特警……以及人類警察監督下進行。

潔絲特只說，針對種種限制，他們會再想辦法抗爭。不過民眾反獸人的聲浪越來越大，人類對於被強制潑墨不滿，還擔心劉子翔會神不知鬼不覺再來場大規模的恐怖攻擊，畢竟仍有一百餘名抗議人類受到劉子翔麻痺攻擊，至今雖然過了幾個禮拜，仍然昏迷。

開放申請第一天，竭力立刻前往法院遞交申請書，他以為半獸人們會踴躍地申請，去關心、探訪劉子琪，畢竟收到的募資金額這麼踴躍。

出發前，他還擔心沒法拔得頭籌，前一天晚上就拉了張板凳去法院排隊，還帶著煩人的跟屁蟲。

竭力覺得紅瞳公司派的保鑣很煩，這幾個人輪了好幾班，返家後還會厚著臉皮說要睡沙發，說是要保護他的安全。加上他竟然是在新聞上看到劉子琪的投案消息，竭力以為這等大消息，紅瞳公司會主動發布在獸人網絡，但是，公司卻三緘其口。

這些保鑣，他覺得更像是公司派來監視他的。

竭力跟劉子琪已經約會一陣子了，不過至於在女伴心中，那是不是約會就另當別論了。

雖然劉子琪年紀比竭力小得多，但畢竟劉子琪變成獸人較早一些，算是前輩。竭力很欣賞這個女孩為家庭付出，辛勤又認真的樣子，真的很讓人欽佩。

劉子琪生在這麼辛苦的家庭，幾乎可以說是一個人支撐家庭，還不忘帶著不成材的弟弟在身邊。

雖說竭力的同事佩服自己，但他自認為遠比不上劉子琪。畢竟竭力可是拋下家人，夾著尾巴從祖國「逃」來S國淘金的，顯得不負責任許多。

竭力知道以很多男性的標準，子琪確實是有點豐腴。管他的，你不喜歡青椒，但我可是很喜歡啊！

他得知劉子琪疑似遭到錢今生強暴，火冒三丈，雖然很多人類都惡毒地說她肯定是為了錢誘惑高貴、富裕的錢今生。

哼，你們才不認識子琪。她才不是那樣的人！

劉子琪遇害當天，兩人特地排了假，如果真的要誘惑那個王八淫蟲，那怎麼還會答應跟自己約會？而且竭力知道，劉子琪根本沒交過男朋友！

有時候竭力會想，如果他是劉子翔，肯定除了把錢今生的頭扭斷，還會把他身軀絞成碎肉丟去餵野狗，野狗搞不好還不屑吃呢！不過，當然只是說說而已，竭力始終不是以暴制暴那一派的，真是如此，他在故鄉早就成為烈士啦！

「哇！竟然沒人申請。」竭力有點意外，但他也能理解，多數獸人在劉子琪事件都不敢吭聲。他知道劉子琪的家人基本上死的死、癱的癱，不然就是智能不足，唯一健全的親人還是人人喊打的殺人犯。

自己現在也是過街老鼠，雖說只是幼鼠，算了，也根本沒好到哪裡去。

竭力在櫃檯送交申請書後，一旁的保鑣悄悄換班，這次換了個新面孔。

這個新人倒是挺鮮，竟然跟他打招呼，不過竭力沒給對方好臉色。

「我叫……」陌生男子正準備開口，但竭力立刻中斷他。

「我不想知道，反正你是公司派來的保鑣就對了。」

「啊……對……不過我還是……」

「我以後就叫你七號，你是派到我這的第七個保鑣。」

獸人保鑣以為竭力是個熱情的異國男子，畢竟他曾見過竭力在電視上率領獸人抗爭。這傢伙真勇敢，竟然為了陌生人發聲，自己鐵定不敢涉險。真不曉得他為什麼要這麼排斥我呢？

「王道。」保鑣還是想要自我介紹。

「什麼？」

「我叫王道。」

「知道了，你叫做七號。」

七號忍不住白眼。不過，隨你高興吧。

雖然法院告訴竭力要等候流程，但他不管。反正都請假了，也沒其他事情幹，乾脆就在法院等候，竟然就在法院等了整整一天。期間他跟七號乾瞪著眼，他去哪，這個煩人的傢伙就跟著他去哪，有夠惱人。

「你可不可以不要一直跟著我。」

「你工作的時候會打混摸魚嗎？」七號反問竭力。

「你問這個做什麼？」

「你回答就是了。」

「我當然不會呀。」

「我也不會。」

竭力這才恍然大悟，這傢伙竟然耍嘴皮子。以前幾個保鑣都板著臉孔，似乎責怪自己火上添油，讓人類更加不滿獸人，但這傢伙並不一樣。

正當竭力還在絞盡腦汁要怎麼回應七號時，法警走過來交給他法院的核可書。竭力可以去見劉子琪了！

竭力向七號說：「你該下班了，我要去見劉子琪了。」

「恭喜。」七號開口：「今天晚班的保鑣請假，晚上還是我。」

「等下可是很危險的，你同事想陷害你吧？」

「因為要去見劉子琪嗎？」

「當然，再說……你這樣連續工作24小時……沒有違反勞基法嗎？」

「我獸化前就習慣這種作息了，加上現在變成獸人，體力好像變更好，無所謂。」

竭力說對保鑣有危險，他並不是開玩笑的，他甚至在電視上看到劉子琪住居有ＷＣＨ的暴民搭帳棚抗議。他真搞不懂，那些人類都不用工作嗎？搞得跟排偶像見面會一樣，真受不了。

「要來就來，別說我沒警告你，不過我要去買點東西，跟緊一點。」竭力跨上他那台破爛的中古摩托車。幸好竭力那台破車不好發動，七號趕緊騎機車跟上，否則竭力一定趁其不備溜走。

竭力跟七號走進劉子琪所住的巷子時，先是被外頭的陣仗嚇到，除了轉播車守在附近外，要從巷口走進劉宅還得穿越擁擠人群。

圍觀群眾一見到他的紅眼睛，忍不住向他吐口水，一些沒有營養的謾罵不斷竄進他耳中。

「這是哪來的怪物？」

「殺人犯婦開放訪客了嗎？」

「喲！這個不是蕩婦代言人嗎？」

「我敢打賭這個男的也跟蕩婦有一腿啦！」
「女犯人這麼肥，你也吃得下哦？」
「這個人一看就知道是落後國家的逃逸外勞啦！」
竭力忍住不回話，他真想回嘴，但他知道無助於局勢。他反而對暴民對七號的批評無法忍受，同行的七號也成為暴民批評的對象。
「這個就是怪物保鑣？」
「離他遠一點，會當怪物保鑣的一定都不是什麼好東西，絕對是非法獸人洗白的。」
「現在紅瞳也會搞資源回收哦？」
「聽說怪物勞工好歹都有一點專業，會當保鑣的……肯定都是頭腦簡單的廢物。」
「欸，這種怪物保鑣會不會是退休特警呀？還是離遠一點好。」
「不對啦，這個怪物只有一顆紅色眼睛。」
「搞不好是戴那種黑色瞳孔片啊！他們都是騙子，別被騙了。」
等到竭力更靠近劉子琪住處，果不其然，媒體搶到最好的位子。雖然距離警方劃出的限制區域還有一段距離，但至少是最好的拍攝角度。
媒體記者將麥克風塞到竭力面前，讓他吃了麥克風一嘴，他不斷咳嗽，記者也沒道歉。
「你是來探望劉子琪的嗎？你有什麼話想跟大眾說的嗎？」
「你不知道劉子琪現在還被視為殺人犯嗎？」
「你是替劉子琪抗爭的那個獸人吧？是什麼原因讓你要替這種殺人犯抗爭呢？」

「據說你替劉子琪募資了不少錢，一大筆錢哪……你要不要跟我們講那些善心的捐款人是誰？」

「很多人都說，與其捐給劉子琪交保金，不如把錢捐給落後國家……好比……V國？」

竭力充耳不聞，他拉著七號繼續往前走。

「大家都說，劉子琪宣稱她被強暴，只是為了增添自己殺人的正當性，你有什麼想法呢？」

「你應該是劉子琪的老朋友吧？對於她這種水性楊花、人盡可夫的個性，你以前就知道了嗎？」

「你知道關於劉子琪被強暴的事情，根本很有可能是她用來吸引同情心的騙局嗎？」

這時候竭力終於忍無可忍，他搶過麥克風。

「你們這些人給我閉嘴！要一個女孩子承認自己被強暴，這是一個多困難的決定，你們難道就不能有點同理心嗎？」

人群中一個人類喊著：「她要是真的被強暴，怎麼不早點報警？警方肯定會受理的呀！她一定是騙人！」

「同理心？你是要誰同情你們這種怪物？」

「你是不是利用她被強暴的事情詐財？博取同情？不要以為我們都是白癡啦！」

正當竭力還想再開口時，七號搶走麥克風遞還給記者，拒絕受訪，他把竭力拉開。

「對於他們這種怪物，你跟他們解釋再多，都沒用的。」

竭力本來不滿七號不讓他回嘴，但霎時他也覺得很有道理，便跟著七號的步伐離開人群。

不過，當他們近距離看見劉子琪公寓周圍的武力，他幾乎是嚇壞了。

門口周圍圍著拒馬，一夥人類警察拿著鎮暴盾防守，看似固若金湯，步槍則背在肩上，公寓各樓層也都有警方從陽台向外警戒。他們清一色全副武裝，頭上甚至戴著戰術頭盔，特警則大多僅身著防彈衣。

公寓外頭有灑水裝置噴灑著黑色淡墨，將整棟公寓以及外頭地面幾乎染得一片黑。

空中則盤旋幾架小型無人機，竭力還看到對面大樓架了好幾個狙擊手，看不見的那些就別說了，天曉得還有多少武力藏在黑暗中。

這裡根本就是個小型堡壘，時時防範劉子翔到場「劫獄」。

竭力突然可以理解為什麼法院不讓劉子琪離開看守所，在民宅看守劉子琪的成本太高了，不過，這不應該是理由。

竭力跟七號抵達公寓門口時，兩人已經全身黑，門口被人類警察跟特警劃出一條封鎖區域，但至少還能歇口氣。

他總算回到這個熟悉的地方，那時候他真的很幸福，過著平凡的生活。其中的小確幸，就是偶爾在劉子琪下班的時候給她送宵夜。

子琪那時候還會埋怨，弟弟都在笑她太胖了，別再送了。

「是你弟弟太瘦了，不要理他啦！」竭力記得當時自己都是這樣回應劉子琪。

「不然下次給妳準備熱量低一點的，飲料幫妳點微糖就好。」

這棟公寓，上次來……至少已經是好幾個月前了，現在卻人事已非，除了被染黑，活像是祝融肆虐過外；部分住戶還在窗台掛上用紅字寫的布條：「我們拒絕讓殺人怪物回到這裡！」、「為什麼要讓殺人嫌犯交保？」、「我們的居住權利呢？」、「拜託房東別將房子租給殺人犯！」。

除了劉子琪那一戶以及對面那一戶外，幾乎都掛著布條。

唉，也不能怪他們。竭力知道自從子琪交保後，整棟公寓的住戶通通被警方請出去，畢竟警方也擔心會有其他可疑人士潛藏在此處。

竭力將法院核准書交給門口守衛的人類警察，過程中他還小心翼翼地不讓文件弄髒，他忍不住將目光盯著警察槍套上的手槍。

你不會用那個打我吧？

不過，幸好他沒受到刁難，人類警察先是跟他核對身分，再問了問他手上提的是什麼東西。

「算了，你就讓他進來。」公寓大門內，傳出一個聲音。

查驗者便向竭力揮了手，示意他可以進入，但卻把七號擋在門外。

「他跟我一塊兒的。」竭力選擇為七號爭取。

「讓他們都進來，沒關係。」門內深處另一個雙眼散發紅光的人影說道。噢不，細看以後才發現是四個人影。

「你們特警最喜歡搞亂規矩，是你們長官要退休，你們又沒要退休。」外頭幾個人類員警雖然埋怨，但還是放七號進去公寓。

「我們兩個也會一起退休，我14年了、他13年了。」

「做一天和尚，敲一天鐘呀。」一個人類警察這麼說。

「做一天狼，嚎叫一天才對。東西先給我檢查，等下別搭電梯，走樓梯上去。」特警指示兩名訪客。

竭力跟七號走近一看，這才發現他最一開始看見的四個特警是人形狼。原來劉子琪的家是「狼群」看守的。

「噢！真香！」幾個特警議論紛紛，竭力又看見樓梯內根本不只四個人影，已經多到數不出來了。

「我明天來再帶給你們一人一份。」竭力笑著說。

「你恐怕會破產呀！」特警開他玩笑。這句話讓竭力稍稍鬆了口氣，特警顯然對自己友善多了。

趁著等待空檔，他也開始向七號釋出善意。

「不好意思啦！跟我在一塊兒讓你被潑了髒水。」竭力從口袋裡掏出濕紙巾，他也遞給七號。

「習慣就好……這畢竟是工作嘛，別放在心上。」七號拿過濕紙巾，擦了擦臉上、衣服上的穢物，他接著說：「我真難想像你這一個月以來是怎麼過的。」

「習慣就好。」竭力咧嘴笑。

✦

「喂！隼妹，妳的騎士來給妳送吃的了。」竭力走到劉子琪租屋處的樓層，一名女性特警便向另一戶深處喊著。

咦？

「你走錯了，是另外一戶啦！」這一戶裡頭滿滿特警，幾個人圍在一起玩牌，幾個在圍觀，少數幾個則認真監看外頭。

他們不約而同狐疑地望著竭力。

誰知道，我又沒來過，我每次都跟子琪約樓下。

竭力只覺得丟臉。

「你沒來過女朋友家嗎？」一個看起來有點年紀的特警哈哈大笑，竭力只好拉著七號走進劉子琪所住的那一戶。

裡頭同樣不少特警……噢，還有人類，人類也會在這裡防守？這又是怎麼搞的？這些人類可信嗎？

劉子琪從房間內走了出來，她一看見是竭力，立刻衝上前來抱他。

兩人緊緊相擁，竭力顯得不知所措，他手裡還提著要給子琪送的晚餐呢！

幸好七號機靈得很，替竭力接過那一袋食物。

竭力脹紅了臉，別說擁抱了，他可是連子琪的手都沒牽過。當然，兩人看電影時不小心碰到的不算數。

「竭力……竭力……」

「我在這裡。」

「我知道我被關時，你在外面替我抗爭……我知道……我都知道。」

「那沒什麼啦……反正……」

「我也知道是你幫我籌錢交保……謝謝你……竭力……謝謝……」

「那也沒什麼啦……那是大家的善心，大家都很關心妳呢……我也只是……」

「竭力……」

周圍一大夥特警與人類竟然開始拍手。

一名人類女性警察開始要大家稍稍迴避。

「人家久別重逢，不要在這裡看熱鬧啦！」

「啊……長官不是說要看著他們嗎？」一名男性特警回話，他似乎不想錯過這場好戲。

「我來看著他們啦……那……大家頭別過去。」

一群警察便真的將身子轉過去，除了開口的女性人類警察外，還有一個女特警，就是竭力進門時吆喝的那一位。她笑著望向竭力，還對大家說：「咳咳……我是支援警力。」

外頭開始下著滂沱大雨。

竭力跟劉子琪談著現在獸人圈子的事情，當然，他避掉劉子翔殺人事件後，社會上對於獸人的反動，而是話家常，跟劉子琪分享幾個共同好友最近的事情。

雖然聊得有點不太自在，不過至少也是陪伴著劉子琪。

過程中特警會稍微警告他，當然，不是嚴厲的警告，而是「哎」的一聲讓竭力知道越線。訪客與嫌疑犯不能討論案情，所以竭力仍然不知道殺人事件內情，不過，他本來就不是想來探聽案件，他只是出自於關心劉子琪。

他真的在乎她。

對於劉子琪宣稱被強暴的事情，他更是連屁都不敢放，但劉子琪竟然主動開口。

「我知道外面那些人是怎麼說我的，他們說我主動勾引錢今生，但我想讓你知道，我沒有。」劉子琪說完後開始掉眼淚。

竭力頓時也有點慌張地說：「我知道妳不是那樣的人。」

「我好髒……對不起……竭力，我那時候……真的很後悔沒有跳下去……如果我死了，弟弟就不會殺死錢今生了……這些事情就不會發生了。」劉子琪哭成淚人兒。

竭力以為特警會阻止劉子琪繼續說下去，但特警卻義憤填膺，他們一個一個跳出來指責高層不讓他們繼續追查案件。

「這些都不是妳的錯，錯的是外面那些人！發生這種事情，竟然是檢討被害者，那些人類根本都是……」竭力本來想批評人類都是怪物，但他瞧見幾個斜眼瞪他的人類警察，其中還有一些是女性，趕緊將到舌頭的話吞回去。

一個女性警察從後面推了竭力，她不斷將頭往子琪那側別去，反覆地，活像是癲癇發作。

「妳怎麼了？」竭力忍不住關心。

「白癡，去抱她。」女警翻白眼。

竭力真是蠢得沒藥醫，難怪你這傢伙追不到女生。

幾個小時後，雨依然沒停歇，劉子琪的租屋處畢竟也是老房子，雨水竟稍稍滲進室內。

劉子琪趕緊拿著抹布想擦拭，她嘴裡叨念著。以前就沒有這樣漏水的呀，竟然還長香菇了。特警卻是笑著說，別管了，時間也不早了，沒必要忙這個。子琪望了望時鐘，見竭力待好幾個小時，擔心太晚，外頭又大雨滂沱，便要竭力趕緊回家。

幾個人類警察也累得開始打哈欠，便告訴竭力，有他們在這裡保護劉子琪，不用擔心劉子琪安危。

「我明天會再過來看妳。」

劉子琪聽完後，趕緊要竭力休假再來，不然工作怎麼辦？

「工作算得了什麼？對我來說，妳是全世界最重要的人。」話一開口，竭力立刻後悔，自己竟然在眾人面前向劉子琪表白。

劉子琪立刻再上去抱了竭力，竭力直到走出公寓大門，還覺得自己飄飄然的，他忍不住在獸人網絡分享自己今天來探望劉子琪的種種。

雖然眾人不敢像竭力一樣穿過唾棄的暴民關心、溫暖子琪，但一則又一則留言，還是讓竭力很開心。他知道子琪沒有手機能夠看到這些訊息，明天一定要再來分享給子琪看。

不過，七號就沒這麼輕鬆了。

竭力跟子琪談話時，幾名特警特別將他拉到一邊。

「你知道前陣子的事情吧？幾個保護火速的紅瞳保鑣死了。」

七號點頭，他當然知道。獸人保鑣也有自己的網絡群組，消息傳來，使得這一批保鑣人心惶惶。很多人成為獸人保鑣，都是有感家裡家計負荷重，為了顧及家人，不少人在事件發生後申請請調，希望能夠轉往私人機關看守。

不過，七號倒沒有這個想法，當然他有其他更想做的事情，但他才獸化沒有多久，那種事情輪不到他。

「你保護竭力……他可是很危險呢！加上他今天公開露面，人類都知道他來探望劉子琪了，但紅瞳對這件事情顯然並不積極，就你一個保鑣，別逞強，遇到危險還是趕快呼叫紅瞳，或者報警讓我們處理。」

七號也只能點頭。

外頭雨勢不減，抗議的群眾也散去了，只剩下幾台轉播車仍在守候。稀落的暴民看見竭力與七號兩人從公寓走出，或許因為少掉觀眾懶得搭理，竭力也落得輕鬆。

不過，他那台破車竟然拋錨，無論他怎麼試就是發動不了。

七號已經穿好雨衣，他將另一件雨衣披在竭力身上。

「搭我的車吧，反正明天也還是會過來，到時再來處理你這台。」

「那就不好意思啦！」

雖然尚未入夜，不過路上人車已經不多，很快的，機警的七號發現有一台摩托車自從他們離開劉宅後便一路尾隨。七號也只好胡亂繞路，試圖干擾跟蹤者。

「你是不是迷路啦？」後座傳來竭力的疑惑。

七號坦承，他們似乎被人跟蹤了。

話還沒說完，一台汽車橫向衝出，他們迎頭撞上，兩人摔出車外。

七號先是查看飛得較遠的竭力，他神奇般地毫髮無傷，低頭看了看自己傷勢，除了滿身雨水外，竟然也無恙。

七號氣得跑去找肇事汽車理論，汽車上的四個人竟然都淋雨下車，四個人拿起手機，似乎正在報警。

「喂！你會不會開車呀？」七號用的是車禍起手式。

肇事司機結束電話，卻是要七號閉嘴。

「識相點就快點滾，我們的目標不是你。」男子推開七號，他朝竭力喊著：「喂！那個水母……把錢交出來，我們只要錢，你不是靠募款賺了不少錢嗎？」

七號恍然大悟，回頭要竭力快點逃走。

獸人的善款不能落在這些惡徒手中。

不過，已經太遲了，肇事司機頭上突然長了好大一支角，朝七號胸口一頂，他被撞飛好幾公尺遠。

不過這一擊比想像中還要來的……不痛？自己獸化後，即便人類形態也變得這麼強壯嗎？七號趕緊用通聯裝置報警並通知公司，還從口袋抽出獸人激化針頭，正準備要給自己來上一針。

「竟然還沒死？」灰色非法獸人叫了夥伴過去查看。

另一個男子……應該說是黏性獸人，他望著七號，也瞥見七號手中的針頭，他當然明白那是什麼東西。

非法獸人對七號說：「是我就不會犯傻。」

我這傢伙就是傻，否則我也不會變成獸人。七號將藥劑注入手臂。

「找死。」黏性獸人將七號從地面踹了起來，七號幾乎騰空，對方一拳將他打到牆邊。

黏性獸人發射黏液，試圖將七號黏在牆上，但黏液卻滑過七號身體，起不了作用。

「這是……這是怎麼一回事？」攻擊者啞口無言。

一台摩托車急速剎車，但天雨路滑，整台車在地上旋轉了好幾圈，不過，上頭竟然沒有任何騎士。

一名男子搭著在雨中幾乎隱形的升降黏液，緩緩地從空中降了下來。

「你不知道黏液對同屬性的獸人無效嗎？」男子說道。

黏性獸人啞口無言，這一夥惡徒中有兩個是黏性獸人，另外兩個則是犀牛獸人。

男子戴著安全帽，誰也認不出他是誰，但摘下安全帽，他們一會兒就認出了眼前男子。

「海卓特警！」竭力大喊。

「我不是海卓，我是阿鰻。」海卓面容嚴肅地強調。

海卓降到地面後，先是關心了七號跟竭力，他們兩人都包覆了海卓的黏性保護膜。七號這才理解，為何發生這麼嚴重的車禍，兩人卻安然無事，原來特警暗中在保護他。特警不曉得何時將黏液保護膜附著在他倆身上了。

這個男子已經不單單只能用特警稱呼他了。

他幾乎可以說是一個傳奇。

非法獸人紛紛趕到現場，聚集了好幾台摩托車與汽車，數十名非法獸人現身。

惡人一一獸化，形態各異，有螳螂、螃蟹、尖刺、黏液、迅猛龍、蛇手、犀牛……等，竟然還有半透明狀的水母非法獸人。

其中領頭的是兩名女性，她們露出了長長的毒牙，脖子後方展開扁扁地兩塊皮膚……似乎是響尾蛇。這群非法獸人為了對付竭力，也擔心他跟劉子翔一樣具有麻痺跟隱形的能力，所以特地讓有熱感應能力的響尾蛇當作領袖，另外，蛇類的毒屬性也能夠稍稍抑制水母的麻痺毒性。

為求保險，同屬性的水母獸人也當然少不了。

女性首領對著海卓說：「海蛇……你不是去享受退休生活了嗎？這些事情，又與你何干？」

「可能是職業病吧，畢竟我幹了十幾年警察。」海卓笑著說，接著他要七號與竭力站在自己身後。

「沒關係，我也能夠戰鬥。」竭力也注入了激化藥物，他開始變得半透明狀，並探出上百隻觸手。雖然他不像劉子翔有麻痺能力，但好歹他也是裝配場的優秀員工。

七號全身充滿甲殼，他的手則變成甲龍的尾巴，像是兩顆巨槌。

「你們兩個太小看我了，要是讓你們表現，我的臉往哪裡擺？」

十幾名獸人見到傳奇特警現身，退卻地搭乘交通工具逃走，領頭的響尾蛇女安撫了同伴情緒道：「沒關係，別怕，就當少幾個人分錢。我們大家全上，還怕他嗎？」

一夥非法獸人往海卓衝刺而來。

這裡狹小，否則我不用一秒就夠把你們全部解決，海卓暗忖。

鄰近的區域緊鄰民宅，對於擅長大規模攻擊的海卓，著實不利於施展身手。

海卓高舉雙手，地面上浮現數十名白色人形。

人形迅速成形，顯然他早有準備。

「打倒我面前所有非法獸人！」

幾個人形似乎因為雨聲聽不見主人聲音，停留在原地，他們被獸人一衝而散。但大多數人形都聽見主人命令，開始與非法獸人戰鬥。

當利器揮過人形，他們會大幅延展閃躲攻擊，接著將非法獸人釘在牆上。

海卓自己也加入戰鬥，他手上包覆著黏液護具，黏液在他手臂上像彈簧似的不停轉動，一拳就將眼前的響尾蛇女獸人打飛，非法獸人至少飛了十幾公尺高才向下墜落，竟然有人形拿了張巨大的網子，等著將非法獸人接著。

另一個響尾蛇獸人則突然在海卓背後出現，她手上握著充滿毒液的獠牙。

海卓被雨聲混淆，一時沒有察覺偷襲。

但當她快要得逞時，非法獸人卻被硬生生地抽離地面。

海卓的摩托車上頭，竟然出現了多組五公尺高的半透明釣竿，釣竿會在甩竿時分裂，好幾名非法獸人被黏液釣魚線「釣」上鉤。

這個靈感，是來自於愛釣魚的李招財。

「我最討厭你們這種蛇形的非法獸人，你們連替霏霏按摩都不如。」

但是，海卓的黏液終究對黏性獸人無效，幾名黏性獸人在他面前屹立不搖，惡徒將人形打得潰不成形。

海卓對這些獸人沒有好感，黏性獸人的獸人形態就是來自於像他一樣的盲鰻，只是這些獸人只能把手部變成盲鰻的樣子。

他確實遇過幾個難纏的非法獸人，不過，這種為錢而來，毫無組織的敗類，顯然不是對手。

非法獸人也知道黏液對海卓無效，只好發射固化的白色砲彈，想藉此削弱海卓體力。

人形在海卓面前，他們選擇捨身救主，被炮彈擊中的人形，一個一個消失在豪雨中。

非法獸人顯得十分得意，現在海卓與他們之間，已經不再有任何阻礙。

「對於你們這種劣質的複製品，我還是更喜歡自己出馬。」海卓手上突然出現一把銀白色黏液光劍，光劍在夜色中發亮，甩動時還發出「鏘鏘」的聲音。

海卓透過地面上早已遍佈的黏液，讓自己幾乎是瞬間移動地，現身在敵人面前。

惡徒幾乎來不及反應。

磅！

磅！

磅！磅！磅！磅！磅！

磅！磅！磅！

所有非法獸人都被他打倒，過程僅僅花不到一分鐘。

「哇！……這……這太驚人了。」竭力大聲叫好，他跟七號幾乎都還沒表現呢！

這時候四名機動性高的特警飛了過來，警察總是等到事發後才姍姍來遲，這點海卓也是很熟悉了，他向幾個學弟妹打了招呼。

特警紛紛降落地面，他們數了數倒地的獸人，竟然有四十九個之多。

「喂！學長，你這是搶生意呀？」說話的特警似乎是軍艦鳥，他喉部有紅色的氣囊。

「佛蓋堤，我剛好在附近溜達，就順手解決了，我明天再帶他們去做筆錄好不好，我們渾身濕透啦！再淋雨下去會感冒的。」海卓向學弟說。

「學長都這麼說了，肯定聽你的。」名為佛蓋堤的特警又飛上天，他打電話回局裡，這一大票非法獸人傷者得找個地方安置才行。

「老師，你們先走吧。」這回說話的是特警索菲，她後頸有白色的斑點，恰似圍巾。從她稱呼海卓的方式，她似乎僅僅只是中階特警。

海卓又發動能力，用黏液做成一架有遮雨棚的小型直升機，螺旋槳成形後，以極不可能地速度轉動著。這很費力，不過這裡是住宅區，又到了睡覺的時間，用帶腿的形態肯定會擾人清夢。他不想驚動其他人，再說剛才的作戰早就讓一大夥鄉民透過窗子圍觀啦！

可惡，為了這個舉動，我肯定又要少幾天壽命。

海卓望著兩個半獸人道：「還發呆呀，快點坐進來，我送你們回家。」

這時候竭力才發現海卓少了一只耳朵，這跟他印象中的特警不同。

「我耳朵外借了，不然你以為我是怎麼知道你們兩個離開劉子琪家的。」

兩位半獸人一個字也聽不懂。

「我的耳朵跟你們一起在劉子琪家裡。」

海卓特警到底在說什麼？

「算了，解釋起來就太複雜了，反正耳朵很快就長回來，不用管它。」

「等會兒送我們回去後，可以讓我跟海卓特警合照嗎？」竭力興奮地問。他坐上海卓用黏液創造的直升機，這可不是常人都有機會體驗到的。

「你要幹嘛？」海卓再度強調：「我是阿鰻，不是什麼海卓，還有，我不是特警了。」

「我要上傳到獸人網絡！」

「你少用那種東西，紅瞳用那個在監視所有獸人的言行舉止，在那裡是很難有祕密的。」

「你的意思是說獸人網絡不可信嗎？」七號忍不住問。對他而言，獸人網絡是個新東西。

「我們獸人應該要用其他加密網絡系統交流，像非法獸人那樣。我這幾年一直在勸特警或前特警少用紅瞳的內部網絡，有些資訊並不適合在上面分享。」

竭力這才想起……當時募款時，確實特警的捐款不如預期……原來他們並不是不關心劉子琪，只是較少使用獸人網絡？竭力才剛從空中拍了俯瞰非法獸人倒在地面上哀號的盛況，一時間他也不曉得該不該上傳。

海卓看出竭力的遲疑，說讓監看的人知道他們失敗了也好。他提醒竭力道：「不然你以為你募款的消息是怎麼洩漏出去的？」

「還有，你真應該把那些錢信託，別一個人扛這麼多錢。」

竭力覺得海卓特警實在太博學多聞了，自嘆弗如。

「可惜我沒認識什麼網路高手，我認識腦袋好的人，幾乎都是紅瞳內部的人……沒辦法搞獸人祕密網絡，有些資訊光靠幾個人實在沒辦法好好傳遞。」

「我倒是認識一個很厲害的天才。」七號這麼說。

竭力跟海卓望向七號。

「我是為了他，才會變成獸人的。」

✦

「打擾了！」海卓向裡頭大聲喊著。

「你們快點進來。」開門的是愛德華，他訝異竟然是海卓特警。小王只跟他說要帶兩個朋友來拜訪，自己左思右想不知道約在哪裡，畢竟自己曾遭受攻擊，別墅肯定也被監視，不如帶小王來到前妻現在住的地方——獸人宿舍，至少這裡應該相對安全。

沒錯，小王替愛德華擋下那一刀後，紅瞳公司勉強在鬼門關前救回小王，在他好不容易恢復意識，但還很虛弱的時候，提供他一個選項。

「你要繼續跟微弱的生命力搏鬥，還是要成為另外一種更強大的生物？」

愛德華守在他的床邊，小王看見愛德華眼裡的紅瞳。

他決定變成半獸人。

大樓保全，甚至是替住戶擋下攻擊的警衛，恰巧就是獸人保鑣的最佳人選。

「海卓特警，好久不見了，很抱歉當時沒辦法救回你的外祖父。」愛德華正是海卓外祖父當時的主治醫師。

「快別這麼說，我知道您已經盡力了。」海卓又是一個鞠躬，當時愛德華可是給了自己很多照護外祖父的建議呢！

「哇哇哇！是海蛇英雄！」快姊的兒子興奮地大叫！即便他被父親灌輸大量獸人負面訊息，但小男孩看見特警英雄還是十分熱情。

郭娜與快姊一家生活後，因為郭娜工作繁忙，大多由快姊負責大家三餐。這回郭娜說要煮飯，不過，郭雯私底下跟快姊埋怨，老媽廚藝實在是不怎麼樣，聽爸爸說有客人要來，自己吃習慣就算了，但別讓老爸丟臉，請快姊還是稍微幫忙。

快姊將醬油藏了起來，藉口醬油沒了讓郭娜去幫忙買，郭雯則假裝替快姊女兒溫習功課，郭娜只好親自出馬。郭娜回到宿舍時，快姊已經煮好整桌飯菜，除了需要淋醬油的那一道燙青菜。

「你媽該不會連燙青菜都不行吧？」快姊事前還跟郭雯核對過，確認至少不會太可怕才敢冒險。

✦

一夥人大吃特吃，好是滿足，快姊兒子則盯著海卓看，都忘記要吃飯了。過程中快姊罵他好幾回：「喂！吃飯時不要一直看人家，有夠沒禮貌。」

這也是竭力跟快姊第一次見面，這位大姊也是老實人竭力欽佩的前輩，他一直嚷著要把快姊的捐款還回去。

「不用啦！我不出國念書了，我要多陪媽媽幾年，在國內讀大學就好了。」快姊的女兒這麼說。她知道母親高齡變身獸人，壽命有所減損，遂改變自己的計畫。再說，母親會跟她分享獸人圈子的事情，同為女性的她，也對於劉子琪遭到強暴忿忿不平。

竭力向大家分享劉子琪今天的狀況，子琪看起來氣色又更好了一些，哭泣的次數也不那麼頻繁了，聽見她變好，大夥都很替子琪高興。

竭力也忍不住高歌一曲，他突然放下碗筷高唱祖國歌曲。祖國前天終於上映火速的超級英雄電影首部曲，他唱的正是電影主題曲，五音不全惹得大家哈哈大笑。

「喂！我看海蛇叔叔不行，但是水母叔叔吃飯時卻可以唱歌？不公平！」快姊兒子忍不住埋怨，就連家教甚嚴的郭娜也忍不住瞪了竭力，要他收斂一點。

竭力對郭娜銳利的目光感到害怕，老實講，他昨夜面對非法獸人的威脅，心跳都沒那麼快呢！現在郭娜跟快姊共同扶養三個孩子，宛如一家人，看在愛德華眼裡，他真的很感動，當時選擇讓郭娜跟郭雯搬來跟快姊住，果然沒錯。

七號……不……是王道，王道今天休了半天假，他先跟愛德華打過照面，說了自己會帶朋友來的事情。他獸化成功後，倆人碰過幾次面，雖然稱不上是要好的朋友，但小王很感念愛德華。當時要不是愛德華的鼓勵，他鐵定還會繼續渾渾噩噩的當人類保全，是愛德華鼓勵要繼續進修，才讓自己重新找到人生方向，即便走上不同道路，但至少也是一條嶄新的道路。

大夥吃完飯後，快姊盯孩子們寫功課，幾個男人也開始辦正事。

郭娜堅持，別以為能把女人排除在外，她也要參與。

愛德華朝眾人苦笑，他跟郭娜現在的關係恐怕不好解釋，倆人之間應該不只是孩子的爸、孩子的媽那麼簡單，或許還是有一些愛情，只是誰也不明說。

王道提議讓大家來見愛德華，主要是自己準備國營事業考試時，愛德華不過花幾天研究考科，最後竟然變成專家，替他溫習功課，還出了好幾回模擬試題。

陌生學科他只花幾天就能搞定，區區網路資訊，能夠難得倒愛德華這個天才嗎？

不過愛德華卻連忙搖頭，如果大家願意給他一點時間研究，或許沒什麼問題，不過，就是成品能不能夠達到海卓預期，他實在不敢打包票。

「我是阿鰻，不是海卓。」海卓再度強調。

就連嚴肅的郭娜也笑了出來，幾個小時內，海卓至少重複這句話不下一百次。

「師母呢，請問您是什麼專業的？」王道心想，愛德華是天才，師母一定也不是三腳貓。

「我是郭娜，不是什麼師母。」郭娜歪著頭望向愛德華，好像太不給前夫面子了，她補充道：「不過你愛叫師母就叫師母，沒關係。我是會計師，管錢可以，其他我不行。」郭娜補充。

「師母會管錢？不早說，我今天把捐款拿去銀行信託了，早知道就讓妳保管。」竭力這才想到白天海卓陪自己去找他過去合作的銀行，竭力總覺得有點不信任銀行。

這些銀行會不會亂搞呀？我可沒看見有行員是獸人呢！

「你把錢送信託也挺好的，不過怎麼沒打算成立基金會或協會，一塊保障其他獸人的權利，這我倒是很在行。」郭娜回應。她是成功的會計師，也替不少公司透過成立基金會的方式節稅，她腦袋動得很快，眾人立刻贊同。

愛德華望著前妻，這十幾年來郭娜總說她最恨的就是獸人，但她現在的言論，卻反映她對獸人的偏見已經逐漸淡去。雖說外頭人類對獸人越加反彈，但也有人像郭娜一樣，逐漸放下偏見。

「那我們就來組成獸人聯盟吧！我們是不是要舉杯一下，雖然還沒成立協會，桌子也是方桌，但我們好像在召開什麼圓桌會議一樣！」竭力起身吆喝，眾人都覺得這是個好主意，郭娜從櫃子裡拿出一瓶酒，一大夥人便這麼舉杯互敬。

一群獸人鬧哄哄地說笑了一整晚，就連幾個溫書的孩子都忍不住加入。

「等下阿鰻叔叔可以跟我打電動嗎？」快姊的兒子問：「我想玩《特警快打》！」

「喂！不找我嗎？你是不是看不起叔叔我？」竭力朝孩子扮了鬼臉。

快姊則有點不高興，她擺著一張臭臉說：「喂！把我騙去哄小孩，你們在這裡逍遙！」

「大姊，妳也來喝一杯啦。」郭娜趕緊替快姊斟了一杯酒。

「我不喝這種蠱惑人心的東西。」快姊裝作一副很嫌惡的表情。

這時候海卓倒是奉上一杯茶，結果被快姊兒子一口喝掉。

「喂！媽你看！海蛇英雄替我倒茶！」

「我不是……」

「我們都知道，你是阿鰻！」眾人異口同聲地說。

語畢，哄堂大笑。

「哎，看來這一趟沒解決海卓特警的問題呀！」王道有點洩氣，他以為提出了替英雄解決難題的絕妙解方。

「沒關係啦，今天就當作來交個朋友，畢竟朋友不嫌多。」海卓雖然滴酒不沾，以茶代酒，不過今天這一趟他也算是很開心。

至少又蹭了一頓免錢的飯。

「不對……我想到我可能有朋友可以幫忙。」竭力打開手機，畫面上是火速的電話號碼。

「火速，這是誰？」海卓問。

所有人都訝異地望著他，海卓特警竟然不知道大名鼎鼎的超級英雄？他們向前特警解釋。

「電影票太貴了，我不看電影的。」海卓看沒人笑，哈哈兩聲化解尷尬。他解釋自己是開個玩笑：「我知道這個人，演英雄電影的。」

海卓想到火速，就想起前幾個禮拜保衛火速之戰，喪命的特警蘇庫……雖然特警死於崗位時有所聞，但他們大多都是英勇地死在與非法獸人的公務任務，像是這種保衛獸人的任務，而且人類打手竟也與非法獸人攜手合作，卻極度罕見。

「火速是我祖國的貴族……我說的是真實世界的演員，洛比。呃……更正確地說，他是總理的兒子。洛比他們麥埃堤家族十幾年來控管國內網路，如果真的要搞一個加密網絡，他們應該可以說是專家。」竭力解釋道。

所有人都覺得……這個援手來的正是時候。

「我替你撥電話給他，我們現在那裡應該才剛天亮。」竭力在眾人的同意下撥電話給老朋友。

火速很快接了電話，嘴巴裡似乎正在咀嚼。

「我在吃早餐呢！竭力，怎麼啦？」火速回應。

「洛比，我介紹一個朋友給你認識。」竭力打開視訊鏡頭，他讓海卓入鏡。

✦

竭力這小子怎麼這麼早打電話過來，發生什麼事情了嗎？

真糟糕，這幾天我都沒翻牆去看S國的情況。

火速只知道竭力隔天將保釋金交到法院，他以為這事就這樣完了，對於後來發生的事情，他一概不知道。

與竭力通話的視訊畫面中，竟然是前獸人特警。

「海……海卓特警？」火速看見海卓，心裡撲通地跳，他終於親眼見到這位傳說中的英雄了。

「什麼？那個饅頭斯特？他在哪裡？」火爆聽見學長名號，趕緊湊到鏡頭前，嘴巴裡還咬著火速剛準備好的異國早餐。

「饅頭學長！」火爆大喊。

「喂！是阿鰻啦！你在那裡幹什麼!?」

海卓與火速通完電話後，火速允諾會讓V國的資安組動起來，細節他會再私下跟海卓討論，兩個人也互相留下聯絡方式。

他已經去資訊管理部佈達命令，用自己的印章也下了個「國家級最速件」。麥埃提老爹見自己的兩個兒子裡，竟然有人願意積極參與國家事務，早已默許火速的權柄。老麥埃提腦筋動得很快，誰說獸人不能當我的繼承人？

火速會動用國家之力籌組獸人祕密網絡，對於眾人談到成立的獸人協會，他也表達高度興趣，說肯定得讓他加入。

「你們別擔心我會洩漏，我可是保密專家。」火速說的是實話。這件事情竟然就這麼順利地成了，或許過幾天就會有消息。

掛上電話，竭力大大地歡呼，說他總算幫上忙了，本來還想高歌一曲，不過一看見郭娜的目光，就改吹起口哨來。

「你幫的可不只這件事情，別忘了你為劉子琪的付出，我們都看在眼裡。」海卓拍了拍竭力的肩膀說：「我可是暗中注意你好幾天。」

「海卓特警暗中保護我？」竭力睜大眼睛地說：「你是怎麼猜到他們會攻擊我的？」

「或許是身為警察的直覺吧？你身懷鉅款，很難讓非法獸人不注意到你，加上獸人網絡如我預料早就被滲透了。」

就連王道也感到訝異，他分明都跟在竭力身邊，卻絲毫沒有察覺海卓的存在。

「還記得我的耳朵嗎？一只耳朵我用黏液形態留在劉子琪家，平常耳朵都跟在你附近呢！這可是很費力的。再來只要放出你把錢信託出去的消息，你應該就能夠暫時安全了。不過我還是建議你暫時搬到獸人宿舍，雖然紅瞳並不是完全可信，但有其他獸人當鄰居，大家彼此照應，還是比較妥當一點。」

叩！叩叩！

是誰呀？快姊疑惑著，她告訴所有人，她去開門。

「妳……妳是誰？」

一位美魔女走了進來。

「海卓！海卓或是阿鰻在嗎？」

海卓轉頭過去。

她怎麼會追到這裡來？

「很好，你沒騙我。喂！你們沒有要留這個中年男子在這裡過夜吧？」

「那個好像是……」快姊的兒子第一個反應。

「狼首特警長？」愛德華左思右想，每次特警長公開露面大多素顏、面容嚴肅。現在她化了淡妝，還穿上一襲輕飄飄的洋裝，整個人好像年輕了十來歲。

「是『前』特警長，我比較喜歡別人叫我褒沃。喂！你今天還是去我那過夜吧？」褒沃拍了拍海卓的背，但觸感怎麼……有點怪？

座位上的海卓突然變成一具彩色人形，不過眼睛、鼻子、耳朵……等面部器官都已經不見。

「它」聳了聳肩，示意不知道主人去哪裡。

海卓哪時候不見的!?

狼首惡狠狠地瞪了在場所有人。

竭力向門口比了比，他一向很怕母老虎。

「海卓！」褒沃往走廊奔去。

「你們的人也太不受控了……一堆人去圍剿一個小獸人，就為了搶那一丁點錢？」錢多鐸在自己的辦公室，對方竟然主動找上門，撥打電話給他。

在錢多鐸一旁的，則是他最近的夥伴溫良讓。

「非法獸人還是有家要養的……你們給那一丁點報酬去搞那些平民半獸人……現在特警都盯上他們了，他們當然會去挑好對付的下手。」對方這麼回應。

非法獸人的窗口可都是很神祕的，錢多鐸跟同行以前有些髒活需要非法獸人代勞，都得通過層層關卡。非法獸人不允許他人傳話，總得要他們這些上頭的大佬親自交易，而且先給錢才願意辦事，絲毫沒有讓步空間。

「不過，一個特警就把你們幾十個人打趴，我看你們也沒有你們說的那麼厲害嘛！」錢多鐸不屑地說。

「那些人雖然不是我的手下……不過，還是注意你的言詞，我知道你現在並沒有特警保護。」

對方這段話讓錢多鐸冒出一身冷汗。

「聽說你的人是最強的……或者你們願意撥點人手過來，錢當然少不了。」錢多鐸吞了口口水，他也會擔心受到獸人反撲，雖然諒他們沒這個種。

「我們也不喜歡被稱為怪物，你如果膽敢在他們面前叫他們怪物，我可幫不了你。」

「我們是不是該討論正事了。」溫良讓在一旁這麼說。

「你是哪位？」
「溫良讓。」
「WCH那個王八蛋。」
「正是在下。」
「我不喜歡你。」
「但我想你應該喜歡錢。」
「這就要看你想要用錢換什麼事情了。」

大伯，我知道你並不喜歡我的所作所為，不過，我早說過，你的方法不管用。現在該是讓那些怪物澈底被社會遺棄的時候了。

已經有不少廠商取消與紅瞳企業簽訂的勞工合約，回到向人類承包商委託的老路，越來越多的案場又還給了人類勞工。自己不是愛錢，不過，那些人類企業都私下「感謝」溫良讓，這算是意外的收穫。

我沒有中飽私囊，那些錢都進入協會口袋，持續壯大協會事業呢！

我可是一步一步實現諾言，讓人類勞工有飯可吃，雖然一樣被企業壓榨，但總比上街乞討還好吧？

雖然溫良讓跟錢多鐸，以及錢多鐸那些暴力朋友們的做法不盡相同，不過他們都有共同利益，也都想要警察以及怪物獸人付出代價。

我除了也要獸人付出代價以外，還要讓那些獸人體會我們曾經活在下水道的生活。
我會讓你們成為真正的怪物階級。
這是人類的時代，不是你們的時代，人類是容易操弄的生物，我深諳此道。

✦

劉子翔以為能夠安心地休息，不過現在城市四處灑滿淡墨噴霧，他根本沒法進入室內躲藏。
他只能翻著戶外餐廳的剩食勉強果腹，如果下雨，就把衣服脫光淋雨，當作沖洗身體。
幸好還有很多建地案場是在戶外，所以他還能夠摸到一些獸人藥物，以防止過度獸化。雖然現在不知道為什麼，他似乎能夠輕易控制獸化，甚至能選擇部分獸化。
以往他需要等待數秒才能獸化或變回人類，現在他幾乎片刻就能轉換形態。
劉子翔在電視上看到姊姊已經離開看守所，轉而被限制在家裡。這真的是天大的消息，或許姊姊的嫌疑被洗刷了？不過，附近的警力驚人，他也只敢遠觀。
竭力……那傢伙他也算認識，跟自己一樣都是水母人的外勞嘛！
劉子翔知道竭力一直在追求子琪，不過他以前並不關注子琪私生活，還曾暗自嘲笑竭力眼光差，竟然連姊姊那種貨色都吃得下……沒想到竭力竟然幫子琪募款交保，還成功了。
那傢伙不簡單，以前應該鼓勵子琪答應他的追求才對。
現在說這個好像太遲了。

劉子翔知道具保金額後，一度想要去搶銀行，不過想著就覺得不對，說不定其中有詐，或許警方就是希望自己幹點驚天動地的大案子，豈不正中下懷？

他以前鮮少使用獸人網絡，畢竟並不認同自己的「獸人」身分，現在劉子翔卻扼腕被排除在外，他也想知道所有人的狀況。

那天他回到山上，發現山上都是警察、警犬，還有特警……看來姊姊果然還是招出了這幾天的生活。幸好這幾個禮拜適逢雨季，傍晚到晚上都會下大雨。自己脫了衣服，讓身體溫度降低，加上水母本來就是能夠適應低溫的海洋生物，暫時躲過溫度顯像儀的法眼。

不過，他除了山上外，幾乎沒地方能躲，劉子翔曾試圖躲在都市空屋，但是大家現在都因為他將陽台或窗戶緊閉，斷了不少機會。

劉子翔也曾想過乾脆去其他偏鄉小鎮生活，但那裡資源太少，自己更難找到食物，也因為城鄉差異，使得自己難以掌握第一手資訊。

所以，他乾脆整夜都以隱形狀態在山上度過。反正警犬聞不到我，顯像儀也找不到我，你們又奈我何？

不過，今夜這場大雨持續太久，竟然直到深夜還未停歇。

他忍不住打了噴嚏。

「劉子翔？」

他分明巡過，特警們應該早就離開的。

劉子翔快速讓自己盪到另外一棵樹上，他並沒有選擇回話。

「劉子翔，你別擔心，我不會害你。」

劉子翔仍然沒選擇回話，他離對方已經十來公尺，但他也知道在樹上擺盪，搖晃的樹木早已讓他暴露行蹤，是大雨稍稍掩護了他。

「你過著逃犯的生活，很苦吧，要不要交個朋友。」

劉子翔已經遠遠地離開。

「你想不想要幫你姊平反？」

劉子翔停止移動。

✦

約翰跟弟弟在獸人宿舍中，他領著弟弟去新住處。

養父母員工旅遊，今天沒回家，弟弟先趁這個機會跟女朋友約會完才收拾行李過來。

約翰跟紅瞳沒有交情，弟弟的獸人親屬居住資格是他用特警的身分要來的，畢竟特警本來就能因為擔心家人遭到報復而替親屬申請獸人宿舍。

他那個養父母當然不接受，他們根本不承認有這個兒子過，但約翰的義弟蘇平安倒覺得無所謂。

蘇平安讀本地大學，父母親不讓他外宿，以不願意幫他負擔租屋費用為由將他綁在家裡，這正是一個千載難逢離家的好機會。

「最近狀況不太樂觀，李招財說肯定會輪到我們特警遭殃，要我最好還是替你們安排地方住。」約翰向平安解釋。

「他們要真的受到威脅，最後也會來的啦！別擔心，我也會找機會跟他們說，不過到時候你最好還是再幫我找個單人宿舍，我可以找女朋友一起來住。哇！那個不是海卓嗎？」

「噢，還真的是。」不過約翰稍微警告了弟弟，海卓若真的來到兩人面前，最好還是叫他阿鰻。

「好。對了，哥，你那個女朋友咧？不是聽你說她家人也要過來住？」

「不是女朋友啦！她還在嘗試說服她媽，你也知道她媽媽精神狀況不大好，所以還來不及遞交申請。我幫你們申請三房房型，如果爸媽還沒來，就先讓她們家也過來住，反正應該住得下。」

「這麼快就要結成親家啦。」

「你就別虧我了啦。」

海卓見到小老弟竟然在獸人宿舍，原本正在逃難的他，繞過來跟兩人攀談。

「嗨！阿鰻！」蘇平安向海卓問好。

「哇！你這小老弟見識真廣，知道我是阿鰻。」海卓握著蘇平安的手，似乎有點感動，他轉身望著約翰說：「你弟弟前途不可限量！」

「海卓！」走廊彼側傳來一名女性的叫喊聲。

「別說你們見過我。」海卓從走廊直接往一樓中庭一躍而下。

不一會兒時間，褒沃跑了過來，她穿著洋裝，實在不適合變身獸人，所以她一直沒法追上海卓。蘇平安很興奮地跟她問好：「嗨！狼首特警長！」

褒沃禮貌性地向大男孩點了個頭，轉而詢問約翰。

「約翰，剛才海卓是不是在這裡？」

「他用黏液把自己往頂樓送了。」

「你最好別騙我。」褒沃斜眼看著約翰說：「你這傢伙前科累累呢！」

「我這次沒撒謊。」約翰泰然自若地說。

褒沃走了以後，蘇平安替約翰補充：「對，你不撒謊，只是喜歡嘴砲。」

蘇平安先望著哥哥，一副搞不清楚狀況的模樣，他問：「那又是怎麼一回事？」

「大人的世界是很複雜的，所以我才說我這個年紀不適合談戀愛。快走吧，我等下還要去梅姨那邊。」

蘇平安瞇著眼望著哥哥說：「你是去保護梅姨，還是去約會？」

約翰推了推弟弟的頭說：「你這小子管太多啦。」

都有吧，約翰心想。

獸人寶典

◆Y國時間：Y國是東南方島國，過去以漁業為重，雖有紅瞳企業進駐，但規模並不大。Y國的島民大多是眼睛紅褐色的人類，所以獸人在當地生活不易被辨識，故成為特警退休後的熱門去處。雖說該國有特警制度，但因退休特警的湧入，近幾年改為賞金制，聘雇特警打擊非法獸人犯罪，該地因此犯罪率大幅降低。

Y國時間，在故事中被竭力戲稱是時間太多的意思。由於該地近幾年除了原有的礦業、漁業外，國家大力發展遊學打工、度假慢活，成為世界上知名的休閒島國。「Y國時間」，就好似地球的「美國時間」的用法。

◆海卓本回新出現的攻擊形態：除了海卓慣用的人形術外，他可以將黏液形成膜狀，作為消抵傷害的保護膜；他還可以出借自己的五官（即便出借了多少器官，本體都會自己再生），附著在黏液上，如果有線絲附著，可以做到即時通訊（但會因為距離稍有延遲）；如果未以線絲附著，則需要再用線絲連接後才可以「存取」五官儲存的記憶。

人形並非只能白色，只是為了減少耗神，所以大多刻意不用色彩，彩色的也行，甚至可以捏造五官（不同意義上的捏造）。

故事中海卓得知竭力替劉子琪募款後，開始擔心竭力的安危，暗中保護竭力，這點他跟火速都做了類似的事情。

本回提及海卓的舊情人霏霏，推測應為特警身分，疑似已經身亡。

◆褒沃（Botewolf）：狼首英雄，也是S國「前」特警長。她的獸人形態是母狼，對外的形象是專業又嚴肅，因為自身的使命感擔任特警長，甚至已達退休年限多年，仍然在崗位上監督特警的任務。她同時也是「狼群」中的領導，眾多狼形特警為了她延遲退休，持續從事警職。Botewolf 同時也有先驅狼的意思，她能夠獸化成人形狼，從手部伸出利刃（類似《X-men》金剛狼），狼群中的每一頭狼都有不同特殊能力，同樣都有高度自癒能力。她似乎極為愛慕海卓。

◆佛蓋堤（Fregatidae）與索菲（Sophia）：兩人都是機動性高的S國特警，佛蓋堤是軍艦鳥形態的特警，別名為紅喉英雄，他喉部有紅色囊腫，能透過囊腫進行特殊攻擊；索菲則為班鳩形態的特警，別名為圍巾英雄，她運用白斑圍巾進行攻擊。他們兩個人共同的偶像都是「黑羽」，黑羽就是第一部第一回〈我不是怪物〉中，拯救李杰的黑色翅膀特警，外傳他可能是接任特警長的候選人之一。

千絲萬縷（上）

「你可真是會挑時間獸化呢！」

希克老想到那句話。

「是啊，我的運氣真是好極了。」

希克（Seek）跟妻子陸西亞（Lucia）婚前認識時間並不長，他們倆很快地互相吸引，如果不是往自個兒臉上貼金的話。

那陣子希克結束一段戀情不久，他與交往多年的女朋友汪達（Wonder）分手，或許說是青梅竹馬還更貼切一些。他們從高中開始交往直到結束戀情，歷經了十多年，就因為一些現實上的考量。

沒錯，他沒錢。

不過，女方也並非市儈女子，或許只是因為希克沒自信吧？

希克老家經營成衣工廠，專司棉質產品，舉凡上衣、褲子、圍巾，你想的到幾乎都能做。

由於是大眾成衣，所以大多是看見主流品牌出了什麼款式，隨便用個套圖打板大量製作，再批發給中盤商鋪貨。

小時候他總有穿不完的新衣服，雖然不是什麼高級貨，但孩子哪懂那些，羨煞了一票同學呢！不過隨著科技日益進步，低成本與富含機能性的聚脂纖維逐漸變成主流產品，加上智慧財產權的提倡與品牌意識崛起，大眾成衣銷量大減。傳統成衣工廠要不接受品牌商的削減利潤，就是創建自有品牌，但風險太大，傳統工廠幾乎想都不敢想。

如果兩條路都不選，只剩下在爛泥巴中繼續掙扎的末路。

他們選擇了最後一條路，後來，父母經營的工廠被廠商惡性倒帳，以及上下游惡意拖欠貨款，現金周轉不靈，債台高築，最後工廠與住家都淪為法拍抵押的擔保品。

他們從此家道中落。

希克父親轉而去當貨車司機，母親則是停車場管理員。不過父母親仍然覺得成衣並非日暮西山的產業，畢竟有錢人可不穿聚脂纖維這種爛東西。工廠之所以倒閉，只是因為沒有及時轉型。

如果家裡出了個設計師，或許獨立品牌還有機會東山再起！父母親要身為長子的希克學紡織工程，以前失敗就是因為做了這種大眾商品，兒子得學高端的造衣科技，最好還能成為一流設計師，以後得靠希克扳回一城才行。

不過，父母親忘記兩件事情，一是學校哪會教學生什麼最新技術，新東西都在業界呢！再者，家裡工廠早就收了，要再創業重返榮光——首先，他們必須先有錢。

希克大學遵循父母教誨，畢業後進了傳統紡織廠工作，以為能夠靠著努力蒸蒸日上，不過，這種產業大多都是家族事業，輪不到他上位。

希克待了幾年，仍然原地踏步，只好轉職。

希克蹉跎幾年職業生涯，直到獸人廢土再度開放各國進駐，伐木業興盛，帶動木漿製成的天絲商品興起，才再兜回紡織業。這回他踏實得多，捨棄品牌設計的夢……應該說是父母親的夢，希克進入寢具工廠，專做天絲床包生產。

幾年後，希克已經攢了點錢，想要貸款開間小公司，不過家裡並無恆產，沒有擔保品，加上父母過去的信用紀錄，能夠貸款的金額不多，利息卻高得嚇人。

父母親見長子終於想要創業，在朋友鼓吹下，竟然融資買了股票，還聽信股海老師的明牌，最後不但血本無歸還被違約交割，反倒又再欠了一屁股債，連希克前幾年的積蓄也賠光。

眼看兩個妹妹沒有選擇遵循父母親建議，穩紮穩打選了自己有興趣的專業，現在成了穩定的上班族。兩姊妹雖然也幫忙償還早期的家庭債務，但畢竟父母親借錢融資是為了希克的事業。兩姊妹逃過最後一回的債務錢坑，安然下庄。反觀自己是老老實實、認份聽父母建言的乖兒子，最後竟然得背父母親砸的鍋，又得重頭開始。

汪達也跟希克走到論及婚嫁的年紀，但是汪達父母一聽見未來的女婿積蓄歸零，要女兒再深思熟慮。

汪達原本堅持要跟希克結婚，不過希克就連求婚戒指的錢都籌不出來，那陣子他意志消沉，成天愁眉苦臉，但汪達也不離不棄。或許希克自覺無能，加上家庭的貧窮原罪，竟然向汪達提了分手。

「我還是別再耽誤妳的青春吧。」

希克跟汪達已經將近三十歲，汪達幾個好友都結婚生子，事實上，汪達就是想趁年輕趕快生育，才會積極婚事。

「希克，你認真的嗎？」汪達問。

「妳值得更好的。」希克假裝灑脫地告訴汪達，而他心裡正在淌血。

兩人哭著相擁，無法別離，雖然汪達意欲挽留希克，但他似乎心意已決。

希克趁這段時間好好冷靜，獸人廢土大戰後，伐木工程停擺，希克轉進一間傳統的蠶絲製作公司。公司以老派的養蠶工法，製作純天然的蠶絲產品，在業界小有名氣。雖然是小公司，但老闆跟老闆娘沒有子嗣，正愁沒有人接班，加上老員工陸續退休，公司只剩下跟希克差不多大的年輕人。

希克幾乎是全公司最有衝勁的雇員，他產線、製程、品管甚至連業務都自己去跑，頗得老闆喜愛，雖然調薪幅度受限公司規模，但至少是能擺得上檯面的薪資了。

他想再重新將汪達追回來，不料，汪達卻告訴希克，朋友替汪達介紹了一個不錯的對象，他們才剛交往呢！

希克並沒有責怪汪達，他心裡想，我也別破壞人家。不然妳帶男朋友來給我看看，我替妳看看對方是不是個好傢伙。

隔天，汪達告訴希克，男朋友非常生氣，認為希克這個前男友不安好心，禁止汪達再跟希克聯絡。

哇！太小氣了吧！我又沒有惡意！妳男朋友心眼也太小了，妳確定能夠跟這個人共度一生？後來，希克就沒法再聯絡上汪達了。

希克輾轉聽朋友告知，他傳訊息給汪達的時候，汪達的男朋友正在旁邊，對方眼睜睜地望著希克批評他的訊息。

我沒說錯吧？這傢伙就是小心眼，我看你們的感情一定不長久，哼。

不過，做人還是別鐵齒，尤其是這種咒人的話。

幾個月後，對方就向汪達求婚了，聽說男方人高馬大，家世也不錯。曾經批評希克的「前」準岳父母越看越喜歡，力勸女兒快點答應。

汪達猶豫不決，曾經私下找過希克，她瞞著男朋友跟希克碰面，但希克不想破壞別人好事，加上汪達也有些欲言又止，希克決定不深入探問，再度瀟灑地說：「我尊重妳的決定，如果他真的比較好……妳就選他沒關係。」

「希克，你知道你的問題出在哪裡嗎？」

希克對於汪達突如其來的質問不知所措。

「你知道我對你有多失望嗎？我根本不在乎你有沒有錢！我喜歡你，就是因為你是希克！但是，你一直沒表現出非我不可的態度……我甚至連你愛不愛我都不確定……我真的對你很失望。」

汪達甩頭就走，一時間希克還不知道要不要追上去，不過，自己真的值得擁有眼前這麼棒的女孩嗎？

汪達從高中就跟希克在一塊，就連填志願的時候，汪達也聽了希克父母親的建議，說有紡織同行轉投資跨足到水產養殖，累積足夠業外收入，才得以撐過那陣子成衣工廠的倒閉潮。這種傳統產業永遠不會被消滅，人類還是很愛海產的，加上科系競爭對手少，也幾乎是就業的保障呢！放榜時，汪達還被自己父母親罵了一頓，說得轉系否則沒前途，但汪達越讀越喜歡，加上漁民都是辛苦人家，他們不會行銷，只懂養殖與捕魚，常常被中間商或農漁會削減利潤，若有天災寒害還得自行吸收損失。

汪達寧願貸款也要將學業讀完，她真心想要幫助那些漁民。

這對情侶十幾年來不常爭執，兩人個性互補：希克較為內斂含蓄，凡事往心裡吞，他明白什麼是身為大哥的責任；汪達則是笑口常開，心直口快，總是貼心地替希克分擔解憂。

希克父母親眼中，早就把汪達這個小女孩當成自家媳婦了。

但偏偏也是父母親的投資失利，使得自己忍不住退卻。

汪達走了幾步，轉頭過來看了希克，她見希克竟然還留在原地駐足。她多希望希克更積極主動，將她追回來。

她嘆了口氣，招了一台計程車，走了。

「我們這輩子別聯絡了，謝謝你愛過我。」汪達上車後，傳來最後的訊息。

後來，希克聽說汪達答應求婚，也透過朋友邀請希克參加她的婚禮，不過，希克並沒有答應。

他將朋友轉交的喜帖退了回去，還請朋友轉交紅包：「我禮到就好，幫我送上祝福，我希克真心希望她幸福！」

朋友下次跟他碰面，卻將紅包退回給希克。

「汪達堅持不收，她只是希望你能夠見證她的幸福。」

我……我是不敢去呀，希克並沒有說出口。

那陣子汪達不時打電話給希克，不過，他都選擇無視。

聽說汪達婚後很快懷了孩子，也總算完成人生心願。

希克有時候會想，當時是不是應該要去將汪達拉住呢？或許自己就變成摯愛孩子的爸了。不過，或許別礙著汪達的幸福，這才是對她最好的。

希克用工作麻痺自己，他幾乎是以一人之力將父母親最後的債務還清，甚至贊助兩個妹妹結婚跟房子的頭期款。一切漸漸步上軌道，春天也來了。

幾個老朋友見希克這一年形單影隻，早就想替他作媒了。不過大家都已經三十多歲，身旁的好女孩早就結婚或不乏追求者，剩下的不是眼光太高就是單身主義者，苦無對象能夠介紹給希克。

其中一個朋友提到前陣子參加大學同學會，大學時代的班對卻在同學會向大家宣布分手消息。女同學陸西亞人還算不錯，出身於單親家庭，不但刻苦耐勞還溫柔婉約，只是比較黏人。

陸西亞前男友出社會後誤入歧途，據說除了販毒外還是個毒蟲，但陸西亞也不棄不離，至少不像是愛慕虛榮的拜金女。

希克以為朋友意有所指，急著替汪達澄清道：「汪達也不完全是為了錢跟我分手啦……不過你介紹老同學給我好嗎？人家前男友知道後會不會不高興？」

朋友解釋，就是毒蟲男朋友提到陸西亞忘懷不了多年情誼，藕斷絲連，他也認為自己配不上女方，才希望同學們快點替前女友介紹新對象。

噢！這男的真有大量，我應該學學。

不過，前男友染毒，陸西亞會不會也有毒癮呀？希克本來有點擔心，不過朋友打包票只有前男友用毒而已，男方之前被叫去勒戒時，警方也懷疑她們是毒鴛鴦，驗毒後才確認陸西亞沒份，絕對乾淨。

希克的這群朋友都是幾年職場累積下來的老友，以前同在職場時，大家共患難，離開職場後也都保持聯絡。雖然幾個朋友陸續因為結婚生子，忙於家庭，逐漸淡出聚會，但多數都維繫不錯的關係。

希克便同意，試看看吧。

希克在朋友的牽線下，一同去爬了山。老同學都覺得奇怪，怎麼大夥久久不見，同學會後怎麼就約了爬山呢？

同學會將近二十個人參與，赴約不過就六、七個同學，結婚的大多不克參加，剩下來的都帶男朋友或女朋友同行。

當然，陸西亞也有答應，但那是在毒蟲的鼓吹下。當時毒蟲告訴陸西亞他有意赴約，當天卻臨時放陸西亞鴿子。朋友確實暗中出了不少力，據說朋友還允諾事成之後要請毒蟲一頓大餐。

毒蟲坦誠地告訴陸西亞，會這麼安排，是因為想要介紹希克這個好男人給她認識。

雖然希克出席讓朋友的同學們感到訝異，但朋友當天透過各種私下講話的機會，告訴大夥要替希克做球。

希克那天的表現不錯，家裡的狀況讓希克成熟內斂、談吐得宜，加上或許陸西亞也想觀察希克，似乎特別注意希克。

所有人都刻意讓希克與陸西亞站在一塊，倆人有說有笑，算是很聊得來。希克雖然沒有運動習慣，登山過程有點吃力，但還是好過陸西亞。很多時候倆人落隊，希克會陪著乏力的陸西亞，甚至在抵達山頂前的一小段路，陸西亞氣力放盡，希克還揹了陸西亞登頂。

一大夥人見兩個初識的男女一塊抵達，還熱情歡呼猛敲邊鼓呢！

爬山行程結束，希克一改過去較為被動的習慣，他主動要了陸西亞的聯絡方式。兩人都是跟交往多年的另外一半分手，希克坦承因為家裡的債務，擔心耽擱對方青春才會忍痛與汪達分手；陸西亞也誠實以告，對於毒蟲前男友難以忘懷，她也曉得前男友是為了不想拖累她才會選擇分手。

兩個傷痕累累的人，如同乾柴烈火，約會幾次後就決定交往。

人們總在失去愛情之後才學會珍惜，這點，兩個人都記取了教訓。

希克繼續在養蠶公司工作，公司專門提供給品牌商高水準的絲綢原料，公司在他的努力下，業績蒸蒸日上，營業額屢創新高，就連老闆也嚷著退休後要將公司轉交希克經營；陸西亞則在一間小型國貿公司擔任行政工作。希克跟她前男友毒蟲不同，毒蟲賺的是不法所得，雖然有時候收入不錯，但更多時候則是要提心吊膽上門拜訪的到底是朋友還是警察，不時被法院傳喚，還得定期找觀護人報到。加上後期毒蟲轉為汙點證人以獲准緩刑，所以他有時候老會被同行騷擾，說他窩裡反，或許就是因為這個因素，才會選擇與陸西亞分手。

起初陸西亞擔心希克是否私下跟汪達往來，但希克是個老實人，他知道不能干擾汪達的幸福生活，加上汪達已經嫁為人婦，更斷絕了一切聯繫。希克對於陸西亞與毒蟲前男友的種種，則是一概不過問。

陸西亞還有點疑惑，你不追問嗎？是不關心我？還是真以為我不會跑？

希克告訴陸西亞，他並非是不在乎才不過問，而是他認為每一個人都有追求幸福的權利，他只能扮演好自己男朋友的角色，盡力做到做好。即使如此，陸西亞若選擇重新回到毒蟲前男友的懷抱，雖然扼腕，但也會欣然接受。

話雖如此，那天陸西亞私下約前男友吃飯卻不小心露餡，希克將她擋在門前，說知道陸西亞這一回出去是要跟前男友相聚，他不會攔阻，但希望陸西亞跟對方只是單純吃頓飯。

或許因為希克的穩定生活型態也給陸西亞很大的安全感，當天陸西亞返家後，給了希克一個大大的擁抱。她說出門後越想越不對，便臨時約了幾個老同學一塊赴約，前男友還驚訝著，怎麼變成小型同學會了？

希克聽完以後很感動，加上他對於這段感情本來就是格外付出，雖然有些不健康，但每當他對陸西亞越好，就越感覺彌補了對汪達的虧欠。

半年後，他向陸西亞求婚，陸西亞答應了。

陸西亞的父親過世多年，只剩下母親還在世，這麼唯一的女兒，丈母娘對婚禮的要求可是很多的呢！

籌備婚禮的過程中，希克幾乎有求必應，雖然婚禮再度花光積蓄，不過他也覺得無所謂，反正錢再賺就有，妻子跟丈母娘開心就好。

上回汪達結婚，她雖然委請朋友邀請希克，但卻遭到希克刻意無視。這回她鐵了心，從朋友口中知道希克結婚的消息，連忙吩咐朋友轉達婚禮時間地點。

「你以為這次你能躲掉嗎？我知道你顧忌我的丈夫，怕給我找麻煩，但這次我才不管他！你的婚禮我一定到！」朋友轉述汪達的話。

希克徵求妻子的意見，她沒有同意，但也沒有拒絕。

陸西亞說腳長在汪達身上，她又攔不了，不過，畢竟是我們婚禮，汪達又能怎樣？希克見妻子至少沒強烈反彈，便請朋友傳話，請汪達把自己兩歲大的女兒也一塊帶來好了。

「孩子這麼小，這可是大工程，沒辦法啦。」朋友是這麼轉述給希克的，他知道時還有點失望呢！

他真想看看汪達的女兒，一定跟媽媽一樣是個濃眉大眼的小美女！

婚宴尾聲，希克在與陸西亞逐桌敬酒時才終於看見汪達。汪達一席洋裝，泰然自若地向新人問好，她那一句「我祝你們永遠幸福！你們一定要幸福！」讓希克感動地眼眶泛淚。

希克在不少婚禮上見過賓客彷彿機器人般的祝福，但他知道，汪達是真心的。

幾個禮拜後陸西亞也懷孕了，她告訴希克這個大好消息，希克第一時間竟然是想向汪達分享。

產檢完後，希克跟陸西亞一起約了汪達聚聚，汪達也大方給了自己生育初期淘汰下來的寶寶衣、嬰兒床、尿布、奶瓶等，說未來孩子出生後，能替希克省錢。

或許因為汪達無私分享，陸西亞在那次的聚會也願意與汪達侃侃而談，兩人竟然像朋友有說有笑。

不過說也奇怪，一陣子後，希克竟然聯絡不上汪達，透過其他朋友輾轉得知，汪達丈夫知道她現在跟多年男友搭上線，竟然出手打了汪達。

希克氣不過，得知消息時還想出頭理論，不過朋友勸他，這種夫妻之間的事情他最好別介入，一夥人都沒法跟汪達取得聯絡，加上也不好意思開口多問。至於希克，妻子陸西亞還懷孕著呢，先把妻子的胎安好，過陣子再說。

不過，希克沒有放棄。

希克想盡辦法打聽到汪達現在任職的公司，得知她竟然離開了喜歡的水產工作，現在從事法務助理，也算是擺脫了希克父母給無緣媳婦的建議。

希克中午在樓下守候，希望能夠等到放風出來用餐的汪達，沒想到守候足足一個月都不見汪達人影。

他還以為是朋友給錯資訊，事後希克才知道原來汪達都自個兒準備便當，只好改成去等候下班。

希克好不容易見到汪達，沒有近視的汪達，現在竟然戴上偏光眼鏡。她見到希克轉頭就走，希克將她拉住。

希克瞥見眼鏡未能覆蓋住的瘀青，問她丈夫是不是又對她動手了。希克一開口，汪達就哭了出來。

原來汪達不只這次受暴，早在汪達跟丈夫交往前，丈夫就會因為一點細故辱罵汪達，甚至偶會推擠汪達。一直到婚後，這種情況漸漸轉變成一發不可收拾。

最近這幾次汪達受暴，丈夫都會罵她，寧可娶婊為妻，不願娶妻為婊，沒想到自己妻子竟然是個婊子，早知道去找常光顧的酒店妹當老婆就好。

「妳離婚吧。」希克嘆了口氣道：「我不知道你爸媽會不會支持你，但我會一直支持妳。」

當然，起心動念離婚，甚至走到離婚那一步，那段時間是非常艱辛的。過程中希克跟陸西亞都陪在一旁，雖然舉步維艱，但汪達還是選擇了正確的決定。只是，她的收入遠遠不及丈夫，所以律師也預告女兒監護權勢必會判給前夫，這也是汪達從婚後在第一次受暴時猶豫了好幾年的原因。

汪達這段日子跟希克倆夫妻保持良好的關係，汪達仍然避免跟希克獨處，不過陸西亞生產時，汪達第一時間就趕去婦產科探望兩人的兒子麥克斯（Max）。

她離婚這一段路走了將近兩年，直到希克與陸西亞的孩子出生一年後，汪達才總算成功離婚。據說她父母親還因為女兒離婚，自覺對不起曾收過婚宴紅包的親友鄰居，要汪達暫時在外租房子，先別回娘家住。

「這是什麼荒謬的想法啊！」希克聽見後快氣壞了。

幸好汪達還有些積蓄，生活不至於有困難。

不過，希克也自身難保，倆夫妻在麥克斯出生後的開銷大增。陸西亞也想多陪伴孩子成長，便辭工作專心照顧小孩，光靠希克一個人的工資，小家庭縮衣節食才得以勉強度日子。

幾年後，汪達的前夫竟然打算再婚，新婚妻子壓根不想要前妻的小孩留在身邊，前夫便將與汪達生的女兒芙蘿（Flora）扔回給了汪達。

這時候汪達的經濟吃緊，雖然她不曾開口過，但每次希克帶著陸西亞和孩子去探望汪達與芙蘿時，希克都會偷偷塞錢在汪達租屋處的鞋櫃中。

一開始，汪達還以為是希克糊塗，但希克總是說：「下次去找妳再拿回來，別讓陸西亞知道，否則我肯定挨一頓罵。」

日子一久，汪達也曉得這是希克故意留下，便拒絕倆夫妻再帶孩子探望，說換她過去探訪。結果汪達竟然如法炮製，將錢留在希克家的鞋櫃中。

這回讓陸西亞先發現，但希克卻見到妻子將錢塞進口袋，假裝沒這回事。

過了幾天，希克見陸西亞都沒開口，遂主動問了妻子。

「汪達今天打電話過來，她好像有錢忘在我們家裡。」

「記錯了吧？我沒看見呢。」陸西亞正在煮飯，希克見她無意繼續這個話題，便沒再開口，直到哄了孩子入睡。

「我好像有看見妳從鞋櫃將錢塞進口袋裡，我以為那是妳的錢。」

「你在懷疑我什麼嗎？怎麼不說你今天私下跟汪達聯絡？你們偷偷趁我不注意聯絡多久了？」

兩個人大吵一架，希克真的很不喜歡妻子這種一有爭執，就將焦點轉移他處的作風。

日子一久，希克知道汪達日子越來越難過，畢竟她一個女人家帶著孩子生活，雖然汪達父母親這時顧及小孫女總算伸出援手，不過汪達父母親已經退休，幫助不大。

希克看在眼裡，恨不得能多出點力，對他而言，汪達的女兒就像是自己的女兒。但是希克自己也自身難保，更別說還有個剛滿三歲的兒子，正當他打算向老闆開口希望能夠加薪時，老闆卻先告訴他，有事情要向公司同仁宣布。

「我要興奮的跟大家說一個好消息……我決定要退休了……公司我要交給……」蠶業公司是一間百來人的中型企業，老闆突如其來的消息讓大夥都嚇了一跳，畢竟上個禮拜老闆才說想籌畫員工旅遊，讓員工們聯絡聯絡感情。

希克站在老闆身旁，心頭一喜，難道真的要心想事成了嗎？自己真有機會要變成合夥人了，我一定要趕快跟汪達說這個好消息！

「公司我要交給紅瞳公司！紅瞳想要收購我們公司，下週他們會過來進行獸人轉化的招生……不願意的同仁，我會支付資遣費，別擔心。我坦承跟各位說，他給我收購的價格很好，所以我絕對不會虧待大家！」老闆笑盈盈地說：「願意獸化的同仁，我也要跟你們說，我幫你們談了個好價格，薪水是現在的三倍！當然，我也會付給你們餞別金，以聊表我的心意。」

希克所有同事瞠目結舌，他們所在的Z國，正是數十年前獸人戰爭發源地的A、B國，兩大國遷徙到南面併吞孱弱小國所組成的聯邦共和國，反獸人氛圍一直都是處在沸騰臨界點。

鄰國S國雖然反獸人的氛圍不那麼高漲，但畢竟是WCH的發源地，前幾年WCH——也就是We Care Human組織崛起後，S國才讓反獸人聲浪逐漸激化。

兩國相比，紅瞳公司在Z國無法像在S國能隻手遮天，只能勉強跟「銅眼企業」抗衡。

S國紅瞳發跡後，Z國政府高層擔心獸人再度宰制大陸，便傾注國家之力培植銅眼發展機器人產業，想據此與獸人企業互相制衡。

說來也巧合，紅瞳企業的前身是紅點生技公司，紅點（Red point）是攀登術語，而銅眼

（Eyelet）原意則是露營營帳的扣合鎖。兩者的前身都與野外活動脫不了關係。

二十多年來，銅眼企業長期領取政府大筆補助，雖然銅眼口口聲聲說要研發機器人產業，但卻不像紅瞳企業取得爆炸性突破，只研發出無人機這種聊勝於無的防衛性產物。或許有機器人的概念雛形，卻似乎無法量產，不過高智慧的機械組件，好比機器人手臂，或者移植在警察身上的鋼鐵上肢義體，還是在Z國隨處可見。

人民對於政府砸錢保護單一企業也敢怒不敢言，Z國政府本來就是A、B兩國前朝元老以及幾個小型國家組成的。他們是議員制，國家由三十名議員組成領導階級，並從中選任一位議長擇定國家方向。

Z國議員雖然是透過人民投票選出，不過卻鮮少被選票制裁下台。好幾席議員都是A、B兩國的遺族保障名額，幾個大家族輪番上陣，國家整體提防獸人的意味還是很濃厚的。

兩個大企業的發展上，紅瞳搶得先機將觸手伸到各國，銅眼則是僅在Z國紮根，頂多外銷少量智能武器製品，不過銷量平平，畢竟Z國可是要靠銅眼回收投資的，維修保養費都十分驚人。

Z國同樣也有獸人特警制度，但與S國相比，特警的權力、威嚴卻遠遠不及。他們獸人特警的制度不夠完善，也沒有人類搭檔制度，雖然給了足夠長的訓練期，但特警下部隊後旋即開始執勤，服務年限則是無上限，得直到特警老死或在戰鬥中暴斃為止。這也造成特警往往在十多年後（恰巧如S國的法定服務年限13年左右），就會失蹤或失去掌握。Z國高層眼中，這些失蹤特警都是叛徒，使他們越來越不重視特警福祉。

Z國獸人特警傷亡率高，非法獸人也更加猖狂，所以民眾反獸人的失控局面時有所聞，政府與人民都將希望放在銅眼的機械事業，但目前似乎還沒一撇。

雖然近幾年在獸人超級英雄電影的廣為宣傳下，獸人歧視事件似乎稍稍改善，銅眼也如法炮製搞了自己的「鋼鐵戰警」系列電影，有股暗自較勁的意味。不過票房卻遠比不上獸人超級英雄。

Z國整體獸人勞工比例相當低，希克很難想像自己若成為獸人，生活是否能受到保障。果不其然，百來名員工裡面，只有不到十名員工願意允諾「考慮」成為獸人，其餘雇員都選擇要領取高額資遣費。

希克回到家裡與陸西亞討論，妻子直說當然得拿資遣費才行，眼前有一大筆財富，先放進口袋比較實在吧！

不過……家裡也沒有什麼大筆支出，拿到這一筆錢要做什麼？

妻子提議道：「買房子吧，我已經受夠租房子了，順便把我媽媽接過來一塊兒住。」

希克覺得妻子說的話也有道理，可是……如果這次離職，這已經是自己第三次離開紡織業……自己三十多歲了，難道還要重新開始嗎？

這次希克沒選擇跟父母親討論，老人家對希克懷有太多為人父母的悔恨與願望，希冀透過孩子實現，這點希克清楚得很。

希克私下與汪達聯繫，那個週六，他假意回到公司處理公事，事實上卻是去汪達家登門拜訪。

汪達詫異道：「你怎麼跑到我這來了，陸西亞知道嗎？」

「我沒告訴她，否則鐵定沒完沒了。」

汪達急忙要希克快點離開，說如果陸西亞跟希克一塊兒到訪，她很歡迎，不過她不想要陸西亞誤會什麼，希克只好趕緊說明來意。

汪達想了一想。

「你還記得嗎？你曾經問過我，怎麼不回去水產業？我明明就很喜歡水產。」

希克當然記得，得知汪達轉行去法律事務所工作後，他十分意外。

結果是汪達前夫逼著汪達轉職，他說水產養殖是不合時宜也不入流的工作——那是老人做的傳統產業，我總不能告訴別人我老婆是養魚的吧？多難聽！

「我想回去水產業……因為我喜歡，不過我想等女兒再大一點，至少能親眼見到她一點一滴長大。再過幾年我想去現場工作，薪水也比較高。」汪達這麼說。

水產養殖學系的課程內容並非只有養殖，可以說只要是漁業經濟相關的，都是其學科內涵。汪達以前在漁會位於都市的經銷據點工作，她儘可能地讓漁民的海上漁撈或養殖漁獲能夠高價售出，公司專司行銷、包裝，汪達算是做得有聲有色。她很偶爾才會到水產現場探望漁民，但漁民們都很喜歡聰明能幹的汪達呢！

希克很替汪達高興，她在水產養殖系上讀書時，汪達曾經跟希克分享過實習歲月，當時她選擇在內陸的養殖業實習，汪達常會望著魚塭，不知為何，看見增氧機在水面濺起的水花，自己總會莫名安心。

自己彷彿跟池中生物一樣，又大口吸了好多氧氣。

希克雖然不能理解，但他知道那是汪達喜歡的工作，雖然辛苦，半年實習讓汪達整個人黑了一圈，但見她眉飛色舞地分享實習點滴，就知道這一切都值得。不過，希克不明白這些跟自己所說的有何干係。

「你總是說，你是因為你爸媽的建議……或者要求才會做紡織，但我看你做得很開心呀！」這時候汪達的女兒撞到桌角，倒在地上哇哇大哭，她趕緊過去抱了抱自己女兒。

「芙蘿，不哭哦，來，媽媽看看。」汪達接著說：「你不是抗拒改變的人，所以我不會覺得你是害怕改變、害怕轉職，我相信你真心喜歡紡織，即便一開始確實是因為你爸媽的期待……但我相信你對紡織的心情，就跟我喜歡水產一樣，否則你也不會做這麼久……二進二出，最後你還是又回到紡織了，說你不喜歡……我可不信。」

小芙蘿在母親的安撫下終止哭聲，汪達溫柔地抱著女兒，接著以一樣的神情，望著「前男友」。

「就像你當時支持我一樣，我也會支持你，加上……我們認識已經……快要二十年了吧？我……我可能比你父母親還要更了解你呢！」

「即便我變成獸人……妳也還是會支持我嗎？」希克問著汪達。

「你非得要問這種蠢問題嗎？」汪達告訴女兒：「這個叔叔很笨，叫他笨叔叔。」

「笨……笨叔叔……？叔叔你很笨嗎？」

「妳媽媽說了算。」希克露出尷尬的笑容。

「媽媽，把拔呢？」希克臨走前，芙蘿突然問了汪達這個問題。

或許是見到叔叔一個人來訪，小女孩將希克與父親的形象連在一起。

「媽媽跟妳都不需要把拔，有笨叔叔就夠了。」希克想也沒想，輕輕撫摸了芙蘿的頭髮，他這麼回覆小女孩。

汪達詫異地望著希克，她頓時啞口無言。

希克笑著向她們道別。

我得變成獸人，除了陸西亞以外……我還得支撐另外一個家。

✦

希克向妻子宣布同意接受獸化實驗時，陸西亞立刻惱火道：「這樣孩子怎麼辦？我怎麼辦？你這麼做豈不是要讓我們都變成怪物的家人嗎？」

妻子果然對獸人有偏見，這也不能怪她，畢竟就連媒體，甚至政府都這麼稱呼獸人為怪物。

Z國政府公然稱獸人為怪物，絲毫不遮掩。

這還只是前奏曲，陸西亞當天晚上一個人去了婆家一趟，她質問希克爸媽。

希克父母對盛氣凌人的媳婦，連忙說老人家絕對沒亂出意見。他們都快嚇到進棺材了。

「希克・卡騰，這種大事，你竟然一個人做主，兩個緬懷過去的老人家都說你沒找他們談過，我在你心中還是老婆嗎？」陸西亞氣到要拎兒子小麥搬回老家。希克當然急著勸阻，不過他想到紅瞳公司曾交代下週就得進實驗室進行轉化工程，期間至少還得訓練幾個月，覺得妻子搬回娘家倒也不壞。

希克便裝模作樣演了一齣戲，看似要挽留，但實際上卻點到為止，妻子見狀，更加生氣。當天晚上，陸西亞真的拖行李帶孩子回娘家了。

希克將「前」老闆給的錢別金分成三等份，其實也是與資遣費相去不遠的數字，足足是希克一整年的薪水。

他將這筆錢分別匯給父母親、妻子以及汪達。前兩者欣然接受，妻子傳了訊息給他，告訴希克別以為這樣她就會消氣。不過，汪達卻想要歸還。

「這些錢太多了，我不能收。」汪達在電話中說道。

「有這些錢，妳就能早點回到水產養殖工作，夠妳在現場找不錯的保母照顧小孩。就當作我投資妳，妳賺錢再分紅給我。」

「喂！我如果去水產養殖工作……可是要離鄉背井，會搬離這裡的呢。」

「再遠，也不影響我們的關係，對吧？」

「對啦，笨叔叔。」

不過，汪達依然沒有收下。

✦

同一批轉化獸人的人類中，希克的轉化過程最不順利。他的身體似乎與獸人形態互斥，獸化非但沒有變異成預設的獸形，還渾身充滿肉瘤與尖刺，身體也不斷扭曲、時而膨脹，又會驟然地變得乾扁。獸化的希克無法言語，即便開口也像野獸吼叫，就算施以高劑量的抗衝突藥物依然無效，只好送往醫院救治。

紅瞳企業通知家屬，告知這就是獸化失敗的特徵——「異形化」。他們詢問家屬是否施以安樂死，妻子不知所措，但也不敢貿然決定，便將決定權交給希克父母。

兩個老人家只問，難道只有安樂死一途嗎？

紅瞳回答，還有機會救治，也會先依照獸化同意書進行保險理賠，但未來的醫療費用則要家屬繼續支付。

陸西亞是保險的受益人，她聽聞後，考量到與孩子的未來都得仰賴撫恤金，傾向不救治。她哭著向公婆說也很想救治丈夫，但是，查過相關資料，能夠救回來的獸人勞工少之又少。希克父母對媳婦這番言論也能夠理解，畢竟希克的孩子還小，老人家沒辦法幫忙，只能仰賴撫恤金了。

兩老只好將當時希克給的餞別金拿了出來，再向希克的兩個妹妹籌了些錢交給紅瞳公司。身為父母，他們當然不願意放棄最後的希望。

紅瞳企業總部在S國，希克被轉送到S國，陸續治療好幾個月，錢也老早燒光了，希克稍有起色，但還是偶爾會有突然失控地異形化。

經過幾週治療，希克才終於甦醒，他成為極少數獸化失敗，靠著積極救治轉化成功的半獸人。希克一家所支付的醫療費用，早已超過紅瞳公司的保險理賠金。換言之，希克幾乎是貼錢獸化，還白白活受罪半年以上。

這段期間希克在醫院隨時都有異形化可能，禁止家人探訪、照顧，等到他醒來時，全身插滿管線，四肢以手銬與腳鐐束縛，頸部也被人用項圈拴住。

他還以為自己被人綁票，是駐守在門外的特警告知，希克才想起自己參加了獸化實驗。

幾天以後，希克康復出院，紅瞳讓他自由活動，不過不得離開特警密度較高的指定區域。全家獲准能來S國見希克，陸西亞似乎已經消氣，她哭紅雙眼，說幸好希克最後活了下來。希克望了一家老小，覺得真對不起大家。

沒人跟他提錢的事情，所以這一趟獸人之旅虧空希克家所有積蓄，他一概不曉得。

希克見汪達沒來探望，隱約感到失望，不過，或許她孩子沒人能夠請託，等到回國後，再跟汪達聯絡也不遲。

希克雖然救回一命，但還是得進行獸人訓練，公司給了他兩個選項，一是留在S國，住在公司宿舍，能有一半薪餉，也能夠隨時提防希克再度異形化；二則是返回Z國，其餘條件照舊，不過Z國的獸人醫療條件較差，訓練也沒有紅瞳S國總部那麼完整、全面。

權衡之下，希克認為這段期間還是先自我隔離，避免給家人帶來危險，加上他見到幾位返回紅瞳進行職業輔導或內部表揚的半獸人勞工，各個看起來專業益加，自己除了佩服，更想跟前輩討教討教。

希克只簡單向家人交代自己留在S國訓練，另外也是難得出國工作的機會，他甚至從來沒有離開過Z國呢。

希克在S國生活的半年多來，結交不少異國好友，其中有些也是跟他一樣來自國外的勞工。希克這時候才曉得，原來獸人科技在S國行之有年，路上隨處可見紅眼球的勞工半獸人，與Z國小貓兩三隻大有不同。

Z國的教育富含A、B兩個前歷史古國的人文素養，近幾年在政府與銅眼企業的密集交流下，儼然成為新興科技及復刻文化古都。S國歡迎紅瞳獸人科技的社會氛圍則更為開放，加上獸人勞工的挹注，各地欣欣向榮。

希克認為在S國，他們家族受到民眾的排擠應該會較為降低。不過，S國的物價水平高，加上他在Z國還有老小，否則，希克認為將來執業，應該要移民到S國生活才是。

希克也是第一次親眼見到名聞遐邇的WCH，Z國的WCH與銅眼企業一搭一唱，更多人把WCH視為銅眼企業的附庸組織。但S國的WCH則是一批講話有聲量的媒體組織，創辦人溫尚仁柔情的演講讓希克印象深刻，但是溫良讓……太過矯揉造作，不過，那些反獸人的暴民倒是很吃這一套。

或許因為在S國，WCH一直被紅瞳壓著打，所以他們的作為更加激烈，也更極端化。雖然獸人英雄電影受到年輕族群的認同，但生計受到獸人企業的中老年人對獸人十分鄙夷，不時傳來人類仗著人多，吐口水、推擠，甚至是圍毆半獸人勞工的事件。

希克在網路上看過WCH欺凌獸人的各種畫面，包含知名女校的清潔獸人遭人設局、工程獸人被因故資遣的人類勞工偷襲，還有各行各業的獸人被人類汙辱、謾罵，甚至是獸人子女在校被欺凌等事件。除此之外，非法獸人在Z國與S國同樣猖狂，路上不時可以看見特警跟非法獸人大打出手。

不過，S國的特警卻被當成英雄看待，這跟家鄉的人都稱呼他們是怪物特警有極大不同。

希克告訴自己，他是為了家人才會選擇獸化，也很幸運地在家人支持下，安然走到現在，無論未來自己遭受外人如何對待，都得堅持下去。

幾個月後，希克訓練期滿，終於返回Z國。這段時間他偶爾會與汪達通電話，不過話題總搔不到癢處，或許想給汪達驚喜，他回國後先到了汪達住處，不過應門者卻是別人。

他打電話問了汪達，汪達才坦承已經搬走。

汪達將女兒芙蘿託付給父母照料，她已經到了臨海的漁會，還兼了水產養殖場的顧問。

汪達距離希克的生活圈，好幾百公里遠。

「怎麼這麼突然？不是說想等孩子大一點後才要去嗎？」希克問了汪達。

「沒辦法……需要錢嘛……我……我也想要給孩子更好的未來。」

「我以為妳更想陪在芙蘿身邊，看她長大。」

汪達支支吾吾，言不及義的講了一大堆。希克聽出汪達似乎有什麼事情不願意坦白，就沒再追問，不過他還是繞到汪達父母家去見了芙蘿一面。

汪達父母親還有點吃驚，他們搞不清楚狀況，還以為希克跟汪達已經復合了呢！他們很替汪達高興……直到看清楚希克眼裡的紅眼球，態度立刻一百八十度轉變，轉而問希克有什麼事情……他變成獸人……這樣好嗎？

「你來我們家……沒讓其他鄰居看見吧？」

希克也不是傻子，見兩人態度不變，與芙蘿打過招呼後就草草離開。或許因為將近一年沒有見面，芙蘿似乎忘了他，希克還有點難過。

希克以為搬回Z國後，陸西亞會搬來跟自己住，他還特地找了新的租屋處，不過陸西亞卻說已經習慣在娘家生活，加上母親最近身體狀況不好，想多留在娘家照顧長輩。

他沒多說什麼，自己缺席了將近一年……不能怪陸西亞。

很快的，希克回到職場，他發現進度已經落後同事一大截，只剩下六位老同事還在，其餘四十多位同事都是沒見過的半獸人。

所有人都向希克恭賀，畢竟一大夥曾經從事紡織業的「前」人類，都有一定比例的同事因為獸人化失敗被迫安樂死。

「像你這樣能夠捱過『異形化』的人實在很少……我們這種願意變成獸人怪物的，大部分都是經濟狀況不理想的，根本沒那個錢付後續治療費……都足夠買台豪華車啦！」一個新同事這麼告訴希克。

怎麼回事？這些事情怎麼沒人告訴我？

希克這才曉得，家裡為了治療他，把所有錢都再吐了出來，唯獨只有陸西亞顧及孩子沒法援助。

「你們該不會為了我，再去融資或者搞什麼奇怪的債務吧？」希克焦急地問著父母，他多怕爸媽再闖禍。

「我們早就沒錢了……你的治療費太高了……是汪達……她幫了不少忙。不夠的部分，她還為了你去貸款。」父親先開口。

「在我們心裡……她比陸西亞還更像……我們家的媳婦。」母親流著淚，這麼告訴希克。

希克走出家門，立刻撥了通電話給汪達。汪達還問他怎麼了，怎麼這麼晚還打電話過來？

「我知道了，我都知道了……我爸媽說，妳為了我的醫藥費……貸款……難道妳去養殖現場工作，還有兼這麼多差……就是為了還貸款嗎？」希克開了視訊，他想親眼見到汪達，這樣她就不能再撒謊了。

不過，汪達拒絕。

「現場的薪水比較高嘛……兼差……唉，也還好啦！不會累啦！我簽了合約，至少要在現場工作一年，不過薪水不錯……快滿一年了。信用貸款的利率比較高，我原本的工作沒辦法負擔……我快回去了，回去我們再說好嗎？」

掛上電話後，希克痛哭失聲。

希克更賣命工作，還主動爭取加班，沒幾個禮拜就趕上了同事進度。他製造的蠶絲品質極高，紅瞳企業主管公開讚美他。再沒幾個月，說不定能夠提報希克成為模範獸人呢！

獸人勞工之所以薪資是人類的兩到三倍，就是因為產能較高，但是希克的產能又是同事的兩三倍高！幾個同事勸阻希克，獸人能力的輸出直接影響到未來的壽命，他這樣超時且高負荷的工作，難道不想再活五十年嗎？

但希克管不了這麼多，他已經落後太多，家裡……還有汪達為他付出的醫療費，他要在最短時間內賺回來。

汪達為了我犧牲了跟孩子相處的時間，一個人離鄉背井工作，還兼了好幾份工，我不能不努力。

很快的，希克的薪水又再往上調升，現在他一個月的薪水是以前人類時代的四倍之多。不過他也很快嚐到了身為獸人的痛處。他下班時間比同事都還要晚，更常遇到危險情境，雖然希克刻意將帽沿壓低，不過明眼人都知道深夜還會戴帽子的，肯定是獸人勞工。

深夜，本來就容易聚集危險群眾。

他們朝希克吐口水，將他逼到暗巷，說希克工作到這麼晚，肯定口袋裝飽飽。

「你們這些獸人繳的稅不知道有沒有比較高，但是稅也是繳給政府，沒有進我們口袋。老弟，資助一下我們這群老哥吧！」

「我不可能把錢交給你們的。」希克這些錢都是為了要給家人過好日子的。

「所以你的意思是說，你寧願被我們打，也不願意打賞我們囉？」

希克知道自己不能回擊，否則就會變成非法獸人。他護住自己的錢包，任憑陌生人在他身上拳打腳踢。

「喂喂，你們在幹嘛？」兩名路人見到了七、八個人圍毆希克，出聲制止。

「我們在打怪物獸人，他剛剛朝我們攻擊。」一個施暴者撒謊道。

路人拿起電話開始報警，並告訴暴徒警方很快就會抵達現場，要他們別再打了。

暴民催促路人離開：「好，現在沒你的事情了。」

路人看這夥人凶神惡煞，也擔心惹禍上身，趕緊離開。

路人一離開，幾個暴民卻開始互毆，一個暴民還將錢包丟到躺在地上的希克身邊，希克還以為他是在給自己醫藥費，但等到特警來到現場，他才知道這些人在搞什麼鬼。

他們向特警宣稱受到希克攻擊，希克覬覦他們的錢，還搶了他們的錢包，幸好他們人多，反守為攻。

「明明就不是這樣，是他們先……」特警讓希克戴上手銬，說要將希克帶回警局做筆錄。

「獸人勞工竟然淪為犯罪者，太可惡了。」特警義正嚴詞的說著。

希克嚇了一跳，特警竟然相信了，他連忙想再解釋。

「你給我住嘴，非法獸人還想狡辯什麼！」特警盛氣凌人地罵了希克，希克也不敢回嘴。

「幾位先生，你們也一塊來警局作筆錄吧？」特警望向暴民。

「怪物先生，不必吧，我懶得跟他計較。」暴民們先是竊竊私語，一個一個說有急事，藉故離開，他們幾乎是用跑的離開現場。

等到暴民離開後，特警卻跟希克說：「你要慶幸來這裡的不是人類或生化人警察。」

希克目瞪口袋，他完全不曉得特警在說什麼。

特警解開希克的手銬，他掃描了希克的獸人三維碼。他解釋，這種事情很常見，看監視器就知道鐵定是他們撒謊。希克還摸不著頭緒。

「這種暴民都會先攻擊獸人，然後宣稱是獸人先動手。多虧銅眼的關係，整座城市滿滿都是監視器，我會趁紀錄還沒洗掉，先將影像存檔。你要追訴他們對你的攻擊傷害嗎？罪證確鑿，應該可以讓你拿點醫藥費。」

希克搖頭，他刻意隱瞞剛才那群人試圖搶劫的事情，不想再多事。他本來想扭頭就走，但發現腳卻一跛一跛。

「別逞強了，至少讓我送你去醫院。你最好還是驗個傷，留個紀錄，算是我這個特警的衷心建議。如果事後想要告他們傷害，有需要再跟我講，我是……」

希克不敢讓父母親知道，所以只有陸西亞趕來紅瞳醫院。

陸西亞在醫院照顧他一夜。希克大多是大面積瘀傷，腿部因為肌肉嚴重挫傷影響行走，不過並不礙事。醫師表示隔天希克上班獸化後，傷口應該會自動療傷，幾天以後就能夠完全恢復，有問題再回來回診就行了。

為求保險，紅瞳醫院還是替他打了強效自癒藥物，短時間內希克會昏昏沉沉的，難以自理。醫生建議他還是住院觀察一夜，隔天中午再出院。

希克望見在醫院忙進忙出的陸西亞，雖然父母親責怪陸西亞在自個兒命危時沒出多少力，不過希克曉得陸西亞考量的是孩子的未來，所以並不怪她。

他們很久沒有好好聊天了，將近一年，他都沒與妻子共枕眠，妻子此時的重心在她母親以及兒子身上，兩人相處起來也有點陌生了。夫妻倆似乎被現實磨得失去愛意，如今話題只剩下孩子的教育以及現實的經濟。

「先別說這些了，妳去休息吧。」希克催促妻子早點睡，凌晨三點，妻子躺在看護床上，似乎並不舒適。

我真是對不起她，以後還是別抄人少的小路，或者買台汽車通勤，隱蔽性高一點。

「我想讓孩子先暫時回你父母親那邊住，讓你能夠每天下班回家看見兒子。」妻子躺在看護床上，似乎還沒睡著。
「謝謝妳，我愛妳。」
「晚安。」

✦

幾個禮拜後，希克在手機裡看見S國錢今生遭到殺害的新聞，S國WCH的抗議達到前所未有的高峰，至少希克是這麼覺得。

他不知道，這只是淺丘，高峰根本還沒到呢。

隔天，銅眼公司跟議員舉行的聯合記者會，提到Z國所有獸人企業都將停工，所有獸人職員除了獸化前在紅瞳公司所做的性向與前科調查外，還得另外接受犯罪傾向檢驗。

犯罪傾向檢驗，那是什麼？希克跟幾個同事疑惑著，他們交頭接耳，無心繼續工作。

議員在記者會上告訴記者，將延攬犯罪學家設計一系列的人格與品性測驗，針對獸人在各種情境下的反應進行問答。受試獸人還得在受測期間全程測謊，以避免在填答問卷時，做出虛假期待的答案。

希克領著幾個同仁，他們要不是還有貸款得付，就是家庭有醫療費需要支出，無法停工毫無收入，他們去找了紅瞳公司派駐的主管。

主管也只是要他們別擔心，目前政府還沒有下達行政命令，別想這麼多。假使不得不停工，也能輔導轉往S國的紅瞳相關企業工作。

「停工期間，薪水怎麼辦？」希克忍不住問。

「目前……目前收支只是勉強打平……我會儘量幫你們爭取，但我猜頂多只能給你們三分之一……差不多就是你們人類時代的薪水……我們也盡力了。」

不過，事情沒有主管講得這麼簡單。

當天晚上，議長發表正式命令，獸人勞工停工期間，紅瞳企業不得支薪，這件事情在獸人網絡瞬間炸開，所有獸人勞工都對此大表不滿。

「政府憑什麼要公司不給我們薪水⁉」

不過，網路規網路，獸人勞工們哪敢在現實生活發聲，加上以往的獸人攻擊事件，屏除掉跨國型態的廢土事件外，大多都是私人恩怨類型的謀殺案件，而且兇手大多以非法獸人為多。這次在S國發生的是勞工獸人殺害社會賢達的事件，就連紅瞳公司的官方獸人網絡管理員都表明無力向政府爭取，畢竟議長私下告訴紅瞳公司在Z國的分部營運長，S國那種軟弱無力的民主政體沒辦法太過於強硬。未來Z國如果發生類似事件，議員們肯定會要紅瞳公司付出連帶賠償，畢竟他們讓人類轉化成勞工，卻又放任旗下的獸人員工向人類攻擊。

「我們就連上街抗議的權利都沒有嗎？」其中一位希克不認識的獸人勞工在網絡發問。

「Z國下派命令給獸人特警，停工期間，以獸人面容示人者都視為非法獸人。集會遊行是人類的權力，跟獸人沒有關係……大家最好別以身試法。政府的意思是……想變成非法獸人就儘管上街遊行去。」紅瞳管理員這麼告訴勞工們。

Z國高層巧妙地玩文字遊戲。

這是一個法律的突破口，憲法以及各種法律在「文字上」，保障的都是人類的權利。換言之獸人並沒有集會遊行權，只要敢上街頭，都是非法遊行。

希克從成功獸化開始工作還不滿三個月呢，同事替他扼腕地說，你可真是會挑時間「成功」獸化。

「是啊，我的運氣真是好極了。」

算了，反正兒子也搬回來跟我們一塊兒住了，就當多花時間陪陪兒子小麥吧。

小麥看見希克的紅眼睛，似乎有點不知所以，他問父親為什麼會有紅眼睛。

「因為爸爸是獸人呀！爸爸為了你，要賺更多錢，所以變成獸人去工作呢！」希克的母親在一旁跟孫子解釋。

「可是把拔怎麼沒有去上班？」孩子童言童語。

「把拔留在家裡照顧你，也是跟上班一樣呀！就跟媽媽都留在家裡照顧你跟外婆一樣呀！」希克哄著孩子。

「是哦……不過媽媽很常出去，外婆比較常照顧我。」

希克母親聽見孫子這麼說，敏銳地追問孩子：「你媽媽去哪裡了？」

「我不知道。」

希克理解陸西亞照顧孩子跟母親的辛勞，難免也會想要出去放風，他要母親別再多問。

如果汪達在，自己遇到停工這等事件，大概也會私下去找汪達傾訴。有些事情，不用知道得太清楚比較幸福。

停工幾天後，希克突然收到陌生訊息。

「希克・卡騰，你想不想要賺外快？」希克還以為是廣告騷擾訊息，訊息刪除後就沒再理會。

這幾天希克沒事做時，都會上獸人網絡看有沒有什麼新消息，他突然看到一則主題，查看發文者帳號，卻回報是錯誤訊息，查無帳號使用者。主題是：「提供停工的獸人外快！意者留言，我們會私下跟你們聯絡。」

底下希克同事留言質疑：「這是什麼？獸人可以打工嗎？還是這是釣魚訊息？」

「這種的八成是非法獸人的招募訊息，大家不要亂留言。」有人附議。

幾分鐘後，該筆討論串就被刪除，紅瞳管理員請大家切勿點擊來路不明的帳號，也不要與陌生人接觸。

不過，希克的同事們卻一個一個收到了陌生訊息，他們在私人網絡談到關於陌生訊息的事情，都猜測是非法獸人組織嘗試跟他們接觸。不料，幾分鐘後，私人群組跳出錯誤訊息，似乎遭到系統強迫移除。

一夥人，電話打來打去，好像彼此都收到類似的訊息，有人擔心貸款付不出來，忍不住回覆，但電話來了卻又不敢接聽。

資訊太過錯亂，最後他們只好用最傳統的方法——大家約出來碰面。其中一位同事有公司鑰匙，便約好去公司會議室討論。

公司一共有將近六十名獸人勞工，竟然有四十多名獸人勞工都到現場，他們不敢張揚，濕約了不同時間，前前後後花了一個小時才集結到場。

這到底是怎麼一回事？

據說停工隔天就開始有人收到陌生訊息，對於類似招募訊息，在紅瞳企業訓練時，公司特別告誡，不少獸人反應過非法獸人的利誘招募。有些人類犯罪組織需要特殊形態的獸人參與犯罪計畫，他們利用獸人完成人類難以實現的特殊犯罪，例如竊取重要文件，攔截關押移送的人類罪犯，甚至是高難度竊盜與暴力討債。犯罪集團似乎能夠提供高額的獎金，但是這些都是非法犯罪行為。

紅瞳公司宣稱這些人類集團都只是想要利用獸人，如果不幸遭到逮捕，也會切割彼此之間的關係，要獸人勞工慎之，千萬不要誤入歧途。

有人表達擔憂，認為雖然現在停工，但至少還有安穩的生活，如果被認定是非法獸人，自己的家人該怎麼辦？

也有人表達懷疑，Z國的監視器遍佈各地，如果不小心涉入犯罪行為，肯定很快就被抓出來，加上手上的獸人通聯載具，肯定難以全身而退。

但是也有人表達自己選擇獸化是為了償還債務，而且當時雖然債務還沒還清，但因為自己現在收入提高，所以大膽地替家人買了房子，如今真不知道該怎麼辦。有些人則是家人正在住院治療，有鉅額醫療費需要支付，於是也起心動念——如果條件不錯……別被抓到就行了。

一名上週才來報到的獸人站在台上，他戴著口罩與墨鏡，似乎不想被認出。他說：「非法組織有提供特殊的科技設備，能夠讓我們逃過監視器，也能夠干擾紅瞳載具。每一次任務，都是獸人好幾個禮拜的薪水！」

「不對呀！還有獸人特警耶！如果被抓了該怎麼辦？」

陌生獸人笑了幾聲道：「獸人特警？你還怕那些小毛頭？對自己的能力有信心，要躲過還有什麼困難？」

希克覺得陌生同事的立場似乎特別極端，試圖將男子拉下台。他上台聲嘶力竭：「你在這裡鼓吹有何居心？你根本就是非法獸人那一夥的吧？」

陌生獸人高舉左手，他的獸人通聯手錶旁還多戴了一個手錶，似乎也是高科技配件。他說：「像我現在在這裡，公司就不曉得。這能夠放出干擾，讓我定位在其他地方，神不知鬼不覺。我已經領了兩次獎金了，信不信隨你們，我來這裡是要警告你們，別以為紅瞳保護我們、保護得好好的，他們畢竟是跟國家有掛鉤的企業。我們的個人手機都被監聽，在網絡上的一舉一動都被監視得一清二楚。我要走了，說不定連我們在這裡談的事情都在他們掌握中。」

他說完後，就離開了。

陌生獸人打開窗戶向下跳。

咦？我們這裡可是三樓耶。

所有人開始熱烈地討論起陌生獸人說的話，他們七嘴八舌，少部分人認為可行，但也有人反應公司曾提過會輔導他們去S國工作，但這個論點一會兒就遭到否決，畢竟目前Z國的獸人停工決策就是來自S國的犯罪事件。

不過，目前S國不是還是維持原狀嗎？紅瞳公司在S國可是很罩的呀！

又討論了半個多小時，大家爭論不休，希克站在台上主持，他本來想要下台，但他衝上台阻止陌生獸人發言，幾名同事知道希克一直都是紅瞳眼中的模範員工，說讓他主持也好，討論才不會過於發散。

一位剛離席的獸人同事衝進會議室，說現在公司停車場來了好多警車。

我……我們現在算不算私下集會？不對吧？希克還查過集會遊行法，集會遊行法限制的是公眾場合的集會，公司辦公室應該不算吧？

幾名同事有樣學樣地從窗外跳了出去。他們選擇逃離現場。

所有人亂成一團，希克大聲疾呼：「別逃！我們好好跟警察說明就好。」

希克記得那位特警，特警還是有好人的，要大家別慌張。

不過，這時候誰還能夠平心靜氣地聽勸。

沒幾秒鐘，無人機破窗飛了進來，希克認得這是偵查用無人機。無人機還有攝影鏡頭，他趕緊用上衣遮了遮面容，情急之下，他從手指縫發射蠶絲，讓鏡頭只能拍到一坨珍珠白毛線。

無人機遂無法辨別上下前後左右，在會議室裡左竄右竄，希克熟知會議室哪裡有攝影鏡頭……不過……破壞鏡頭無濟於事，他趁現場一片大亂，溜進監控室將錄影機的監控硬碟抽出。

希克雙手生成硬如鋼絲的細線，將硬碟斬成十幾段。

一大群特警以及人類警察已經進入會議室，除了先逃離的幾名同事外，十幾位較晚離開的都被抓了回來，希克迅速混入人群，高舉雙手束手就擒。

現場氣氛十分嚴肅，希克卻挺身而出，他客氣地問道：「請問警察大人……我們犯了什麼罪？」

人類警察怒目地望著他們，但卻被一旁的特警勸退，說同為獸人，還是讓他來吧。

「你們……現在不是停工嗎？你們在這裡……上頭認定你們在非法工作，我們有向紅瞳公司先查證，他們雖然說沒有授命你們在這裡……但我們高層還是說要把你們逮捕。」

「我們只是在集會討論事情，畢竟政府逼我們停工……我們也都有經濟問題。」

「你是召集人嗎？」一位人類警察問著希克，他責難希克道：「現在是非常時刻，你偏偏要這種時刻搞事嗎？」

「喂！是誰破壞硬碟跟無人機的。」一個人類警察拿了碎成好幾段的硬碟出來。

在場沒人承認。

「好樣的，要是被我們查到，那個人肯定完了。」一名人類警官最後走了出來。他看起來五十來歲，應該是帶隊的隊長。

隊長將一名半獸人拉了起來。

「紅眼睛的……都是紅眼睛的……你們是腦子壞了呀？好好的獸人不當，想變成非法怪物呀。說！是誰破壞監視器硬碟的？」

仍然沒人承認。

「全部都給我抓回去。」隊長喊著。

希克在那一刻已經知道，自己半條腿踏進了非法獸人的世界。

所有獸人都被關押了足足24小時，也就是法律規範偵訊的最長時限。

畢竟他們討論的真的只是關於未來的擔憂，也沒具體計畫什麼犯罪……甚至根本也沒有實質犯罪行為，即便被隔離偵訊，警察也問不出個所以然。不過監視器硬碟被人破壞，無法舉證沒有違反停工規定工作，但同樣的警方也無法證明他們曾違反規定工作。

所以，他們都被放了出來，一夥人出關時，外頭一大票媒體記者，還有一群ＷＣＨ帶領的群眾質疑警方輕放。

「違反停工規定，無視政府命令，腦袋裡只有錢的利益怪物！」

「你們不是很愛錢嗎？這裡有錢！賞你們吃頓飯！」暴民拿銅板砸他們。

「這些錢不夠，他們哪看得上平民美食，肯定餐餐大魚大肉！」

「怪物都特別愛吃肉，會不會吃人肉呀！」

「連政府的命令都不聽，法律規定不能殺人，你們會不會殺人呀？」

「我們銅眼企業嚴厲譴責！你們破壞政府資產無人機，這些維修費用，我們不會向政府收取，會向你們求償！」

「請問你們為什麼要違法工作？難道幾天不工作真的會要你們的命嗎？」

「請問你們如此公然違法，也會這樣教育你們的孩子嗎？」

希克一夥人遮遮掩掩快步離開，以為公司會派車過來將他們接走。不過紅瞳公司早已發布聲明，宣布紅瞳均無知悉，都是這幫獸人勞工的個人行為。

所以來接應的大多都是獸人勞工的家屬。

希克老家沒有車子，他正愁該怎麼辦呢？他身無分文，出門時只帶了證件跟一些現金，自己還是騎腳踏車去公司的，媒體擁了上來，說他們知道希克是這次違法作業的召集人。

「請問你就是這次的召集人嗎？」

「聽其他人說，你叫做稀客嗎？稀客？這是什麼奇怪名字？」

「請問你是出自於什麼原因決定讓所有人涉險呢？」

這時一名男子將希克拉走，男子的手掌皮膚粗糙也十分有力，他望向鏡頭，告知所有媒體：

「不接受採訪。」

這個聲音？

「請問你是他的律師嗎？」

男子搖了搖頭……不……這是名女子。

「汪達！」

「笨叔叔小聲點。」汪達剪了一頭俐落短髮，還戴了副偏光眼鏡，一身正式套裝，是褲裝。她整個人曬得黝黑，躲過媒體將希克拉到車上。

汪達也有車子？她哪時候買的？

「我昨天看到新聞……問你爸媽，他們說沒接到你電話……今天又問了一次，你還沒回家，他們很擔心……不知道你是不是出了什麼事情，他們自從你當獸人後就不太敢看新聞了……怕看到電視上那些歧視、反對獸人的畫面。我想你應該是被抓了……我今天剛好滿一年，從現場要回到總公司辦調職手續，我藉口說要把公務車開回總公司，就從現場開車過來接你了。」

希克低頭，羞愧地說不出話，他不敢告訴父母親遭到逮捕的消息，他說過要保護、支持汪達的，如今竟然是汪達開了數百公里的車過來解救他。

「我女兒果然沒說錯，你真是個笨蛋……」汪達轉頭望向希克，希克竟然哭得一蹋糊塗。

「喂！你可別哭呀，我知道你快死的時候……我可是很勇敢的。你不准哭，現在不准哭。」

希克試圖擦乾眼淚，但眼淚不知為何就是止不住。

隔天，竟然有媒體查到希克住處。他們在希克家外頭守候，希克整家人都慌了，就連陸西亞也打電話過來罵他，說還好媒體不知道她娘家住處，否則她不會對希克善罷甘休。

「要是媒體查到我家，我肯定會跟你離婚撇清關係。我會告訴所有人，孩子跟你們卡騰家沒關係，跟你也沒關係，我會把孩子帶走。」

陸西亞丟下這段話就掛上電話。

希克腦袋一片空白。

希克父母親怕都快怕死了，抱著孫子絲毫不敢出門，一名老鄰居自告奮勇協助採買生活物資，才讓全家不至於斷炊。

希克幾個老朋友捎來關心，不過，這也是他們唯一能夠做的。

朋友雖然無能為力，但是，至少讓自己知道還有人支持，並不是所有人都誤會他。

他過去在S國訓練期間結識的朋友也打了電話給希克，朋友清楚狀況後，建議希克問問紅瞳能否將他調往S國。

朋友在S國似乎很吃得開，要希克去S國給他罩，力勸希克打個電話問看看。

希克以懷疑的態度撥了電話給紅瞳公司。他以為公司會將他視為棄子，但公司知道他不是違法集會的召集人，其他人都替希克求情，說只是因為大家信任他，讓他留在台上主持罷了。

「你們還能幫我什麼忙？能不能讓我去S國工作……不是說可以讓我們去S國嗎？讓我去國外避避風頭吧。」

「很抱歉，S國那邊……爆發更嚴重的獸人攻擊事件，部分合作企業不願意再用獸人產品……他們說死也不會用獸人嘴巴吐絲製成的絲綢製品。」

「可是我們都是用手指縫吐絲的呀。」希克連忙解釋。

「他們不信，總之……短期內可能很難給你們工作了……公司真的很抱歉。」

掛上電話後，希克澈底絕望了，他想起手機訊息回收箱裡，還躺著非法獸人的招募訊息。

他將訊息復原，望著訊息發呆。

「希克・卡騰，你想不想要賺外快？」

這時候，卻突然來了一則新訊息。

「我找到地方住了，你半夜趁媒體不注意的時候，來我這兒躲吧。」

傳訊者，是汪達。

✦

希克半夜三點從居住的公寓射了粗如纜繩的絲線，絲繩穩固地附著在對面二樓露臺，他趁所有人不注意，以滑索型態溜到一樓地面。

他徒步走到汪達住處時，汪達一個人在大樓外等著，她替希克準備了一頂帽子。她牽著希克的手，走進租屋處大樓。

「歐森小姐（Olsen，汪達的姓）。」管理員向汪達點頭，似乎對深夜來訪的陌生男子感到好奇，他以八卦的神情斜眼望著希克。

「我男朋友。」汪達向管理員解釋。

走進電梯後，她埋怨道：「我幹嘛跟他解釋……真是的。」

汪達家門一關，兩人在玄關彼此相擁。

「你好慢，我還以為你發生什麼事情了。」

那夜，他們沒有睡覺，汪達跟他分享這一年來發生的點點滴滴。

汪達總算在一年的工作裡，償還銀行的貸款——保住希克性命的醫療費用。她說，其實也感謝希克讓她提早實現自己重回水產的計畫。

但是希克知道，這些話都是為了要安慰自己。

「陸西亞怎麼說？你來我這裡，你有先跟她說嗎？」汪達問了希克。

希克搖頭。

「她說要跟我離婚，孩子她要帶走。」

「男人、女人，其實都一樣狠心。至少她還要孩子，比我那個垃圾前夫好多了。」汪達見希克提不起勁，趕緊鼓勵希克道：「喂，我會一直支持你的，我會陪在你身邊的。」

但希克知道，他不能再拖累眼前這個女人了。

這個曾經……又或者是他一生的摯愛。

希克便在汪達家躲藏幾天，媒體見希克不再出門，似乎也逐漸對希克失去興趣，聚集的媒體逐漸減少。

反倒是政府的心理測驗員幾次登門拜訪，說是要來調查希克的犯罪傾向。他們撲空幾次後，過沒多久，WCH的群眾竟然造謠希克逃避測驗，肯定是心裡有鬼。

群眾在希克家樓下鳴笛或大聲公伺候，決心要逼希克快點出面。

汪達替希克辦了支拋棄式手機，讓他能跟家人聯絡。

兒子問希克哪時候回家，但他卻回答不出來。

「樓下那些好吵的大人，好像是找你的耶，把拔。」

「別管他們，他們說的都是假話。」

「媽媽說你也會撒謊，撒謊跟假話是不一樣的嗎？」希克怒火攻心，我哪裡對陸西亞撒過謊了？

「媽媽說你不住在爺爺、奶奶這邊，她在電視上看到汪達阿姨，她說你一定是跟汪達阿姨住了。把拔，是真的嗎？」

「幫我照顧爺爺跟奶奶好嗎？」希克只好轉移話題。

「好。」

希克藉故結束電話。

警方在新聞上告訴群眾，蠶絲獸人疑似違法聚眾的錄像影帶遭到破壞，還有無人機損傷，雖然至今還沒查到真兇，不過警方會持續調查，並從相關獸人中交叉詰問。至於破壞者，將以非法獸人論罪。

希克知道，自己遲早會遭到暴露。

這些同事才共事幾個月……如果他們把我抖出來也不意外。大家也是為了脫罪，畢竟沒人想一直被當成犯罪嫌疑人。

希克再度望著手機裡的訊息，「希克・卡騰，你想不想要賺外快？」

這個人知道我的名字，肯定是……肯定是紅瞳企業裡面有人洩漏的，不，對方也能夠使用獸人網絡，那天在公司的陌生獸人……那個釣魚仔，他不是說過嗎？有科技產品能夠干擾獸人裝置，代表他們肯定也能夠逃避警方追緝……我應該試試嗎？但踏出這一步……我就是非法獸人了。

可是，我不是早就踏出去了嗎？

「你在家裡嗎？」汪達來了電話。

「怎麼了？」汪達幾乎不會在工作時間撥電話給自己的，這時候怎麼會打來呢？

「你兒子……你兒子在家裡不知道為什麼，呼吸急促……臉色發白……然後就突然失去意識了，你爸一急，想要趕緊帶他去看醫生，結果在門口……他也昏倒了……救護車被SNG車跟群眾卡住，幾個記者好心把他們抱出去送救護車，所以媒體轉播車也跟去醫院了。不過不管這麼多了，你快點去醫院，我等會兒跟公司請假，隨後到。」

「哪一間醫院？」

「紅瞳告訴你母親……家屬能有特別折扣，所以從西山醫院又轉到紅瞳醫院，加上他們……我們又付了你這麼多醫藥費。」

希克奪門而出，但他隨即想到若是被鄰居或管理員看到……

大半夜管理員沒辦法看清楚，但白天難保不會被看見，在汪達家躲藏的事情不就見光了嗎？

希克走回房裡，他走到陽台，望著窗外。

如果我能像蠶蛾一樣會飛就好了。

才剛這麼想，背後突然黏糊糊，一對毛茸茸的白色翅膀冒了出來。

希克下意識地甩了一甩，翅膀迅速變硬，頭上也長了兩根黑色鬍鬚，他現在能看見更寬廣的視野。

希克從對面大樓看見自己的模樣，無論是身為蠶絲獸人的他或其他同儕，頂多四肢會變成白色的米其林肉體，每一個人手指間的間隙會有一到兩個口器，他們就是用這個口器吐絲。只是隨著這幾個月的工作，他竟然再多冒出了兩個口器，希克雙手都各有四個口器，其中位於手掌虎口的口器還能夠吐出比其他蠶絲獸人更粗的絲「繩」。

現在，他已經澈底蠶蛾化，眼睛一對黑色大眼不說，現在連翅膀都有了。印象中紅瞳公司沒提過蠶絲獸人能夠變成真的蠶蛾呀！

不管了。

希克縱身一躍，他筆直往地面落下，差點去見老祖宗，但剎那間翅膀展開，滑翔了好一段距離。

他降落於地面時，幾個路人驚呼，他們以為是獸人特警呢！

希克迅速變回人形，還頻頻向群眾眨眼，藉此遮蓋非雙眼紅瞳的模樣，隨即快步離開。

抵達醫院時，媒體還沒發現希克來了，他就迅速溜進急診室，問了問兒子跟父親在哪裡。

醫生告訴他兩張床的號碼，他一時不知道先去看誰。

醫生看出他的猶豫，給了他意見：「你爸……在手術呢，你媽媽在手術室外頭，我們的社工在安撫她……你先去看你兒子吧。」

「醫生，謝謝、謝謝你。」

「你是……你是希克吧？」

「我相信你，別理那些無聊的人類。」

身為人類的醫生竟然這麼說，希克連忙道謝，趕緊依照醫生指示趕到兒子的病床。

他拉開病床帷幕，一名女子在跟陸西亞攀談，希克看見掛在女子胸前的記者證，記者也識相地離開。

「小麥還好吧？」希克壓低音量問。孩子點滴架上掛著一個血袋，他睡得正熟。

「貧血，還好有記者好心把他抱出來。」陸西亞顯得十分生氣，她說：「看你搞的都是些什麼事情，差點延誤就醫……要是晚了一步，他可能就死了。」

「幸好沒有。」希克想拉著孩子的手，但是陸西亞不願意放開。
「孩子出院後，我要把他帶走。你家那個環境，不適合他。」
希克不知道該回答什麼，妻子說的話也沒有錯。
兩人頓時間，無話可說。
汪達也到場了。
「小麥還好嗎？」
陸西亞站起身子，她惡狠狠地瞪著汪達說：「妳這個婊子還敢來這裡呀？妳憑什麼來看我兒子？」
「什麼妳兒子，這是妳跟希克的兒子，為什麼我不能看他兒子？」
「你現在是不是住在她那？」陸西亞轉頭質問希克。
希克語塞。
「不住在我那，不然住妳那嗎？希克發生這些事情時，妳人在哪裡？希克命危時，妳又在哪裡？」汪達盛氣凌人，她完全不屈服於陸西亞的跳針。
她用同樣的方式應對。
「抱歉，這裡是醫院，要吵架請妳們出去。」護理師過來病床關切。
「我是孩子的媽媽，我要留在這裡。你們給我滾出去，我不想再見到你們。」陸西亞這麼說。
「先生、小姐……麻煩你們兩位……」
希克輕撫了麥克斯的頭，孩子睡得很香甜，他望著孩子的名牌，「麥克斯・卡騰，O型」

他捨不得離開，也想守候在孩子身旁。

「他不是你的兒子了，他不會被你的臭名影響。請你出去，希克‧卡騰。」陸西亞惡狠狠地瞪了希克。

「走吧。」汪達拉了拉希克的手，她將希克拉開。

「他也不是妳的希克了。」汪達對陸西亞報以一樣的怒容。

「我不在乎。」陸西亞說。

「我在乎。」汪達牽著希克的手，她帶著希克離開。

過程中希克一直試圖甩開汪達的手，汪達瞪了他，一副「你敢放開我就讓你死」的樣子。

汪達本來想要讓希克去手術室外陪陪母親，不過她覺得希克的情緒狀況不大理想，她知道這時候說什麼都沒用，自己當時被丈夫轟出去時也經歷過。

她讓希克坐在急診室大廳，汪達攬著希克，無聲地陪伴。

可惡，我摺的那些話……好像我才高中年紀一樣，真丟臉，我分明三十幾歲了呀，怎麼還做出這種幼稚的事情。

欸……不對，小麥是O型血型……可是希克是AB型，我那時候去探望陸西亞生產過，她好像跟我一樣血型？

汪達望了望希克，她決定保留這個祕密。

急診室醫生走了過來，他問方不方便打擾希克。

希克見到醫生，他立刻收起情緒。

醫生告訴希克，希克父親是腦中風……狀況有點嚴重，他這個年紀，預後狀況不會太理想，未來可能要有長期照護的打算。

希克十分擔憂，自己現在沒有工作，該怎麼辦呢？兩個妹妹去年也幫了我不少忙，據說她們的積蓄也都花光了……

「借一步說話。」醫生示意接下來的話，汪達不能聽。汪達也識相地離開，轉而去護理站跟護理師攀談。

「我再來跟你說的事情，你要當作我沒有說過……如果……我是說如果，你走投無路不得不……嗯……如果你受傷了，別來紅瞳醫院或一般醫院，雖然這些地方都願意收治……畢竟有錢好辦事，不過我比較建議你去……榕園醫院，如果你去S國的話啦。如果你繼續留在Z國……當然另當別論。」

「你是暗示我要離開Z國？」

「這裡對你們不友善，整個國家的氛圍……看起來還好，但是這裡畢竟是反獸人大本營，我認為你最好還是去紅瞳的故鄉比較好。不過，這當然是我個人建議。」

這個醫生在說些什麼？

一會兒，希克的兩個妹妹也趕來醫院。她們問了問醫生父親的狀況，希克站到一旁，兩個妹妹都掉下眼淚，但幸好她們都很樂觀，只要沒有生命危險就好了，連忙感謝醫生救了父親。

「妳們別謝我，我只是轉達病情……妳們該去謝謝正在手術的醫生。」

醫生離開後，希克跟兩個妹妹稍微聊了幾句。父親正在手術……要她們等下陪陪母親就回去吧，別影響工作了。自己現在被勒令停工，能夠留在醫院照顧父親，他也會讓母親回去。

「哥……沒關係，我們暫時都……都不用去上班。」

希克訝異。

原來，媒體也追到大妹公司，嚴重干擾公司營運，大妹只好向公司請假，這幾天都不用再回公司。

小妹則在前陣子換工作，沒想到還在求職，媒體也來了。即便有公司邀請面試，她也擔心記者會跟去，鐵定告吹。

「對不起……對不起……妳們怎麼都沒跟我說？」

「哥……你的麻煩夠多了……我們……我們也不想怪你。」

希克堅持要兩個妹妹帶著母親離開。

汪達本來想要陪他，不過，希克說想一個人靜靜。

汪達還想多說些什麼，希克將她推開，告訴她：「我不想害妳也丟工作，明天妳還得去上班，回去吧。答應我，好嗎？我會等到我爸爸手術完醒來的……妳不用擔心我。」

「好吧。」汪達輕輕抱了希克，她便離開希克的視線。

幾分鐘後，她替希克買了食物。

到醫院後，希克都還沒吃過東西呢，先吃點東西吧。

希克望著汪達，他接過食物，朝汪達點了點頭。

媒體被紅瞳醫院的警衛擋在門外，醫院反而是希克最清靜的去處。

父親手術完畢被轉到加護病房，希克在一旁望著父親，他握著父親的手……如今……父親的手也逐漸失去力量，癱軟地垂下。

✦

希克從護理站得知小麥也出院返家了，陸西亞甚至沒告訴他。

他多想撥電話給妻子……或者說是前妻……至少想要再聽聽孩子的聲音。

「他不是你的兒子了，他不會被你的臭名影響。請你出去，希克・卡騰。」

「你憑什麼來看我兒子。」

「我肯定會跟你離婚撇清關係，那孩子跟你們卡騰家沒關係，跟你也沒關係，我會把孩子帶走。」

事情怎麼會搞成這樣……

凌晨十二點，他看見手機顯示來電。希克太期待陸西亞主動打電話給他，讓他再跟兒子說幾句話，他過於頻繁地查看手機，最後乾脆關閉手機通知，眼不見為淨。

這回手機顯示通知，希克以為是陸西亞，立刻接起電話。

等到希克接起來才發現是陌生號碼。

「希克・卡騰，你總算接電話了。」手機裡多了好多陌生來電。

「你想幹嘛？你是誰？」

「我們是非法獸人。」

「你們找我做什麼。」希克小心翼翼地問。

「你沒注意到我說什麼嗎？我說『我們』是非法獸人。」

「我腦袋不好，聽不懂。」

「你也是非法獸人了，不是嗎？」

希克沒有否認。

「你的電話早就被政府監聽了，政府並沒有比較不害怕你們這些自以為『合法』的獸人呢！在他們眼中，誰管你們合不合法，都嘛非法！我們只能干擾一下下。你去醫院外頭，注意別讓媒體跟外人看到了，我們拿東西給你。」

「拿東西給我……你們這群人這麼張揚？」

「我們可是很低調的。你伸出雙手，手心朝上，東西就會自然出現在手裡，很神奇吧！」

希克狐疑地走出醫院，這時候媒體已經逐漸散去，只剩下一台SNG仍在外頭，不過深夜進出醫院的人仍舊不少，所以他也沒特別受到注意。

他找了個角落，照著指令如法炮製。

希克看見一個身影快速地朝他衝了過來，正想要閃躲，轉眼間，對方已經不知去向。

他手上多了不少東西……提款卡、一只手錶……還有一支拋棄式電話。

拋棄式電話響了起來。

「雖然我們平常不太招募你們紅瞳獸人……不過，這種非常時刻，你們很好用。帳戶裡面已經有錢了，當作是簽約金，提款卡背後貼了提款密碼。我們要提供給你一個工作機會，薪水……可是不輸紅瞳的唷！」

「你到底是誰？」

「我只是個中間人，我是誰不重要。」

「我要先說，我不做傷害人的勾當。」

「總是會有這種自以為崇高的人。」

對方掛上電話。

自己竟然……竟然不由自主地接受了他們的條件……

希克忍不住前往銀行自動櫃員機查看帳戶數字……這些錢……足夠他暫時支付父親醫療費用。

他天人交戰，當自己領出這些錢，他就成為徹頭徹尾的非法獸人了。

不過，同事遲早會出賣我……那些警察也遲早會查到是我破壞監視硬碟，那個時候……我就會被紅瞳除名了，這輩子除了再也沒辦法為紅瞳工作外……也不可能會有任何企業願意聘雇我……更別說是還可能要入獄服刑。

我已經是非法獸人了。

希克將自己帳戶裡的存款……還有人頭帳戶的錢提了出來。

他向醫院請了看護，並預繳了一段時間的費用。希克隔天一早回家一趟，告訴母親他要出國工作，暫時不會再回來了。

或許永遠不會再回來了。

「兒子，你要去哪裡？」

希克沒有回答。

當天夜裡，希克打電話給汪達，告訴汪達他在樓下。

汪達將他接了上去，這回管理員機靈道：「歐森小姐，男朋友又來找你啦！」

汪達敷衍地笑了，「呵呵，對。」

「哇！很幸福哦。」

真煩。

返家後，汪達問了希克。她聽希克母親說他要出國工作，這是怎麼一回事？

希克絕口不提非法獸人的事情，他撒了個善意的謊言，說紅瞳公司提供給他們蠶絲獸人前往S國工作的機會。

「哇！你們公司不錯耶……咦，我不知道有沒有機會變成獸人呢？你覺得我變成哪一種獸人比較好？」

希克連忙要汪達打消念頭，他說：「妳絕對不可以變成獸人！絕對不可以！」

汪達嚇了一跳，她不解為何希克的反應這麼大，「好啦，知道了……我叫你叔叔不過幾次，現在真的把我當成孩子啦！」

「妳如果真的變成獸人，芙蘿怎麼辦？妳要她跟小麥一樣，背負著他爸爸是獸人……是怪物的原罪嗎？」

「首先，家庭根本不是什麼原罪……我們都有機會擺脫家庭的束縛……你現在還不懂嗎？再來……小麥他……算了，反正我聽見啦。」

「妳答應我，妳絕對不會變成獸人。」

「我……欸，我的人生我自己決定好嗎？不管你是希克，是全世界對我最重要的男人，第二重要的人，也不能替我做主好嗎？」

希克歪頭想了一下，他問：「第一重要的人是誰？」

「是我女兒啊。要跟她爭，你還差得遠！」

✦

隔天，希克接到第一個非法命令。

這次換了個中間人跟他聯絡，對方先是嘲諷，竟然一會兒就把帳戶虧空。

希克不帶感情的解釋，誰曉得那些錢會不會突然消失，他可不願意做白工。

希克再度強調，不做傷害人的事情。

「那有什麼問題？」

希克去買了一些基礎的偽裝物品，還挑了個雨天下手。對方教他可以在做案時用非法載具干擾，讓周邊監視器暫時失去功能。

「仿造蝙蝠的獸人能力，不過是用電子脈衝，沒有獸人發動的效果好，但也堪用了。」

希克還特地測試了幾回，果然能夠讓手機的鏡頭暫時失去功能。

那是一個極為簡單的非法任務，盜取一名上班族的電腦包，據說裡頭裝著高度機密的電子檔案。

他三兩下就用蠶絲捲到手裡，迅速地進入暗巷，再轉交給另外一個獵豹非法獸人。

火速的能力，希克心想，雖然沒有電影中火速的速度那麼誇張，自己肉眼也依稀看的到獸人行進軌跡。既然如此，這些勾當都讓獵豹獸人來幹就好啦！

「這樣全天下不就知道是獵豹非法獸人幹的嗎？你是想栽贓給我們的英雄火速嗎？再說，火速的能力紅瞳是不植入在勞工身上的。」

「你們是怎麼取得的？」

「有錢好辦事，你不就來替我們辦事了嗎？」

除了這個任務外，希克還在幾場大型任務擔任輔助角色，其中大部分是協助撤退跟移送關鍵物資。有搶劫的錢袋、機密隨身碟、針頭、實驗廢棄物（這有點重，希克慶幸自己還算是努力訓練）、甚至從低樓層替高樓劫匪搭建纜繩，讓他們能夠以溜索逃離現場。

短短兩個禮拜，希克賺了不少錢，除了不同的中間人抽了一小部分外，其餘都是犯罪者平分。似乎會依照任務屬性搭配不同種類的非法獸人，其中幾名獸人彼此熟識，他們口中也會提到獸人網絡。非法獸人間也有類似獸人網絡的聯繫方式，只是自己太資淺，還無法得到組織信任。

非法獸人組織似乎跟人類的犯罪集團合作……說是合作，還更像是雇傭兵，交錢了事。

至於非法獸人的由來，同夥提到他們都是受到各種方式遊說。部分人在獸化前就不事生產，有些人則是走頭無路，但又不符合紅瞳獸化資格的辛苦人。同意後，就會被送往簡陋的實驗室或二流醫院，醒來就變成雙眼黑瞳的非法獸人。不過，能夠賺錢，金流也能受到保障，他們不覺得這是一份多差的「工作」。

但希克認得出，少數非法獸人的獸化形態類似自己獸化失敗時的異形化模樣，部分非法獸人獸化時也不能言語。

有些同夥則是前「合法」獸人，希克跟他們會攀談幾句，雖然希克總是稍稍易容，但或許他們都知道希克是誰。畢竟他也曾上過媒體，被鎖定為破壞紅瞳蠶業公司監視器的疑犯，只是他一直沒有到案說明。

在執行一次任務途中，突然傳來汪達多次來電，但希克不敢接聽，直到結束任務後，他才回撥電話。

「警察找上我了……他們問我……你是不是都住我這……我說你出國工作了……但是他們也問過管理員。管理員說我男朋友每幾天就會來拜訪，但都是半夜，也找不到你離開大樓的監視器。管理員還不知道你就是警察要找的人……我想我們遲早會被拆穿……你要不要主動去警局說明呀？」

結束電話後，希克主動打電話給上次聯絡他的中間人，不過卻是一個老奶奶接聽。

「年輕人，你打錯電話啦！」

幾秒鐘後，一組新的電話號碼打過來。

「急什麼，缺錢嗎？」

「有沒有S國工作的機會？」

「有……有是有……你有興趣嗎？」

「我要怎麼去S國？」

「要看你急不急，我們下次要偷渡去S國的時間是……」

「急。」

「去客運站，隨便找一台往S國的深夜客運，他們通常不會檢查底盤，雖然熱了點，別讓自己烤焦就行了……跨越國界應該沒問題。」

「如果有問題呢？」

「你是非法獸人了，揍人幾下沒問題吧？」

「我不想。」

「那你用飛的吧。我看你的資料，你好像會飛嘛！」

希克嚇了一跳，他只飛過一次，是他從汪達家裡趕去醫院時，迫於無奈只好嘗試的離開方法。

「我們也能夠監看全國的監視器，有什麼事情是我不知道的？如果你想知道的話，我們還能夠跟你說你太太的事情。」

「我太太？你們想對汪達做什麼？」

「我不是說你那個太太，我是說你法律上的太太。」

「我不想知道。」

「那我就不會說。祝你去S國一路順風，現在那裡可是很硬的。」

「怎麼說？」

「劉子翔。」

「這又是誰？」

「我們的超級英雄，你得跟他學學。他一個紅瞳獸人打倒了一個高階獸人特警，當時還面對好幾個特警……其中有那位傳說中的海蛇英雄，竟還能全身而退……他瞬間把幾千人電暈，更猛的是還可以讓他們喪失記憶……太厲害啦！我看他只要想的話，搞不好全世界都會被他弄個天翻地覆呢！不過，我們也很看好你。」

「幫我把我帳戶裡所有錢，洗錢洗到我家人名下，我……我前妻，我父母親、我兩個妹妹……還有……汪達。」

「你太太。」

「隨你怎麼說。」

這次換希克主動掛上電話。

✦

沒有人不喜歡意外橫財，非法獸人組織通常會駭入領款人手機，偽造雲端發票中獎紀錄，再把款項匯給收款人。多數人都不會查證，反正有錢可領，何樂而不為？

或者偽造成薪資收入，生成公司的轉帳資料，在備註上寫著「高層特別獎金，請勿與直屬長官或同事討論」。

更簡單暴力，直接匯款給收款人，反正多數人看到都會默默收下。

加上希克是還沒被盯上的非法獸人，只要收款人即時提領，事後紀錄也可以去除乾淨。

如果沒有上述雲端發票或電子帳戶，則會放在收款人俯拾即見的地方，他們通常多數都是貪小便宜的老人家，不會把撿到的鈔票交去警察局。甚至乾脆放在家裡，用老舊的皮箱裝著，看見也只會以為是多年前忘在家裡遍尋不著的呢！

當然，這些都要稍微抽取手續費。

希克自從跟非法獸人組織打交道，他才知道，越高科技、越電子化的時代，造假反而更加便利。

這些非法組織，根本視國家為無物。

特警礙於官方身分，連帶事事都得遵循法律，反而綁手綁腳。特警除了戰鬥能力外，根本鬥不贏這些非法獸人。

非法獸人背後，肯定也是個龐大的組織，這是多麼可怕的利益結構。

希克不知道的是，汪達看見不明來源的款項，第一時間卻是跑去報警。但當警方查詢汪達帳戶資料時，那筆款項卻突然消失。

「小姐，妳確定有錢入帳嗎……我們這裡都沒有看到耶。」

汪達總覺得哪裡怪怪的。她不知道的是，非法金流再度被抽了一手，現在進了她父母親口袋。兩個老人家可是興奮的大叫，說要帶女兒跟孫女出國旅遊啦！竟然中了樂透三獎！

而這時候，希克已經在S國廉價旅社入住了幾天，他還在等候通知。

他已經把手上的獸人通聯裝置扔在Z國，他不再需要那種東西。

希克用非法獸人組織發放的拋棄式電話打給汪達，他們倆都會固定每天通電話。

希克知道，拋棄式手機也被動過手腳，警方無法追查到發話來源，不過，他不確定汪達的手機有沒有被警方監聽……雖然自己只是小角色，應該不會這樣勞師動眾。

「你還是不告訴我你去哪裡嗎？我去問過紅瞳，他們說你把那個什麼裝置丟了。」

「我被搶劫了，在混亂中被人摘下來了。」希克睜眼說瞎話。

「去報警吧，你到底去找警察沒？」

「我……」希克知道，汪達只是不拆穿罷了，她鐵定知道自己亡命天涯。

「答應我，去找警察，好嗎？」

「妳也答應我，別去申請成為獸人好嗎？」

「看來我們不會有共識啦……那就別聊這個。喂！你有沒有看到新聞，陸西亞那個小婊子竟然上節目受訪，說你當時獸化失敗時，她幫了你不少忙，你卻恩將仇報搞外遇。還說你跟我婚外情，笑死我了，還好公司都知道我的為人，他們沒相信那個賤貨！你知道什麼事情更好笑嗎？」汪達講得一頭熱，希克讓她繼續說下去。

「她剛才哭著打給我，說她是因為沒錢才會答應媒體受訪，還問我知不知道你的電話。我說我不知道，她好像還跑去跟你爸媽借錢。」

「借什麼錢，她怎麼可能會缺錢？我爸媽給她了嗎？」希克不可置信，自己明明吩咐中間人要把錢匯給陸西亞，好歹是人類勞工幾個月薪水。

「你爸媽這次學乖了，不敢給她一分一毫。我是先接到他們兩個老人家電話，電話才剛掛，那個賤貨就打來了。她說她的錢都被前男友騙走……她前男友好像會吸毒還是怎樣，把錢拿去買毒，我也不知道，我才懶得問……腦袋壞掉了嗎？去買毒品，蠢到有剩！她哭著說她跟小麥沒錢可以生活，也說你們兩個在法律上還沒離婚，你身為爸爸應該要負起責任。我呸！小麥他根本……啊，當我沒說。」

「妳借她錢吧，我再給妳，汪達我求求妳。」

「希克，你是真的笨，還是裝笨？」

「妳說什麼？」

「小麥不是你的種，我本來不想說……但看你這個蠢樣子，真的會讓我氣到中風。」

「妳到底在說什麼？我知道妳很不喜歡陸西亞，但她好歹也……算是我……我前妻……小麥也……」

「小麥的血型是O型，你是AB型……你的血沒啥屁用，血庫最不缺就是你的血。AB型的爸爸，你太……你前妻跟我一樣都是A型，我可是記得一清二楚，那時候你前妻生小麥，我在婦產科有看到。我才覺得奇怪，我跟她個性差這麼多，她怎麼跟我同血型？AB型的你跟A型的她，你們生出O型小孩的機率太低、太低了，幾乎不可能。」

「妳確定嗎？」

「當天在醫院，醫生找你講話的時候，我去問過護理師……他們說不能排除有其他可能……但機率確實很低、很低很低。我本來不想跟你說，但你實在應該醒一醒。找個時間跟你前妻辦離婚吧……你如果捨不得出親子鑑定的錢，我來出行吧！我真想當眾羞辱那個賤貨。你們紅瞳公司有人來找我，問我要不要幫忙，也可以找媒體採訪我，讓我來回應。我是很想啦，不過我也知道我最好還是別這麼幼稚。」

希克腦袋一片空白。

✦

工作還是希克逃避現實的唯一途徑。

希克開始在S國接案，逐漸也能察覺雖然都是非法組織，也都有門路能夠提供旗下非法獸人抗衡突藥物，但Z國跟S國卻有不同之處。

Z國的犯罪內容大多是竊取商業機密的相關犯罪，或涉及組織犯罪的團體鬥毆，極少部分是迫害善良老百姓的搶劫或掠奪案件。S國則是五花八門，哪一種犯罪類型均有。希克聽其他非法獸人分享，過去一段時間以來，非法獸人被使喚去攻擊WCH群眾，讓這些底層犯罪者深感疑惑，最近甚至被叫去攻擊合法的紅瞳獸人。中間人洗腦他們，「合法」獸人坐享其成，長期以來活在陽光之下，現在也要讓他們遁入黑暗。

非法獸人開始與犯罪組織人類同行，這倒是新鮮事。根據中間人的說法，反正都是拿錢做事，別分得這麼清楚。只不過，有些人對於火速被同行攻擊，還是感到非常不可置信。畢竟就連非法獸人也十分崇拜火速。

像希克這樣流離失所的非法獸人並不多，部分非法獸人仍保有紅瞳工作，他們頻藉干擾器，下班後從事非法勾當。這一個月以來，因為S國的反獸人聲浪，逼得部分合法獸人開始墮落賺外快，就像希克一樣。

然而地下組織轉化的獸人，由於雙眼黑瞳，竟反而能有正常家庭生活，讓希克好生羨慕。

不過比較讓希克感興趣的是，Z國的非法獸人似乎都被犯罪組織所控制，背後疑似有一個更大的黑手；S國的非法獸人組織則分成兩派，其中一派是單純的黑道企業，另外一派則十分神祕，據說實力驚人，也不輕易出手。

兩國……或許說全世界的非法獸人也有所謂的「非法獸人資料庫」，中間人會在名單中挑選合適的非法獸人指派任務，感覺起來……怎麼有種企業化經營意味呢？

之所以會有中間人委派命令，是因為他們得成為上頭逃避法律責任的棄子，百密仍有一疏，各國偶會破獲非法獸人集團，但大多僅有中間人跟底層犯罪者被逮捕，也查無任何電子或文字資料，所以一直沒追查到源頭。

但S國傳聞中的非法獸人集團並沒有中間人，而是由一個號稱「不死鳥」的獸人統帥。不過，據說不死鳥集團只收背景乾淨的非法獸人，自己……只可惜別說是選對時間成功獸化，就連加入非法集團也跟錯老闆了。

希克也發現S國近期交辦的任務都是較為暴力傾向的，因此拒絕了多次工作，中間人譏笑他。

「都窮途末路了……還挑呀，你真以為自己這麼高貴呀？」

這陣子希克都不敢再打給汪達，他還是別再給其他人添麻煩了。

希克的父親上個禮拜終於出院，母親提到突然在家中倉庫找到一箱鈔票，想到是之前替希克籌錢開公司時，遺忘在家裡的，用這些錢替父親請了24小時看護，還要希克快點回Z國讓他們看看呢！

希克跟中間人查證，果然，那是他的不法所得，那他就安心了。

我就繼續賣命工作吧，其他人好……就好了。

「小麥呢？」希克問了母親，縱使汪達宣稱小麥不是他的種，但至少他也照顧這孩子好幾年，有很濃厚的感情。

他記得從婦產科保溫箱裡看見小麥的感動，還有他剛出生時，沒事就哭、不然就鬧的嬰兒時期，那時候希克跟陸西亞會互相埋怨，你兒子又哭了啦，換你去抱他之類……還有小麥第一次開口說話……是叫媽媽……幾天後才能夠叫爸爸，希克當時覺得真不公平……我們以前也曾經感情很好，沒想到現在會變成這樣。

說真的，希克根本不在乎小麥是誰的種，他根本不在乎。就跟他也根本不在乎芙蘿是汪達跟另一個男人生的一樣。對他來說，他們都像是自己的兒子跟女兒。

「我們也好久沒見到小孫子了……很想他。你跟陸西亞說，找一天帶小麥回來讓我們看看好嗎？」母親央求希克。

「我……我跟陸西亞沒有聯絡了……下次跟她聯絡，大概也是談離婚的事情吧。」

「離婚……離婚不好啦……你知道我們這種老人家……都是勸和不勸離……不過真的要離婚的話……汪達……汪達願意再跟你在一起嗎？」

希克沒有回答。

他已經亡命天涯……他比較適合一個人。

別再拖累任何人了。

✦

「這次要去跟蹤一個紅瞳獸人，看他去哪裡，會有你的老同行跟你一起。」

中間人傳了訊息。

倒是挺鮮，老同行，中間人指的是紅瞳獸人……還是異形化的非法獸人呢？畢竟異形化的尖刺獸人在希克眼裡也算是同行。

幾名非法獸人到指定地點會合，他們四人以摩托車雙載，其中兩個人看起來十分緊張，交頭接耳道：「上次海蛇英雄不是保護過那傢伙嗎？加上錢也被移去信託啦，上頭怎麼還會派我們來找他？」

「都好幾天了，海蛇英雄應該也沒這麼閒，每天跟著他吧？加上錢被移走，對方一定想不到我們會跟蹤，應該沒問題啦！」

兩名非法獸人互相安慰。

單眼紅瞳的獸人卻遞給希克打火機，他告訴希克：「你也是能放蠶絲的吧？聽說海蛇英雄怕火，如果他真的來了，射出易燃的細絲，點火放出去，就能夠讓大英雄著火，應該可以嚇退他。」

「你也是蠶絲獸人？」希克第一次遇見蠶絲同業，忍不住問：「你們這裡的蠶絲獸人怎麼了？」

「人類企業毀約一個月，我們沒工可做只好來兼差。你是怎樣？醫藥費？房貸？地下錢莊？玩期貨？股票融資？賭博欠債？吸毒？還是老婆外遇把錢捲走跟人家跑了？」

「最後那一個。」希克誠實回答。

「我隨口說說的，還真的呀。」

「沒騙你。」

四名非法獸人從獵物住家附近出發，獵物跟名壯碩的男子一塊，幾個犯罪者彼此用無線電通聯，其他人向希克解釋，那是紅瞳保鑣。

希克懊惱，原來有這種形態的獸人，亂世之下，這種工作肯定不會丟飯碗。

希克幾乎不看新聞，加上他才來到S國不久，他對S國近期的事件大多沒有概念。其他人向希克解釋，獵物前陣子遭受一大夥非法獸人私下突擊，那些非法獸人從未收過中間人指示，私下集結想要搶奪募資金，但海蛇英雄突然現身救了獵物。

前座打氣道：「不過你們兩個都是新來的，可能上頭組織看你們能夠剋海蛇英雄吧？聽說他怕火。老兄，你們能噴火嗎？」

「不算能。」希克知道中間人在打什麼主意。

希克自己也怕火，但是，他同時也能夠利用火。

他們跟蹤了一會兒，停等紅綠燈時，另外一台摩托車上的非法獸人接了電話。

同業接的，發話者似乎花了一點時間說服同業。掛上電話後，同業吩咐要趕到雙載的獵物前頭。

「不跟蹤他了？」希克問。

「上頭說這個外勞最近太狂妄了，聽說想搞什麼獸人組織……獨立於紅瞳的獸人組織，四處問人要不要加入……加上又有一些律師、特警替他撐腰……要給他一點顏色瞧瞧。」

希克察覺不對，這不是要傷害人嗎？他連忙說要退出。

「不要緊張……沒有要對他們怎麼樣，我們互相射出繩子絆倒他們，再把他們吊在樹上就行了，頂多皮肉傷。你怎麼這麼慌張？」同業安撫希克，難道變成非法獸人之後，希克都沒有出手傷人過嗎？

希克搖頭。

「人總會有第一次，我也不喜歡做得太過分……你放心。」

「聊夠沒呀？我兒子今晚有表演，我不想拖太晚，趕快幹完這一票，我要下班。」同業前座的非法獸人這麼說。

兩台機車在下一個路口超越了雙載的獵物。

希克先是注意到兩個人的紅色瞳孔……咦……那個不是!?

竭力！

希克半年前在S國訓練時，竭力被提報為模範獸人勞工，加上他們倆同為跨國就業者，紅瞳公司介紹竭力給希克認識。竭力的形態是水母觸手，跟希克的蠶型吐絲有異曲同工之妙，雖然希克的綑綁能力不足，但他的絲繩發射的衝力，也讓竭力大開眼界。

竭力完全沒注意到老友。

「新來的，我要噴絲啦，把他們兩個絆倒吧！他們摔車以後，前面那個交給我，你把後面那個捆住，行吧？」

同業在無線電中喊著。

千絲萬縷的耳語竄進希克耳中。

「你是非法獸人了，揍人幾下沒問題吧？」

「人總會有第一次。」

「希克・卡騰，你想不想要賺外快？」

不。

我不想，如果可以重來一次。

我不會踏出那一步。

「聽見沒，我要噴絲了！他們現在騎得還真快，剛好讓他們摔個狗吃屎！」

「抱歉。」希克喊著。

「跟他們道什麼歉？選這行，就不要有罪惡感。」

同業已經射出絲繩，繩索在摩托車高速行進下，幾乎透明。

「我沒辦法。」

同行三名非法獸人訝異。

「我沒辦法傷人，我不願意踏出這一步。」

希克握住同業噴出的細絲，他沒吐絲，讓吐絲口器空轉，瞬間一股好大的衝力將絲線向天空反彈，進而勾到路旁的行道樹。

同業從疾駛的摩托車上連根拔起，摩托車頓時失去控制。

希克搭乘的那台機車則被衝力推擠到人行道，他們一個不穩，連人帶車摔了出去。

或許這樣是最好的結局。

不過，竭力跟前座的王道竟然選擇下車，他們對剛才的偷襲渾然不覺，見到希克一夥摔車，竟然好心報警，以為只是單純的車禍。

「你這個傻子。」希克摔飛出去，他躺在地上，渾身是傷。

兩名非法獸人似乎耐受力較好，畢竟他們都是「異形化」型態的非法獸人，身體本來就處在半扭曲、失控的狀態。

兩人起身後旋即露出渾身尖刺，希克的同業也擺脫絆住的細絲，從竭力跟王道身後垂降下來。

「獵物」這時候才知道原來遭遇到非法獸人。

不過，王道也不慌張，他打開摩托車車廂，一坨黏液緩緩成形。

「我是王道，他是竭力。奉鰻徹斯特之令，你要保護我們！」王道喊著。

人形點頭。

一夥非法獸人聽說前幾天海蛇英雄出動了數十個黏液人形，不過，現在就只生成了一個人形，似乎沒什麼好怕的。

人形站在竭力與王道面前，試圖保護兩個人。

竭力已經報警了，他們只要等待特警抵達就好，人形只是為了多爭取一點時間。

尖刺獸人朝竭力衝刺而去，王道在竭力面前擋下這一擊。

王道全身佈滿甲殼，尖刺獸人訝異，他以為至少能夠造成獸人保鑣損傷，但是，王道雖然衣服上滲出些血，但仍站得直挺挺的。

另一個尖刺獸人則將同伴拉回來，他告誡夥伴：「這種甲龍獸人的弱點在下腹部，我們得合力攻擊他。」

王道不甘示弱道：「沒這麼簡單！」不過他卻下意識地伏低身子，看來非法獸人也沒說錯。

一條絲線纏住人形頭部，火苗沿著絲線讓人形燒了起來，它抱頭四處逃竄。竭力趕緊從一旁的樹上折了幾叢茂密的樹葉，試圖撲滅人形頭上的火焰，但越打，人形的體積卻越來越小。

同業見人形失去威脅，他走到竭力面前說：「別再抵抗了，你最近鋒頭太健，有人想要給你一點教訓。你讓我綁在樹上就沒事了，我們不過交差了事，不用見血。」

竭力往前站了一步，他身後數百根觸手，吼道：「我可是獸人權益促進聯盟創始成員，要我屈服，想都別想！」

同業趁著竭力放話同時，探出了雙手的細絲。他想要直接用細線束縛住竭力。

希克再度利用口器的空轉衝力，加上他也伸出了身後的蠶蛾翅膀，向戰場急速飛行過去，希克在竭力面前降落。同一時間，希克也用空轉衝力將同業噴發的細線吹了回去。

希克也釋放出比同業更綿密的千絲萬縷，一會兒就把同業纏成繭型，他向上一甩，再用新成形的絲繩將同業吊在樹上。

兩名非法獸人瞠目結舌，他們見到希克立刻將同業擺平，自認情勢不對選擇逃離，但瞬間也成了兩團滾動的蠶繭，一路往坡下滾去。

戰鬥完畢，希克也支撐不住，剛才他摔得厲害，而竭力這時候才認出他是誰。

「希克！你……你怎麼會在這裡？」竭力想上前攙扶，不過希克擺了擺手，示意朋友別靠近。

「我是非法獸人，別跟我沾上邊。」

「我會替你說話……我說過，你來S國我會罩你的。」

「太遲了。」希克虛弱地說。

唰——咻咻咻咻咻咻咻咻

希克胸前到下肢，遭到數十根尖刺擊中。

呃……

在豔陽下，他抬頭向來者望去。

一名黑色翅膀的特警，正在竭力上方三公尺處。

這是……黑羽英雄……前特警長狼首退休後，外傳他接任特警長的呼聲最高。

黑羽伸出一隻手掌，他從體內發射了數十枚尖刺。他已經稍稍放水了，這回因為時間緊急，目睹非法獸人以極快速度朝三個不明人士攻擊，尖刺在體內蓄力不足，只能發射五公分長的尖刺。

現在黑羽重新積蓄能量，他能夠在下一回攻擊發射三十公分長的尖刺，足以奪人性命。

「投降！否則我有權取你性命。」黑羽大聲地喊著，遠方也飛來了兩個同樣以機動性著稱的飛行特警。

我絕對不能被抓到。

我絕對不能……

還有很多人得靠我……我不能……

希克舉手示意投降，身旁的竭力則趕緊向黑羽解釋，這人是……

希克雙手高舉朝天，但剎那間，他用口器再度噴發空轉衝力，讓黑羽遭遇強大的亂流。

「敢回擊……你這個小子真不要命……」

希克轉身飛離。

咻！

一整團尖刺從希克的下肢穿過。

希克並不適應自己的飛行樣態，加上嚴重的傷勢，他知道自己的速度頂多跟市區裡的汽車差不了多少。說也奇怪，黑羽……剛才那位特警竟然還沒跟上來，自己認為鐵定逃不了的。

果然，希克果然是小福星，他的運氣一向很好。

轉過一個彎後，黑羽飛了過來，後頭還有兩個帶有翅膀的特警。

「喂！你這隻蠶，別走啊！」黑羽大叫。

希克雖然來S國的時間不久，但他都會趁半夜在都市遊蕩，或許因為毫無歸屬感，他試圖在不同的角落尋找安身立命的地方，也讓他稍稍熟悉了S國都會市區。

他轉進一條狹窄的巷弄，果不其然，三名特警追了上來。

不過帶頭的黑羽跟另一名男性特警都飛進了希克的絲網，他們被困在網子裡，越掙扎越難擺脫——希克瞬間在六米巷弄中，從地板到兩側樓頂，製造一組巨大的捕鳥網。

稍微落後的女性特警，卻用手摸了摸環繞脖子的白斑，白斑瞬間變成一把兩米長的太刀，她將纏住兩位特警同事的網子斬斷。

兩名特警費了點時間才讓絲繩從身上擺脫，幸好這不是黏性的繩子，要是蜘蛛吐絲，可就麻煩啦！

希克畢竟是外地人，這個巷子，是死巷。

他已經無路可退。

三名特警降落在他眼前數十公尺處，黑羽示意學弟妹先別上前。

「學長來就好，竟然用網子想要把我困住……讓我來料理這個非法仔。」

紅喉英雄佛蓋堤與圍巾英雄索菲此時退到一旁，讓老學長好好表現。

希克已經無力再反抗，他也只能扶著牆勉強站立，難道……只能束手就擒了嗎？

黑羽步步逼近，他身上再度浮現了眾多尖刺，但不曉得為什麼，希克從他眼中沒看見任何殺意。

「你是竭力的朋友……希克？」黑羽壓低音量說話。

希克點頭，但他不認為說話鋪張的竭力——樂天派的竭力，真的有他說的那麼罩。

「他說你很努力，捱過異形化……你是怎麼走到這一步，變成非法獸人的。」黑羽已經幾乎在希克面前。

「我……意志不堅……加上還有家庭得照顧……那些人類……媒體……斷了我的路……不過……我知道我自己應該負所有責任，我應該……」希克坦承道，但他話還沒說完，黑羽卻替他接了話。

「你應該去榕園醫院，院長能夠保護你。」

「死巷另外一側，再飛個兩公里就到了。」

希克訝異，他以為……

「你……為什麼……你為……為什麼？」

「我說過很多次了，我們不是怪物……那些人類比我們都還更像怪物……再說，每一個人都值得擁有第二次機會，加上我們學長學弟制是很重的……我有個學長，他一直這樣教育我們。海卓……他總喜歡自稱鰻徹斯特。鰻徹斯特、饅頭斯特、蠻力斯特、顢頇斯特……聽起來根本一樣！你不覺得這名字取得很爛嗎？算了我講這麼多廢話幹什麼，反正聽我的就對了。」

「學長，還好吧？」佛蓋堤在後面問著，他們都知道黑羽跟看起來不一樣。黑羽看起來冷酷不多話，但他一開口，可真的會要人命。

「肯定又在說教了。」索菲埋怨。他們倆很喜歡黑羽，畢竟他可以說是飛行特警第一把交椅，但索菲有時候真想把學長的嘴巴塞起來。

「快好了啦！」黑羽朝後面的晚輩吼道。

「我知道你受傷了，飛不快……但你能夠飛贏斑鳩吧？」黑羽問。

希克不知道自己能不能夠……等下，這是什麼意思？

「你不是會噴空氣嗎？你要善用自己的能力……你的所有能力。聽我暗示，快點去榕園醫院，過程中難保索菲會對妳攻擊……她太年輕，不能理解……我說……一個人的歷練還是很重要的，這無關於年紀，而是……欸，反正聽我暗號就對了。」

說完後，黑羽竟然朝希克揮拳。希克沒想過飛行特警會用這麼簡單直率的方式攻擊，第一時間他護住頭部。

結果黑羽突然往後倒去，他扶著自己的腰，看起來……應該說是假裝看起來痛苦。

「唉唷……唉唷……」

「學長，你怎麼了！」兩名特警後輩趕緊向前。

「我老了……早知道我就多運動了，上次警局有人說要團購健身房會員，我想說總局有器材，何必花那個錢？我就沒跟團了……哪知道會閃到腰……歲月催……」黑羽見希克還停留在原地，轉頭過來朝他大喝：「喂！」

原來這就是暗號!?

希克用絲線將自己迅速往高樓急升，過程中聽見黑羽要佛蓋堤……那位紅色喉嚨的特警留在這裡替他按摩。

斑鳩特警索菲讓圍巾變成一把迴力鏢，她在希克身後追了上去。她知道黑羽已經唸過特警宣言了，學長他……到底為什麼會放這傢伙走呢？

不管了，黑羽學長在特警圈地位高，自己可不一樣。

索菲很快地從希克的飛行方向知道他要往榕園醫院逃，她用迴力鏢打中希克兩次，讓希克瞬間向下急墜，而後他又繼續飛行。

眼前這個非法獸人……他的翅膀也幾乎沒再振翅了……就一隻蠶蛾，他是怎麼飛得這麼快的？

他幾乎是浮在半空中……急速懸浮飛行。

索菲只恨自己太著迷於鍛鍊自己的白斑圍巾，她能夠讓圍巾變成任何近身武器，太刀、巨槌、長茅、雙節棍、繩索……甚至是大刀。黑羽學長早就囑咐過要多磨練飛行能力，那才是根基，這時她才後悔老把黑羽的教誨當成廢話。她是黑羽的小粉絲，但僅限在黑羽戰鬥的時候——他實在太帥了，但太多時候，她都把黑羽的話當耳邊風，因為其中垃圾話佔了九成以上。

她追不上眼前這個非法獸人呀！

分明有大量的鮮血從他身上湧出，他是哪來的力氣？

兩位飛行獸人行經的天空……幾乎可以說下了一場紅色的血雨……

滴答、

滴答、

滴。

✦

希克的翅膀已經沒有力氣了……他沒想過，自己竟然能夠利用身上的毛細孔……湧出空轉衝力來推動飛行，眼看榕園醫院……那個是榕園醫院吧？

醫院就在眼前數百公尺……但是，希克已經氣力放盡。

我……

他甚至沒有勇氣回頭，他被特警的攻擊擊中兩次，但他早已完全失去痛覺了。

啪！

希克重重地掉落地面，他滾了好幾圈。

「哇！」

「他的翅膀……這個是獸人……非法獸人嗎？」

「快點跟醫院的人講！」

「先生……先生先生……你沒事吧？」

幾名警衛衝到希克身邊。

索菲停留在半空中。

他們是怎麼說的……任何非法獸人……只要進到榕園醫院園區，再怎麼罪大惡極的……也都要放過。

他們會把責任推到我身上嗎？

黑羽學長會罩我的吧？

索菲拿起手機，撥打電話給黑羽。

「喂！好消息還是壞消息？」黑羽急著問。

「算是好消息吧。」

「沒追上他。」

「對。如學長所願。」

「學妹阿……不是我要說，妳這個人哦，做事太一板一眼了……太沒有彈……」

索菲掛上電話。她再不掛，再來就換她要因為精神耗弱送醫院治療啦！

✦

喀拉、喀啦。

擔架床被染成一整片紅，警衛焦急地呼叫院長：「院長人呢？狀況危急，這個……這個是紅瞳獸人……我有看到特警在追他。」

「他沒有紅瞳裝置……不過……他有一隻眼睛是紅色的……應該是紅瞳獸人。」

「他快要失去意識了……他從好幾層樓高掉了下來……身上還扎了很多根針……八成是黑羽特警的攻擊，他的腿有好大片傷口……不斷出血。」

人們自動讓開，所有病人們自動讓開，宛如摩西出紅海。這種情況他們很習慣了，這裡是非法獸人的庇護所。

善良的非法獸人庇護所。

好幾位護理師飛奔到擔架周圍。

榕園院長也趕到一樓大廳，她那時候正在巡房。

院長是一位年事已高，看起來慈祥的老奶奶。她身形矮小，瘦弱，戴了副眼鏡，眼鏡垂了一條鍊子環繞住脖子，但卻有一股說不上的威嚴。

她要所有人將病人送往頂樓，她獨立於榕園醫院的祕密醫治站。

希克這時候睜開眼睛，他被天花板的燈光照得幾乎睜不開眼。

這是哪裡……榕……榕園嗎？

「孩子……你是什麼血型？」一位身穿白袍的老奶奶這麼問他。

「A……A……AB……我……我的手機呢？」

「我等下立刻幫你手術，有什麼話，醒來再說。」老奶奶叫了一旁的護理師：「叫我兒子女兒全部上去！這小子要立刻麻醉……全身麻醉，有大手術要開！」

「我……我的……我的……手機。」

一名警衛替希克從口袋中掏出手機，警衛戴了頂帽子，帽子下一隻眼睛也是紅色的。

希克很勉強地滑開手機，他撥了通電話出去。

最後的電話。

電話接通後，汪達的聲音從話筒傳了出來。

希克的眼淚已經滑到耳邊。

「希克！你真會挑時間打電話！我快氣死了，你知道那些媒體怎麼說我嗎？」

「汪……」

「他們說我是婊子怪物……還是什麼怪物婊子……我快氣死了！過好幾個禮拜了，他們竟然還在吵一樣的話題，說我勾引你、勾引那個賤貨陸西亞的老公！」

「汪……」希克想要制止汪達，但是他實在沒有力氣，他流了好多血……好多好多血……

「好啊！你們都要說我是怪物……那我就去變成怪物！我一定會跟紅瞳申請要變成獸人，我就變成怪物給你們看！」

「妳不是……妳不是……妳不是……」

「我知道呀！我不是怪物，你也不是怪物！我們都不是怪物！」

「汪……汪達妳聽我說。」

電梯從十樓開始緩慢地往下。

「你怎麼了？怎麼聲音這麼微弱……喂！希克！」

「妳……妳要照顧好……芙……芙蘿……如果……如果妳願意的話……」

「你到底在說什麼，我當然會照顧芙蘿，她是我女兒呀！你把話說清楚呀！你在哪裡？發生什麼事情了？」

「如果妳願意……也替我照顧……照顧小麥……不管他們是誰……是誰生的……我不是……我不是孩子的爸爸……但我也……」

「希克！」汪達也察覺到事情不對勁了。數千公里外的汪達，如今身子一軟，她幾乎站不起來。

「我也……我也都把他們當成……當成自己的小孩……我愛他們……替我……替我照顧他們……好好照顧他們……好嗎？」

「我會的……我會照顧好他們的……你呢……希克……你怎麼了？告訴我你在哪裡。」汪達也忍不住哭泣。

「我……我應該更勇敢一點的……對不起……」

「你不要跟我說對不起……你……你要說也是要當面跟我說……我才不要……」

「我……我愛妳……汪達，這一生……謝謝妳……謝謝妳愛過我。」

電梯抵達一樓。

叮——

希克的手機從手中滑了出去。

我不是怪物……我不是怪物……我不想當怪物……

「希克！我愛你！」汪達奮力地喊著。

可是，希克已經聽不見了。

電梯上樓。

一向幸運的希克，手機竟恰巧滑入電梯與樓地板間的縫隙，掉進電梯井，摔個粉碎，汪達再也聽不到希克的回應。

嘟……

嘟……

恰似，希克微弱的心跳。

「希克……你回答我啊……你……嗚……嗚嗚嗚……」

第二部結束

獸人寶典

◆補充：希克的全名：Seek Caten，讀音近似 Silk（絲綢）與 Cotton（棉）；汪達的全名：Wonder Olsen，讀音近似 Ocean。

◆黑羽（Black Wings）：S國高階特警，雖然他的名字是加百列（Gabriel），但其標誌性的黑色羽毛太出風頭，所以幾乎所有人都稱呼他為「黑羽」。他能夠釋放從身體長出的眾多尖刺，隨著蓄力時間越長，殺傷力越強，甚至能夠進行範圍攻擊，瞬間致人於死，但他並非殘忍之輩。他獸人能力的原形為梅花翅侏儒鳥，該種鳥類不擅快速飛行，但黑羽憑藉個人努力克服劣勢，因此達到飛行特警界的巔峰。

梅花翅侏儒鳥的翅膀內部彷彿鈍刀，能夠每秒震動百餘次，堪稱是所有鳥類之冠，黑羽即是透過超快速的振翅，將翅膀內部的鈍刀組織發射出去。另外，此種鳥類善於用振翅的共振聲求偶，當然，黑羽也行，不過他更喜歡講一些廢話，只是他為了維持形象，在社會大眾或媒體面前大多擺一副酷樣，但熟識他的人都知道他並非如此。

「拜託你別再說啦！」

後記

《我不是怪物》最起初是我在PTT，也就是全台最大BBS論壇連載的作品，對於已經很多年停止寫作的我來說，確實是一個很大的挑戰，也花了很多時間摸索，重新學習該怎麼去說一個故事。

那段連載時光中，最大的特色就是我會在每一段故事結束後噴發大量的後記，大抵談論這一回的由來，有哪些暗喻，或者更單純的——跟讀者互動。

當時曾有讀者反應，希望故事別進入主線，再花更多篇幅談論一個又一個獸人家庭，諸如李杰或是快姊那樣的故事。只可惜，故事總是需要往下走，就像我們的人生一樣。書籍出版後，曾有讀者反應出版的故事中沒有序也沒有作者的大量廢話，總覺得少了一味。

雖然我截至目前只寫過兩部長篇小說，第一部是十幾年前首次嘗試寫作時的舊作，另外一部就是空窗隔了十年後，重新寫作的《我不是怪物》——我還真的不知道要在出版品的後記中寫些什麼，不然就跟各位前輩一樣銘謝吧。

首先當然要感謝家人支持我寫作，寫作是我工作之餘的興趣，不過下班後，成天埋首在電腦桌前，寫著寫著，除了會哭著感動自己所寫的內容，有時候還會大笑——又或者描述部分角色時也會氣得頭皮發麻（特別是溫良讓與劉子翔），如此浸淫在「我不是怪物」的世界中，犧牲了陪伴家人的時光，我很感謝他們願意包容如此任性的我。

再者，則是感謝各位讀者願意花時間讀這部作品，甚至進一步掏錢購買。一名作者從放自己的作品在網路上供人免費閱讀，直到過稿被視為是商業作品，真的是令人雀躍也振奮的一件事情。

其中必須要感謝的，除了掏錢購買的你以外，還得謝謝連載過程中，很多陌生讀者願意留下意見，甚至協助提醒、幫忙指出錯字。沒錯，原始版本的作品，每一回錯字多到足夠讀者洋洋灑灑羅列二、三十條罪狀與編輯建議。對我而言，每一次指教都是一個學習的機會，在這條路上，我要學習的還有很多、很多呢！

第二部故事的結束，恰巧就是當時我結束網路上的連載，將作品拿去投稿的段落。第一部故事基本上是打底，讓大家認識《我怪》的世界，第二部故事則是讓我想像的主要人物進入舞台中心，而第三部，將會角度一轉，讓另外一組迷人的角色登場，這麼多年以來，他們都默默的在幕後努力著。

未來，故事將會掀起另外一波高潮，也會迎來一場大戰！

希望我們很快還能夠再見面，最後，我沒有遺漏，只是刻意放在最後。我要感謝秀威出版社，他們接受了這部作品，讓一部披著奇幻皮，但談著社會黑暗的小說能夠商業化。

歡迎追蹤我的粉絲專頁，雖然年紀大了不大會使用IG這種年輕人用的新潮東西，但畢竟是作者嘛，打字比拍美照擅長多了，所以暫時還是用臉書好了，基本上就是發發廢文，有時候更新一下目前的寫作計畫。

最後，用一句我在結束連載時向讀者道別的話收尾。

感謝你的閱讀，讀者的支持才是餵養作者繼續在寫作這條路邁進的最大動力。

釀冒險81　PG2955

我不是怪物
──英雄真諦

作　　者　王晨宇
責任編輯　陳彥儒
圖文排版　陳彥妏
封面設計　張家碩
封面完稿　王嵩賀

出版策劃　釀出版
製作發行　秀威資訊科技股份有限公司
114 台北市內湖區瑞光路76巷65號1樓
電話：+886-2-2796-3638　傳真：+886-2-2796-1377
服務信箱：service@showwe.com.tw
http://www.showwe.com.tw
郵政劃撥　19563868　戶名：秀威資訊科技股份有限公司
展售門市　國家書店【松江門市】
104 台北市中山區松江路209號1樓
電話：+886-2-2518-0207　傳真：+886-2-2518-0778
網路訂購　秀威網路書店：https://store.showwe.tw
國家網路書店：https://www.govbooks.com.tw
法律顧問　毛國樑　律師
總 經 銷　聯合發行股份有限公司
231新北市新店區寶橋路235巷6弄6號4F
電話：+886-2-2917-8022　傳真：+886-2-2915-6275

出版日期　2024年8月　BOD一版
定　　價　420元

讀者回函卡

Printed in Taiwan

國家圖書館出版品預行編目

我不是怪物：英雄真諦/王晨宇著. -- 一版. --
臺北市：釀出版, 2024.08
面；　公分. -- (釀冒險；81)
BOD版
ISBN 978-986-445-971-1(平裝)

863.57　　113009468